죽거나 죽이거나

- 나의 세렝게티

죽거나 죽이거나

- 나의 세렝게티

허철웅 지음

가디언

 소설 무대

세렝게티 / 마사이어로서 '끝없는 평원'이란 뜻. 우리나라 강원도만 한 크기이다. 북쪽으로는 케냐의 마사이마라 동물보호구역과 맞닿아 있고 서쪽은 빅토리아 호수, 남쪽은 마스와 동물보호구역까지 이어져 있다. 세렝게티와 마사이마라 사이로 좁은 마라강이 있다. 마라강은 탄자니아와 케냐의 국경을 따라 흐른다.

마사이마라

마사이마라(Masai Mara)에서 '마사이'는 '마사이족'을 뜻하고 '마라'는 '얼룩덜룩한'이라는 뜻이다. 다양한 동물과 넓게 퍼져 있는 수목들이 얼룩처럼 보인다고 붙여진 이름이다.

망각의 풀밭

세렝게티에서 마라강을 건너 마사이마라 평원으로 들어서는 초입에 있는 가상의 공간.

타카티푸 음왐바
(Takatifu Mwamba: 성스러운 바위언덕)

세렝게티에서 마라강으로 향하는 길목에 위치한 가상의 공간.

응고롱고로(Ngorongoro: 거대한 구멍)

세렝게티 남동쪽 끝에 있는 직경 16km의 거대한 화산 분화구. 인도양을 지나며 습기를 잔뜩 먹은 바람이 북서쪽 사면을 타고 오르면서 사시사철 비를 내린다. 그래서 세렝게티와 달리 동식물이 다양하고 서식 밀도도 높다.

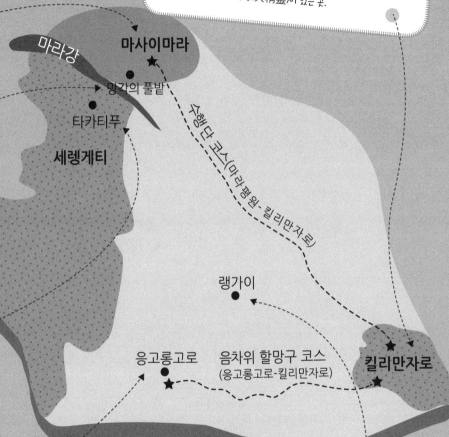

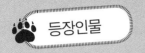

세렝게티 대표 초식동물 - 응윰부(nyumbu: 누)

누(Gnu)는 영양과에 속하는 동물로 소의 뿔과 염소의 수염, 말의 꼬리 등 여러 동물의 특징이 합쳐진 것으로 유명하다. 세렝게티에 건기가 시작할 무렵에 시작되는 동물들의 대이동에서 가장 많은 수를 차지한다. 이들은 마라강을 건너 마사이마라 평원으로 두 달여에 걸쳐 무리 전체가 움직인다.

호다루(hodaru: 용감한 자)
세렝게티의 대표적인 먹이동물인 응윰부의 운명을 바꾸겠다는 인물. 친구들과 의기투합하여 빠르게 오래 달리는 훈련을 소홀히 하지 않는다. 또래 중에서는 가장 큰 뿔과 덩치를 가진 리더.

쿠오나(hodari kuona: 예리한 눈)
총명한 두뇌에다 시력과 눈썰미가 좋고 지난 일을 지금 눈앞에서 보고 있는 것처럼 기억하는 재주가 있다. 다양한 정보를 압축해서 미래를 예견하는 추리력이 탁월해 친구들 무리의 전략가로 통한다.

누사(nusa: 냄새 맡다)
놀라운 후각의 소유자. 평원에서 살아가는 모든 종족의 체취를 구분할 수 있고 한번 확인한 체취는 죄다 기억해서 사자나 하이에나 가족 중에서 누구의 것인지도 구별한다. 과묵하지만 쿠오나 못지않게 전략적 사고를 하며 매사를 꼼꼼하게 점검하면서도 여지를 두는 너그러운 품성을 지니고 있다.

응야티(nyati: 물소)
물소의 뿔처럼 큰 뿔을 가진 데다 큰 몸집과 대단한 힘을 가진 장사. 과묵하고 우직해서 온갖 험한 일도 불평 없이 해낸다. 친구들을 위해 죽음도 기꺼이 감수하는 의리의 용사.

바리디(baridi : 바람)
부족을 통틀어서 가장 빠르게 달리는 응윰부. 친구들이 '발굽 달린 두마(duma: 치타)'라 놀릴 정도이다. 더 대단한 것은 그 속도로 믿을 수 없을 만큼 오래 달린다는 것.

응두구(ndugu: 동생)
호다루의 두 살 아래 친동생. 응윰부는 모두 색맹인데 독특하게 색깔을 구분하는 능력을 지녔다. 생각이 깊고 사리 분별이 정확하지만 내색하지 않는다. 형과 친구들의 무리를 따르며 일어났던 일을 상세하게 기억한다.

음강가(mganga: 의사)
외할아버지와 어머니로부터 많은 풀의 효능을 배웠다는 여자아이. 여리고 작지만 당찬 성격을 지녔다.

응요타(nyota: 별)
음제의 시중을 드는 시종녀들의 우두머리, 정녀(貞女). 호다루보다 한 살이 많은 그녀는 호다루가 자힐리의 습격을 두 번이나 물리쳤다는 소문을 듣고 흠모하며 나름의 꿈을 키운다.

음제(mzee: 지혜로운 자, 연장자)
응윰부 종족의 신화 같은 지도자. 응윰부뿐만 아니라 세렝게티의 모든 생명을 주관한다는 미지의 인물.

아스카리(askari: 용감한 전사)

옹용부 종족에서 가장 강성한 집안의 장자. 용렬하고 잔인한 인물이나 경호대를 지휘하고 전술을 운용하는 뛰어난 능력을 지녔다. 스스로 음제가 되려고 모든 힘을 쏟는다.

바바(baba: 아버지) 아스카리

아스카리의 아버지. 아스카리가 음제에 오르도록 준비한다.

세렝게티 대표 육식동물 - 씸바(simba: 사자)

세렝게티에서 최상위의 포식동물. 소수의 수컷과 다수의 암컷으로 이루어진 가족으로 생활한다. 수컷이 12년을 넘게 살면 운이 좋은 셈이다. 암컷은 보통 한 번에 두 마리에서 네 마리의 새끼를 낳고 15살일 때도 임신이 가능하다. 생후 4~6주가 될 때까지 새끼들은 숨어서 지낸다. 수컷들은 두 살에서 네 살 사이에, 태어난 무리에서 떠난다.

모씸바

'어둠의 제왕'으로 불리는 가장 강성한 수사자. 세렝게티에서 가장 풍요로운 샘터를 영역으로 가진 사자 가족의 우두머리. 킬리만자로 대정령이 사자의 몸을 입고 내려왔다는 전설의 인물이자 위대한 전사.

다씸바

모씸바의 아들. 특이하게도 젖먹이였을 때부터 체취가 없었다. 워낙 귀신처럼 사냥을 해서 키불리(kivuli: 유령)라는 별명이 붙을 정도. 호다루 형제들과 인연이 깊고 특히 동생인 옹두구와는 죽을 때까지 관계를 이어간다. 죽거나 죽여야 하는 세렝게티의 질서에 환멸을 느끼는 수사자.

자힐리(jahili: 잔혹한)

외눈박이 암사자로 먹잇감을 잡으면 일대를 피투성이로 만든 뒤에야 사냥을 끝낸다. 틈틈이 하이에나를 유인해 죽이기도 한다. 음차위 할망구와 오랜 인연이 있고 9년 만에 얻은 아들이 다씸바이다.

대머리 독수리

음차위(mchawi: 주술사, 무당) 할망구

이 세상의 비밀을 풀기 위해 세상의 끝에 닿기를 꿈꾼 암컷 대머리 독수리. 누구보다 높고 멀리 날아서 킬리만자로 너머의 세상을 보기 위해 노력한다. 그러다 자식을 잃고서 꿈을 포기하고 옹고롱고로에 들어가 음차위가 된다. 자힐리와 오랜 인연이 있어서 모씸바와 자힐리를 맺어준다.

차례

1장

숙명

1

처음, 세상은 그저 환한 빛의 무더기였다. 어머니가 긴 혀로 질긴 양막을 걷어내고 코와 입에 들러붙은 진액을 헤쳐 숨결을 불어넣자 세상은 비로소 모습을 드러냈다. 나는 눈앞에 펼쳐진 풍경에 몸을 떨었다.

오오, 세상은 얼마나 아름다운지! 키 작은 관목들 너머 이름 모를 짐승들이 뿔을 허공으로 쳐올리며 질주했다. 바람이 지나가는 초록의 풀밭에는 각양각색의 꽃들이 춤을 추었다. 창공에는 구름 사이로 내리꽂히는 빛의 다발들이 기둥처럼 버텨 서서 하늘을 떠받쳤다. 발굽에 닿는 대지는 부드러웠고 몸을 훑는 바람이 감각을 일깨웠다. 길 닿는 곳마다 생명이 꿈틀거렸고 이 모든 것이 대지의 열기에 일렁이고 있었다. 그랬다, 내가 처음 본 세상은 너무나 다채롭고 아름다워서 꿈결 같았다.

솜털도 마르기 전에 내가 할 일은 네 다리로 일어서는 거였다. 어머니의 자궁에서 여덟 달을 웅크리고 있던 관절은 쉽게 펴지지 않았다. 비척걸음을 하다 나뒹굴 때마다 자애로운 눈길로 응원하는 얼굴들을 마주했다. 아버지와 어머니, 나보다 두 해 먼저 태어난 형이었다.

주둥이며 뺨이 흙먼지로 뿌옇게 분칠되고 마른 풀잎들이 몸통을 절반쯤 뒤덮고서야 나는 가느다란 네 다리로 일어섰다. 그러고는 몽환 같은 세상을 향해 경중 걸음을 내디뎠다. 걸을수록 몸은 더욱 가벼워져서 투명한 햇살을 따라 공중으로 떠오를 것만 같았다. 나는 달리기 시작했고 뒷다리에 한층 힘을 모았으며 그러다 한순간 허방다리를 짚고는 고꾸라졌다. 여럿의 발굽 소리가 어지럽게 다가왔고 얼굴을 다급하게 핥는 어머니의 체취가 훅, 끼쳤다.

나는 어머니의 거무스름한 배 밑으로 들어가 젖꼭지를 찾았다. 주름 잡혔던 배가 팽팽할 때까지 젖을 빨고서 후들거리는 다리를 접고 풀밭에 엎드렸다. 젖을 물렸던 어머니가 허기를 채우려고 자리를 옮기고서야 멀찍이 지켜보고 있던 아버지와 형이 다가왔다.

"네가 햇빛 아래 서 있는 걸 환영한다. 내가 너의 아버지다."

아버지의 음성은 부드러웠고 무거웠다. '햇빛 아래 서 있다'는 말이 우리 종족에게는 살아 있는 서로를 축복하는 인사라는 걸 나중에야 알았다.

2

아버지는 큰 바위처럼 우람했다. 기운 햇살이 만든 당신의 그림자가 거뭇한 연못처럼 초원에 드리웠다. 아버지는 거대한 무리를 이룬 동족 중에서도 가장 큰 부족의 우두머리였다. 경쟁 상대인 수컷들조차도 그 힘과 지혜를 칭송했다. 이마에 돋은 뿔은 어느 수컷보다 크고 날카로웠으며 굳센 발굽은 웬만한 포식자들을 짓뭉개고 남을 정도였다.

그러나 이날 아버지는 몹시 지친 데다 크고 작은 상처까지 입고 있었다. 부족의 새 생명들이 한꺼번에 태어날 때를 놓칠 리 없는 포식자들 때문이었다. 아버지는 어린 생명을 지키려 몸을 돌보지 않았다. 그러나 사방에서 달려드는 그것들을 다 막아내기란 불가능했다. 사자들에게 뿔을 앞세우다 보면 어느새 하이에나들이 무리에 뛰어들어 새끼와 어미들을 흩어놓았다. 아버지는 외톨이 암사자를 물리치려다 발톱에 목덜미를 깊게 할퀴었고, 자신을 미끼로 던져 하이에나들의 주의를 돌리려다 뼈가 드러날 만큼 허벅지의 살을 떼어먹혔다. 아버지는 윤기 없는 목소리로 말했다.

"네 형과 인사를 나누거라."

그 말이 끝나기를 기다려 아버지의 그림자로부터 불쑥 몸을 일으킨 형은 성큼 다가와 나의 냄새를 맡고 콧등과 이마와 목덜미를 천천히 핥았다. 동생의 냄새를 기억하면서 연장자의 애정과 친근감을 드러냈다. 나는 경이로운 눈으로 형을 쳐다본 뒤 가슴팍과 앞무릎을 핥으며 그 모습과 체취를 또렷이 기억했다. 턱 주변과 목덜미의 갈기가 꽤 자란 형은 이미 어른과 다름없었다.

"해가 기울고 있으니 그만 돌아가자. 부족들과 너무 멀리 떨어졌다."

서쪽 하늘이 붉게 물드는 걸 바라보던 아버지의 목소리가 어두웠다. 아버지는 다친 다리를 절룩이며 자리를 떴다.

3

태양이 지평선에 맞닿을 무렵, 아버지와 우리 형제는 작은 바위들이 흩어져 있는 개활지로 접어들었다. 아버지는 금방이라도 주저앉을 듯 자주 휘청댔고 형은 겁먹은 눈길로 주위를 살폈다. 찢어지는 비명과 함께 다급한 발굽 소리가 연이은 것은 그때였다. 장려한 핏빛 황혼을 배경으로 사색이 되어 달려오는 이는 어머니였다. 넘어갈 듯 가쁜 숨소리가 내 귓가를 휘감았다.

"동생을 데리고 어서 도망쳐라!"

아버지는 형에게 소리치며 어머니를 향해 몸을 돌렸다. 그리고는 용트림하듯 부르르 몸을 한 번 뒤틀더니 어머니를 쫓는 짐승들을 향해 돌진했다. 지치고 상처 입은 몸의 어디에서 그런 힘과 용맹이 치솟는지 놀라웠다. 입가에 허연 거품을 흘리며 한 덩어리로 달려오던 하이에나들이 아버지의 기세에 놀라 주춤했다. 그 틈에 어머니는 간발의 차이로 그들의 포위망에서 벗어났다. 하지만 아버지가 그런 몸으로 하이에나 무리를 상대하기는 무리였다. 두세 마리가 아버지의 뒷다리와 옆구리에 달라붙었다. 어머니의 높고 긴 울음소리에 부족의 수컷들이 막 도착했을 때 우두머리인 하이에나 암컷이 아버지의 배를 물어뜯었고 붉은 피와 함께 창자가 주르륵 흘러내렸다. 아버지는 고통스러운 신음을 내지르면서도 몇 호흡을 그렇게 버텼다.

모든 것이 움직임을 멈추었다. 잔광을 흩뿌리던 태양도 숨죽였고, 바람에 휩쓸리던 풀들도 고개를 세웠다. 하늘을 맴돌던 독수리들마저 울음을 삼켰다. 아버지는 마지막 한 톨의 기력을 짜내듯 크게 몸부림쳐 잠깐 형과 눈을 맞추고는 이내 쓰러졌다. 이토록 아름다운 세상도 죽음을 맞는 이들에게는 잠깐의 적막과 침묵 정도만 베푼다는 것을 나는 아직 몰랐다.

4

하이에나들은 아직 숨이 붙어 있는 아버지에게 달려들어 몸통을 찢기 시작했다. 아버지의 내장과 살을 씹지도 않고 삼켰다. 어머니는 차마 고개를 돌렸고 달려온 어른 수컷들은 발굽을 구르거나 콧김을 뿜어내며 부족장인 아버지의 마지막을 그저 바라보았다. 형은 낭패와 분노가 뒤섞인 눈길로, 나는 머릿속이 하얗게 비어가는 공포를 견디며 그 모든 광경을 놓치지 않았다.

먼발치의 관목 숲으로부터 일대를 뒤흔드는 포효가 터져 나온 것은 그때였다. 절망과 비탄에 빠져 있던 어머니와 형도, 수컷 어른들의 술렁거림도 순식간에 멎었다. 아버지의 뼈와 살을 탐하던 하이에나 무리도 피 칠갑을 한 얼굴을 들어 소리 나는 쪽을 바라보았다.

돌변한 사태에 먼저 반응을 보인 것은 하이에나들이었다. 그 포효가 일대에서 가장 융성한 가족을 거느린 '모씸바'라는 걸 알아차린 것이다. 놈들은 사자들이 모습을 드러내기도 전에 자리를 박차고 일어났다. 막 잔치를 시작하려던 그들의 얼굴에 두려움이 서렸다. 놈들은 입가의 핏물을 연신 핥으며 꼬리를 말고 도망쳤다. 탐욕스럽게 아버지의 몸을 찢던 놈들한테 식욕을 넘어서는 감정이 있다는 게 믿기지 않았다.

얼이 빠져 있던 어머니와 부족의 수컷 어른들도 그제야 주춤주춤 뒷걸음질 쳤다. 덤불을 헤치며 모습을 드러낸 것은 거대한 몸집의 수사자였다. 큰 바위로 여겼던 아버지보다 더 커 보이는 덩치에 풍성한 갈기를 흔들며 그는 마지막 숨을 몰아쉬는 아버지에게 다가갔다.

모씸바의 울음이 또 한 번 평원을 뒤흔들었다. 그 소리는 모든 짐승의 몸을 옥죄고 영혼까지 마비시키는 듯했다. 모씸바는 숨죽이고 있는 우리를 한 번 둘러보고는 이제 시체와 다름없는 아버지의 목울대를 물었다. 아버지의 목뼈가 우두둑, 단숨에 부러지는 소리가 생생하게 들렸다. 세렝게티에 태어나 하루도 안 되어 나는 아버지를 잃었다.

아버지가 앙상한 뼈만 남을 때까지 나는 네 다리를 후들거리며 지켜보았다. 어쩌면 그때 나는 우리 종족의 운명을 예감했는지도 모르겠다. 그저 풀이나 뜯으며 경중경중 뜀박질이나 하는, 포식자들에게 온몸을 뜯기는 지경에 내몰려도 아무도 돕지 않는, 그러다 끝내 도망치기 바쁜 우리들의 운명을 ······.

그런 불길한 예감의 전조처럼 그날, 나는 사자 무리의 한 녀석과 조우했다. 앙증맞게 아버지의 살을 발라 먹는 새끼 사자였다. 나와 마찬가지로 아직 어렸으며 이제 막 고기를 먹기 시작한 것 같았다. 아버지의 갈비뼈에 붙은 살점을 물어뜯지 못해 겨우 핥고 있는 것도, 한창 포식 중이던 제 어미, 외눈박이의 꼬리를 물고 장난질에 열중하는 것도 그랬다. 그놈은 진모(震毛: 고양이 수염)가 있는 콧잔등에 멀리서도 확연히 드러나는 세 개의 흰 반점을 지니고 있었다. 사자마다 제각각이며 평생 같은 모양을 유지한다는 그 흰 반점을, 나는 그 경황 중에도 머릿속에 새겨두었다.

5

세렝게티에서 풀을 뜯는 모든 족속에게 밤은 끔찍했다. 밤눈이 어두운 우리들의 목숨은 각자의 귀와 코에 달려 있었다. 귀는 수십 걸음 떨어진 곳에서 풀잎이 바스러지는 소리도 알아챘고, 코는 뒤엉켜 달리는 부족 중에서 가족의 체취도 구별할 수 있었다. 그러나 칠흑 같은 밤에도 대낮처럼 먹잇감을 골라내는 포식자들의 시각에 비하면 우리들의 감각은 얼마나 가소로운지……. 바람을 안고 다가오는 그것들의 냄새를 알아채기는 불가능했고, 주위의 숱한 풀벌레 소리와 갓 태어난 새끼들이 칭얼대는 소리는 침입자의 발자국 소리도 지워버렸다.

희뿌옇게 여명이 찾아올 때까지 우리는 바람에 눕는 풀잎처럼 이리저리 몰려다녔다. 포식자의 날카로운 송곳니와 발톱을 피해 필사적으로 달린 뒤의 헐떡임, 그리고 간헐적으로 터지는 비명이 밤하늘을 채웠다. 우리는 거친 호흡과 먼지로 범벅이 된 몸을 부르르 떨며 아침을 맞았다. 전날 저녁까지도 뿔씨름을 하던 친구들의 운명은 하룻밤 새 뒤바뀌곤 했다. 어머니가 사라진 밤이면 그 친구도 며칠 지나지 않아 하이에나의 먹이가 되었다.

내가 의아하게 생각한 것은 그런 이웃의 죽음에도 별다른 감정의 동요가 없는 동족들의 태도였다. 각별한 우정을 나누던 친구들과 이웃, 심지어 친지나 가족이 잡아먹혀도 슬픔과 분노를 행동으로 옮기는 이가 없었다. 새끼를 지키려는 어미들도 마찬가지였다. 그들의 노력이란 기껏해야 자식을 뒤따르게 한 채로 달리는 것뿐이었다. 그러다 자식이 포식자들에게 잡히거나 자신의 목숨이 위태로워지면 주저 없이 돌아섰다. 그러고는 처연한 표정으로 찢어 먹히는 자식들의 주검을 바라보았다. 잠시 거친 콧김을 뿌리다 돌아서서 다시 한가롭게 풀을 뜯거나 무리와 어울렸다.

이해 못 할 이런 태도야말로 동족뿐만 아니라 우리와 초원을 공유하는 모든 발굽 달린 족속들의 본능이란 걸 나는 나중에야 알았다. 본능이었으므로……, 어머니 또한 예외가 아니었다.

"하필 너희가 있는 곳으로 도망가는 게 아니었는데……."

넋이 나간 채 그렇게 중얼거리며 자책하던 어머니도 며칠이 지나면서 서서히 바뀌었다. 사방에 지천으로 깔린 영양가 높은 풀 덕분인지 수척했던 몸이며 얼굴에도 살이 도톰하게 올랐다. 태깔 고운 어머니를 차지하기 위해 주위를 맴도는 수컷들을 어머니는 딱 부러지게 물리치지 않았다.

6

나는 형과 어머니의 보살핌으로 무럭무럭 자랐다. 두 번째 보름달이 밤하늘을 밝힌 뒤부터 나는 젖을 줄이고 성싱한 풀을 뜯기 시작했다. 모든 일을 혼자서 감당해야 할 시기가 온 것이다.

그동안 우리 부족은 한바탕 홍역을 치렀다. 아버지의 위용에 걸맞은, 마땅한 후계자를 옹립하기가 쉽지 않아서였다. 의논이 길어지는 동안 성질 급한 수컷들 간에 싸움이 벌어져 부상을 당한 몇은 금방 사자와 하이에나들의 먹이가 되었다.

어쨌거나 내가 젖을 뗄 무렵이 되자 어머니는 곧 우리에게서 멀어졌다. 매일같이 퍼붓던 비가 그치자 하늘에 머무는 구름이 줄어들었고, 쨍쨍한 햇살이 곧장 대지에 내리꽂히는 날이 많아지던 어느 날이었다. 어머니는 우리 형제가 머물던 한갓진 곳을 떠나 번잡한 부족의 중심부로 거처를 옮겼다. 어머니가 떠난 며칠 뒤에 마침내 새로운 부족장이 결정되었다는 소식이 들려왔다.

그리고 그즈음에 나는 형과 다른, 아니 우리 종족의 모든 이들과는 다른 감각이 있다는 것을 알았다. 포식자들에게 잡아먹히는 이웃들의 검붉은 피와 지평선에 퍼지는 황혼의 색깔이 얼마나 다른지 알게 된 것이다. 그래서 시들기 시작한 덤불의 우중충한 갈색과 그 사이로 표표히 떠나는 짙은 갈색의 어머니 뒷모습을 확연하게 구분할 수 있었다. 어머니가 우리 형제를 떠나갈 때, 형은 덤불 사이로 걸어가는 어머니를 금방 놓쳤지만 나는 어머니가 큰 바위에 가려서 보이지 않을 때까지 오래도록 바라기를 하고 있었던 거다.

2장

생존

1

　처음, 세상은 그저 어둠이었다. 아무것도 보이지 않았다. 냄새도, 촉감도, 소리도 없었다. 자극이 없었으므로 살아 있다는 것도 실감할 수 없었다. 어둠과 적막의 한가운데에 내가 있었다. 아, 그리고 어머니……. 처음으로 감각의 문을 열어준 건 어머니였다.

　혹, 피비린내가 끼치는 혓바닥으로 내 몸을 핥는 이가 어머니라는 걸 나는 본능적으로 알았다. 어머니의 혀는 내 몸 구석구석에 와닿았다. 어머니의 혀는 바위의 표면처럼 꺼칠했고 응유부(nyumbu: 누)의 내장처럼 부드러웠으며 물소의 심장처럼 뜨거웠다. 그제야 나는 비로소 살아 있다는 걸 실감했다. 그러나 눈앞은 늘 어둠뿐이었다. 어머니는 종종 오래도록 자리를 비웠다가 피비린내를 풍기며 돌아왔다. 그동안 나는 죽은 듯이 누워 있거나 숨소리를 죽이며 잠들었다.

　그러던 어느 날, 풀숲을 스치는 바람 소리에 잠을 깬 나의 눈에 돌연 뿌연 빛살이 비쳐들기 시작했다. 어둠이 지워지며 눈앞이 트였다. 바닥에 깔린 마른 풀줄기와 토굴 입구를 가린 덤불, 그 너머로 푸른 하늘이 언뜻 보이기 시작했다. 외눈박이 어머니를 알아본 것도 그즈음이었다. 피비린내로 존재하던 어머니가 실은 전신에 크고 작은 흉터가 빼곡한 커다란 암사자라는 것을 말이다. 표독하기로 악명이 높고 특히 하이에나들에게는 공포 그 자체라는 건 나중에야 알았지만.

어머니가 남긴 혈육으로는 내가 유일했다. 9년 동안 해마다 한두 마리의 자식을 낳았지만 모두가 한 해를 넘기지 못했다. 호기심을 못 이긴 젖먹이들이 토굴에서 기어 나오는 바람에 다른 맹수들의 송곳니나 맹금류의 발톱에 찢겨졌다는 것이다. 때로는 사산을 하는 바람에 퉁퉁 부은 젖을 이모들이 낳은 새끼들에게 물린 적도 있었고 일껏 기른 자식들도 떠돌이 수컷들이 쳐들어와 생목숨이 죽어나가기도 했단다.

"어차피 엎질러진 물이었다. 사달이 난 다음에 안달복달해봐야 무슨 소용이었겠니?"

내가 훤칠하게 자랐을 때 어머니는 지난날 당신에게 닥친 불행을 무덤덤하게 털어놓곤 했다. 정말로 어머니는, 한 줌의 털복숭이로 남아 있는 자식들의 주검 앞에서도 애면글면하지 않고 결연하게 발길을 돌렸다고 이모들이 전했다. 그러다 발정기가 되면 다시 수태하려고 열심히 노력했다고…….

그런 세월을 반복하던 어머니가 몸과 마음을 다하여 애를 쓴 끝에 9년 만에 얻은 아들이 바로 나였다. 그래서인지 내가 눈을 뜨고 걸음마를 한 뒤로 가족과 합류하기 전까지 어머니는 잠시도 내 곁을 떠나지 않았다. 내가 어머니를 따라 일가친척들이 터를 잡고 있는 연못으로 갈 때, 한동안 사냥을 포기했던 당신은 시든 나뭇가지처럼 앙상했다.

2

어머니에게 이끌려 이모들과 사촌 누이들, 조카들까지 인사를 나눈 지 이틀이 지났다. 저녁 어스름이 평원을 휘감고 있을 때 멀리서 포효가 잇달았다.

그 소리는 일대를 뒤흔들 만큼 웅장해서 나뭇가지에서 졸고 있던 독수리들은 놀라 허공으로 날아올랐고 집으로 돌아가던 짐승들은 더욱 잰걸음을 놓렸다. 긴 낮잠에 빠져 있던 가족들도 불현듯 몸을 일으켜 저무는 들녘을 주시했다.

한동안 이어지던 포효가 멎은 뒤 이윽고 멀리서 걸어오는 이가 있었다. 가족들은 모두 자리에서 일어나 꼬리를 위로 올리며 경의를 표했다. 어머니가 가장 먼저 영접하며 코와 뺨을 비빈 다음 가족들의 쉼터 한가운데로 안내했다. 어머니가 내내 홀로 지키던 자리, 도톰하게 솟아오른 둔덕에 우람한 아카시아 두 그루가 맞닿으며 커다란 그늘을 드리운 곳이었다. 낯선 이가 그곳에 자리를 잡자 어머니는 존경이 듬뿍 담긴 음성으로 내게 말했다.

"가서 인사를 드리자. 네 아버지이시다."

어머니를 따라 둔덕으로 가는 길에는 사촌 누이뻘의 암사자가 내 또래의 여자아이를 데리고 기다리고 있었다. 나는 늘 하던 대로 그 아이에게 또 장난을 걸었다. 하루 종일 어울려 놀았어도 투덕거릴 게 또 남아 있었던 거다. 그런데 내가 무슨 짓을 해도 지켜보던 어머니가 오늘따라 몹시 엄했다. 앞발로 내 볼기짝을 사정없이 후려쳤다.

"아버지께 인사드린다고 하지 않았느냐?"

나는 깜짝 놀라 눈물을 찔끔거리며 한달음에 둔덕에 올랐다. 거기에는 엎드린 채 앞 발등에 턱을 괸, 언뜻 보기에도 어머니의 두 배는 됨직한 커다란 바윗덩이가 자리하고 있었다. 아버지였다.

아버지는 천천히 고개를 들어 나와 눈을 마주했다. 달빛 아래 형형하게 번득이는 아버지의 시선을 피할 수 없었다. 건널 수 없는 낭떠러지, 오를 수 없는 절벽을 마주한 것처럼 숨이 막혔다. 코끼리의 두 귀를 합친 것만큼이나 크게 자리한 갈기, 내 머리통만 한 코, 귀밑까지 일직선으로 뻗어 나간 검은 입술, 거기에다 투쟁으로 일생을 채운 전사의 위압감까지……. 아무 소리도 들리지 않았고 오로지 아버지의 웅숭깊은 두 눈만 시야에 가득했다.

"가까이 오라고 하시지 않니."

어머니가 채근하는 목소리에 퍼뜩 정신을 차렸다. 어머니는 어느새 아버지의 곁에 얌전히 엎드려 갸르릉, 목울림을 흘리고 있었다.

나는 엉거주춤하니 거대한 바위를 향해 다가갔다. 아버지는 형형하던 눈빛을 지웠고 곧추세웠던 귀를 누인 뒤여서 숨 막히던 위압감은 훨씬 줄어들었다. 나는 아버지의 얼굴에 내 뺨을 비볐고 아버지는 독수리의 날개처럼 커다란 혀로 내 얼굴을 쓰다듬었다.

"누가 뭐라고 해도, 너는 가장 용감한 씸바(simba: 사자)가 될 게다. 어머니가 그렇게 보살필 테고, 언제나 내가 곁에 있을 거다. 어떤 어려움이 닥쳐도 나의 아들이라는 걸 잊지 마라."

아버지의 깊은 저음이 귓전을 두드렸다. 어머니는 슬금, 아버지의 어깨에 머리를 기댄 채 그런 부자를 그윽한 눈길로 바라보았다. 나의 기억을 통틀어, 어머니가 가장 행복해하는 모습이었다. 나는 죽을 때까지 그 광경을 잊을 수 없었다.

3

특이하게도 젖먹이였을 때부터 나에게는 아무런 냄새도 나지 않았다. 덤불로 가려진 토굴에 눈도 뜨지 못한 핏덩이를 두고 배를 채운 뒤 돌아올 때마다 어머니는 매번 가슴이 덜컥 내려앉았다고 했다. 기척에 놀란 내가 끙끙대는 걸 확인하는 그 짧은 시간이 그렇게 아득했다는 거다.

어머니조차 그랬으니 이모와 누이들이야 오죽했겠는가. 처음 그들은 자신들의 코를 의심했단다. 그 때문에 송곳니가 자라고 목덜미에 갈기가 돋을 때까지도 나는 가족들의 놀림감이 되곤 했다.

"어쩌다 너 같은 아이가 우리 가족이 되었는지 모르겠다. 키노케로(kinokero: 가젤)나 스왈라 팔라(swalapala: 임팔라) 새끼들이 냄새가 없더라만 우리 가족에게 이런 경우는 처음이야. 그렇지 않수?"

이모들과 몇 해 전에 태어난 사촌 누이들은 가끔 진지한 눈길로 나와 어머니를 향해 그렇게 물었다. 그럴 때마다 어머니의 대답은 단호했다.

"냄새가 없다는 건 대단한 행운이지. 이 아이가 얼마나 손쉽게 사냥할지를 생각해봐라. 발굽 달린 영악한 족속들을 마음대로 휘몰고 다닐 이 아이의 앞날을 생각하면 나는 벌써부터 가슴이 뛴다."

어머니의 완강한 변명에도 불구하고 다른 가족들은 꽤 찜찜했던 모양이다. 비슷한 시기에 앞서거니 뒤서거니 태어난 조카들도 조금 시간이 지나자 나와 어울리려 하지 않았다. 몸싸움 장난을 한 뒤 내 몸에서 그들의 냄새가 풍겨서다.

우리 종족에게 체취란 자신이 누구인지를 증명하는 모든 것이었다. 그 냄새로 혈연과 신분과 서열을 알 수 있었다. 그건 우리의 몸 깊숙이 각인된, 이를테면 본능이었다. 그랬으니 내 몸에서 다른 식구들의 냄새를 맡는 것은 분명 혼란스러운 일이었다.

가족이되 체취가 없다는 이유로 나는 늘 반편 취급이었다. 아버지에게 함께 인사를 드렸던 여자아이만 예외였다. 그녀의 어머니인 사촌 누이가 드러내놓고 말렸지만, 여자아이와 나는 어른들의 눈을 피해 틈만 나면 뒹굴며 힘을 겨루거나 어른들이 물린 밥상에 나란히 붙어서 서로 먹성을 자랑하곤 했다. 힘이 셌던 내가 그녀에게 고기를 양보하는 경우가 더 많았지만.

어쨌거나 외눈박이 어머니만이 알뜰살뜰 나를 챙겼다. 나는 그것으로 충분했다. 실제 집안을 이끌어가는 게 바로 어머니였기 때문이다. 자식이 없었는데도 어머니가 가족의 우두머리가 된 건 독특하고도 탁월한 사냥 솜씨 때문이었다. 이모와 누이, 아주머니들은 서로 힘을 합해 사냥에 나서는 데 비해 어머니는 웬만하면 혼자서 사냥했다. 더구나 도망가는 먹잇감의 뒤나 옆을 노리는 게 아니라 정면에서 사냥감을 덮쳤다. 자주 모골이 송연해지도록 위험했지만 그만큼 성과도 컸다. 목숨을 걸고 도망치는 사냥감을 뒤에서 쫓다 보면 놓치기 일쑤였지만 앞에서 덮칠 때는 그것들이 쉽게 방향을 바꿀 수 없었기 때문이다.

어머니가 잡은 먹이를 두고 가족들은 진심으로 칭찬을 아끼지 않았다. 하지만 아무도 어머니의 사냥법을 흉내 내지 않았다. 아무리 만만한 사냥감이라 하더라도 우리 같은 사냥꾼에게 치명적인 무기 하나쯤은 있기 마련이었다. 어머니의 몸에 셀 수 없이 아로새겨진 상처는 어머니가 숱하게 넘나든 죽음의 흔적이기도 했다. 물론, 그런 치열함 없이 가족을 호령하는 지금의 지위에 오를 수도 없었겠지만.

다만, 내가 좀처럼 납득할 수 없었던 것은 어머니가 사냥감을 처리하는 방식이었다. 이모나 누이들은 상대의 목줄을 물어 숨통을 막는 것으로 사냥을 끝내는 게 보통이었다. 그러나 때로 어머니는 아주 잔혹해서 주변을 온통 피투성이로 만들곤 했다. 가젤이나 임팔라처럼 작은 녀석도 머리통이 떨어져 나갈 지경까지 목줄을 악착스럽게 물고 뜯었던 거다. 그러면 목줄기의 큰 핏줄이 터지는 바람에 피를 흠뻑 덮어쓸 때가 많았다. 그럴 때면 다들 경악해서 당장 먹이에 달려드는 가족이 없었다. 뒤늦게 나타난 아버지만이 아무렇지도 않다는 듯 어머니의 몸을 살뜰히 핥아주었다. 피로 범벅이 된 몸을 내맡긴 채

먼지 자욱한 허공을 향해 길게 울음을 토해내는 어머니를 나는 지금도 제대
로 설명할 자신이 없다.

4

매사에 헌신적이고 자상한 어머니가 인근에 악명이 자자해진 이유를 알기
까지는 오랜 시간이 걸리지 않았다. 젖을 뗀 내가 싱싱한 핏물이 도는 고기에
맛을 들이기 시작할 무렵이었다.

먼지바람이 입안까지 깔깔하게 만들던 날들이 겨우 지나고 먹장구름이 몰
려들어 며칠 동안 평원을 눅진하게 적신 뒤였다. 어디서 왔는지 처음 보는 짐
승들이 하룻밤 사이에 텅 비었던 평원을 가득 채우고 있었다. 목과 턱에 검은
털이 긴 수염처럼 늘어져 있고 뿔은 옆으로 뻗다가 위로 휘어진 녀석들이었
다. 그들은 드넓은 평원을 쿵쿵, 울리며 몰려와서 천지사방을 자신들의 발굽
과 울음과 거친 숨소리로 가득 채웠다.

그들이 오면서 우리 가족들은 활기가 넘쳤다. 아니, 날카로운 송곳니를 가
진 모든 짐승의 눈에 생기가 돌았다. 가장 풍요로운 시기가 도래한 것이다.
그들의 목숨은 우리가 생존하는 토대였다. 어머니가 굳이 나설 필요도 없었
다. 이모들과 사냥에 서툰 누이들만 움직여도 온 가족이 배불리 먹고도 남았
다. 나는 어머니를 뒤따르며 아직 뜨거운 피가 흐르는 고기를 삼켰다. 식탐의
시기여서 먹어도 금방 배가 고팠다. 먹다 지치면 어머니의 꼬리를 물고 장난
을 치거나 어른들 틈에 뒤섞여 코를 골았다.

그러던 어느 날이었다. 기척에 눈을 떴더니 어머니와 아버지가 나란히 어
둠이 내리는 평원으로 향하고 있었다. 가족들 대부분은 게으른 잠에 빠져 있
었고 나는 살그머니 몸을 일으켰다. 아직 제 한 몸도 건사하지 못하면서 대낮

보다 더 치열하게 삶과 죽음이 교차하는 저녁녘에 혼자 돌아다닌다는 게 얼마나 위험한 일인지 나는 몰랐다.

어머니와 아버지는 억센 풀이 물소도 가릴 만큼 우거진 곳으로 가고 있었다. 내가 태어나 처음 세상의 빛을 본 곳이었다. 어머니의 보살핌 덕분에 내가 숨 쉬는 세상이 경이로움과 안온함으로 가득 차 있다는 걸 알게 된 곳……

바람이 등 뒤에서 불고 있었지만 두 분은 내가 뒤를 밟고 있다는 걸 알아채지 못했다. 체취가 없는 내 몸은 나를 낳아준 부모의 예민한 코도 넘어섰던 게다. 아버지가 문득 걸음을 멈추고 엎드리는 걸 보면서 나도 땅바닥에 바짝 엎드렸다. 그러자 어머니는 날렵하게 덤불에 몸을 감추고선 낮은 걸음으로 신중하게 아카시아나무로 접근했다. 어머니가 사냥할 때 주로 쓰는 자세였다. 나는 조심스레 아버지로부터 열 걸음 정도 떨어진 곳까지 다가갔다. 풀벌레소리가 가득했으므로 발소리는 별문제가 되지 않았다.

어머니는 축 늘어진 가젤의 새끼를 물고서 금세 돌아왔다. 의아스러웠다. 조금 전에 온 가족이 배를 채운 뒤여서 어머니가 다시 사냥을 할 까닭이 없었다. 풀이 듬성한 곳에서 어머니는 날카로운 송곳니로 가젤의 배를 찢은 다음 내장을 땅에 쏟았다. 그러고는 아버지가 몸을 숨긴 곳으로 다시 돌아왔다.

도무지 영문을 모르던 나는 피 냄새를 맡고 모여든 점박이 하이에나들을 보고서야 문득 짚이는 게 있었다. 너무 늙어서 사냥에서도 빠지고 새끼들이나 보살피던 한 아주머니가 들려준 얘기였다.

"너한테 하는 걸 보면, 네 어미가 그토록 다정다감할 줄 정말 몰랐다. 틈만 나면 점박이들을 잡아 죽이는 게 취미였는데 말이다."

다가온 점박이가 세 마리인 걸 보면 사냥감을 고르기 위해 제 식구들보다 앞서 길을 나선 놈들이었다. 점박이들은 그러나 어머니가 잡아놓은 먹이에

쉽사리 다가가지 않았다. 졸지에 맞닥뜨린 행운을 특유의 조심성으로 가늠하는 모양이었다. 외눈박이라고 단정할 수는 없지만 사자의 냄새도 배어 있을 터였다.

그들이 사정거리 내에 들어오기를 기다리며 어머니는 미동도 하지 않았다. 어둠 속에서도 온몸의 근육이 팽팽해지는 게 느껴졌다. 이윽고 점박이들 중 하나가 조심스레 먹이에 접근했다. 녀석은 가만히 앞발로 먹이를 툭 건드리고는 펄쩍 뒤로 물러서며 주위를 살폈다. 놈들은 그 허망한 짓을 몇 번이나 되풀이했다.

그런 조심성이야말로 이 평원에서 삶을 이어가는 모든 이들의 철칙이란 걸 내가 알게 된 것은 오랜 뒤였다. 스스로 모든 것을 해결해야 하는 삶의 법칙이 지배하는 곳에서 난데없는 행운이란 불행과 다름 아니라는 걸 알게 되기까지 더 많은 시간과 눈물이 필요했다.

이윽고 점박이들은 안심한 듯 먹이에 몰려들었다. 오늘 저녁 그들 앞에 굴러온 행운에 대해 더 이상 의심하지 않기로 한 모양이었다. 그들은 가젤의 늑골을 부러뜨리며 게걸스럽게 식탐을 드러냈다. 물소의 다리뼈도 으깬다는 턱으로 닥치는 대로 집어삼켰다.

어머니의 몸이 조금씩 움찔대는 것을 나는 놓치지 않았다. 어머니는 뒷다리를 최대한 당겨 양쪽 옆구리에 붙였다. 그건 사냥할 때 도약을 위한 마지막 동작이었다. 바람의 방향이 바뀌는가 싶자 어머니는 허공으로 몸을 날렸다. 약간의 시차를 두고 아버지도 어머니의 뒤를 따라 뛰쳐나갔다. 그리고 상황은 한순간에 끝났다.

나는 놀람과 두려움으로 반쯤 얼이 빠졌다. 셋 중에 가장 몸집이 큰 점박이를 덮친 어머니의 앞발에 녀석은 머리를 정통으로 맞았다. 녀석이 쓰러지는 걸 본 어머니는 이어 가젤의 넓적다리를 물고 있는 놈의 어깨를 물었다. 뚜둑, 관절이 바스러지는 소리가 생생히 들렸다. 놈의 비명이 밤의 어둠을 길게 찢었다. 나머지 하나는 급히 뒷걸음질치는 바람에 요행히 목숨을 건졌다.

어머니와 아버지는 바람처럼 재빠르게 두 녀석에게 다가갔다. 먼저 아버지가 머리통을 얻어맞고 비틀대는 녀석의 목을 물었다. 가볍게 비틀자 목이 거짓말처럼 뒤로 완전히 꺾였다. 어머니가 다른 점박이를 해치우는 동안 아버지는 주위를 경계했다. 어깨가 부서진 점박이의 비명을 듣고 달려온 하이에나 가족들은 아버지의 모습을 보자 이내 제 식구를 구하는 일을 포기했다. 다만 멀찍이서 얼굴 가득 공포를 담고 지켜볼 따름이었다.

아버지가 일대를 뒤흔드는 포효를 내지르는 동안 어머니는 비명을 내지르는 점박이의 목줄기를 문 채 번쩍 들어올렸다. 그러고는 거칠게 두세 번 흔드는가 싶더니 땅바닥에 내동댕이쳤다. 순식간에 비명은 사라졌고 쿨럭대는 숨소리만 간간이 들려왔다. 어머니는 다시 녀석의 목줄을 단숨에 물고서는 힘을 다해 뜯어내기 시작했다. 파란 안광이 흐르던 놈의 눈에서 반짝, 빛이 사라지는 걸 나는 보았다. 강인한 턱을 가진 점박이의 목줄기도 어머니의 흉포한 이빨을 오래 버텨내지 못했다. 기어이 머리통을 떼어놓은 다음에야 어머니는 등을 돌렸다.

외눈에서 광포한 기운을 거두며 어머니는 유유자적하게 입에 문 핏물을 풀줄기에 닦았다. 점박이들의 피비린내로 숨이 막힐 것만 같았다.

5

평원의 법칙은 간단했다. 살아남기 위해서는 매 순간 자신의 모든 것을 걸어야 한다는 것. 살기 위해서는 목숨을 걸어야 한다는, 이 역설이야말로 이 평원의 모든 존재가 감내해야 하는 숙명이었다. 그렇지 않고서는 남들이 먹다 버린 뼛조각 하나도 챙길 수 없었다.

"쓸데없는 호기심을 버릴 줄 알아야 한다. 자신이 살아남는 게 중요하다. 부모나 형제보다 더 중한 것이 제 목숨이다."

밤하늘을 뒤덮은 별빛을 받으며 돌아오는 길에 어머니의 목소리가 높아졌다. 겨우 솜털을 갈아입은 녀석이 그 험한 지경으로 숨어들었으니 그런 꾸지람이야 당연했다. 그러나 어머니의 질책은 그것으로 끝이었다. 대신 가족들이 있는 곳으로 돌아온 어머니는 먼동이 틀 때까지 털 손질을 했고 나의 몸을 연신 핥아주었다. 당신의 애정이 얼마만 한지를 여실히 보여주었다.

"저 아침 해를 봐라. 세상은 조금도 달라지지 않았다. 누가 간밤의 일을 기억하겠느냐. 설사 기억한들 무엇이 달라지겠느냐. 내가 죽인 점박이들은 저 독수리의 밥이 될 것이고 우리는 이렇게 살아 있지 않느냐."

응융부의 심장만큼이나 붉은 해가 떠오를 때 어머니는 하늘을 날고 있는 독수리들을 바라보며 힘주어 말했다. 독수리들은 간밤의 살육이 벌어졌던 숲 위를 맴돌다 땅으로 내려앉았다. 그 수는 시간이 갈수록 더욱 늘어났다.

그러나 나는 처음으로 어머니의 주장에 동의할 수 없었다. 반달이 되비추는 희미한 달빛 아래 간밤의 참상이 워낙 선연해서다. 어머니가 목을 뜯어낸 녀석의 미처 감기지 않은 눈을, 몸통에서 쿨럭쿨럭 뿜어져 나오는 검붉은 선혈이 적시고 있었다. 그것은 우리가 살기 위해서 다른 종족의 목숨을 취하는 것과는 거리가 멀었다. 그저 살육이었던 거다. 왜 그렇게까지 해야 하는지 나는 납득할 수 없었다.

어머니는 무연한 눈길로 이글이글 타오르는 해를 바라보더니 몸을 일으키고는 가지 무성한 아카시아가 서 있는 그늘로 들어가서 잠을 청했다. 평온해 보이는 하루가 다시 시작되고 있었다. 그러나 여전히 코를 감싸고 있는 간밤의 그 피비린내들을 나는 주체할 수 없었다.

6

어머니가 하이에나들에게 그토록 표독스럽게 군 이유를 며칠이 지나 알게 되었다. 너무 늙어서 새끼들이나 돌보는 예의 그 아주머니가 궁금해 죽겠다는 나에게 마지못해 일러준 것이다.

"나도 들은 얘기다만, 네 어머니가 태어난 지 얼마 안 되었을 때라고 하더구나. 우리는 자식을 낳을 때가 되면 가족을 떠나서 혼자 있지 않니? 네 할머니도 그랬단다. 어느 날 허기진 배를 채우느라 잠시 토굴을 비웠다는구나. 같이 태어난 형제가 모두 셋이었는데 이제 막 눈을 뜨고 걸음마를 할 때였지. 세상이 얼마나 신기해 보였겠니? 그런데 서로 어울려 장난을 치다 하이에나들에게 그만 들키고 말았다는 거야. 오빠들은 모두 죽임을 당하고……네 어머니만 가시덤불로 달아나 목숨을 건졌다고 해. 그 바람에 한쪽 눈을 가시에 찔리고 말았단다."

가족들이 먹다 남은 뒷고기로 겨우 연명하던 아주머니는 살아온 세월을 가늠하는 듯한 표정으로 먼 하늘에 눈길을 주며 말했다. 탄력을 잃어 가죽만 걸친 듯 앙상한 어깨가 더없이 쓸쓸해 보였다.

"네 아버지가 우리에게 오기 전까지 지금의 이 풍요로운 연못은 우리 가족의 것이 아니었단다. 힘보다는 교활하기만 한 수컷과 이 평원의 한쪽 구석에서 겨우 연명하고 있었지. 그때 네 어머니는 처음으로 아기를 가졌다. 하지만 네 어머니도 할머니처럼 잠시 자리를 비운 틈에 두 마리의 새끼들을 전부 점박이들에게 잃었단다. 그런 일이 있은 뒤로 네 어머니의 잔인한 사냥이 시작된 게 아닌가 싶다."

아주머니의 얘기를 듣고서 내가 한 일은 기껏 낮잠을 자고 있는 어머니의 곁으로 다가가 물끄러미 내려다보는 것뿐이었다. 어머니는 하나뿐인 눈을 게슴츠레 뜨고는 나를 쳐다보았다. 어머니의 다른 한쪽 눈은 죽은 물소의 동공처럼 휑하니 열려 있었다.

이틀 뒤 어머니의 과거를 담담히 전해주었던 아주머니는 온다간다 말도 없이 사라졌고 다음 날 웅덩이 근처의 잡목이 우거진 곳에서 숨진 채 발견되었다. 독수리들이 그 죽음을 사방에 알린 덕분이었다. 재빠른 자칼이 그녀의 다리 살을 물어뜯은 뒤였지만 그녀의 얼굴은 평온했다. 고단하고 거친 이 평원에서의 삶에 비하면 그래도 행복한 죽음이었다.

7

어쨌거나 나는 어머니의 극성 덕분에 가족의 일원으로 생활하는 데 별문제가 없었다. 같이 놀아줄 이가 없었으므로 일찍 어머니의 사냥에 따라다녔고 더 많은 것을 보고 배울 수 있었다. 채 한 살이 되기도 전에 태어난 지 얼마 되지 않은 임팔라 새끼를 물고 돌아온 것도 우리 가족사에 전례가 없던 일이었다.

그랬으니 나의 어린 시절은 또래들과 어울리며 추억을 쌓을 틈도 없이 순식간에 지나갔다. 더구나 아버지로부터 좋은 혈통을 물려받았는지 나는 또래의 형제들보다 빨리 자랐다. 다른 아이들이 겨우 젖니가 빠질 때 나의 송곳니는 웬만한 어른의 그것과 비슷할 정도였고 덩치는 두 살배기 누이들과 비슷했다. 그래서였는지 아버지와 어머니를 제외하면 다른 가족들과의 거리감은 좀처럼 좁혀지지 않았다. 어릴 때는 모자란 녀석 취급을 받더니 자라면서는 차츰 경외감이나 두려움으로 멀리했다.

　훗날에야 돌아보니, 이모나 누이들은 그때 이미 나에게서 불길한 징조를 느꼈는지도 모르겠다. 당장의 먹고사는 문제에 모든 걸 던지는 사자들이 앞날의 징조를 느끼는 게 이상하지만 그러지 않고서야 가족들이 나와 어머니를 그토록 경원했던 까닭을 설명할 길이 없어서다.

3장

천적

1

매일같이 비를 뿌리던 구름이 물러가자 태양이 대지를 달구었다. 평원을 푸르게 채웠던 풀들이 시들기 시작했고 맑은 물이 가득했던 연못과 샘들도 차츰 말라붙었다.

근처의 연못이 바닥을 드러내면서 야릇한 기운이 부족 전체를 휩싸고 돌았다. 입가에 거품을 물고 발굽으로 땅바닥을 긁어대는 수컷 어른들은 눈들이 뒤집혀 있었다. 어제까지 우정을 나누던 형제와 이웃들이 뿔을 앞세우고 난투극을 벌였다. 자매와 누이들은 달아오른 몸으로 엉덩이를 실룩이며 내돌아쳤다. 긴 여행을 떠나기 앞서 짝짓기가 시작된 것이다. 우리들의 몸속에, 자신도 모르는 곳에 숨어 있는 어떤 것이 튀어나오기 때문이라고 형은 말했다. 아버지는 그걸 본능이라고 했단다.

"내가 아직 겪어보지 못해서 자세히 설명할 수 없지만, 아득한 선조들로부터 이어지는 의식(儀式) 같은 거라고 아버지는 말씀하셨어. 우리 몸의 뿔이나 발굽처럼 떼려야 뗄 수 없는 것 말이야."

형의 말대로라면, 우리를 우리답게 하는 모든 게 본능일지도 모르겠다. 그러나 아무리 그렇다고 해도 내 눈에는 그저 집단적인 광기일 뿐이었다. 어른들의 난투극에 다리가 부러지거나 깔려 죽는 건 아이들이었다. 어른들 또한 마찬가지여서 오랜 다툼 끝에 겨우 암컷의 잔등에 올라타자마자 사자들의 발톱에 고깃덩이가 된 이들도 부지기수였다. 비명과 피비린내, 자욱한 먼지와 헐떡임이 시들어가는 초원을 채웠다. 사냥꾼들은 부른 배를 주체하지 못했고 부족들은 본능을 감당하지 못했다.

새 생명을 만들기 위해 멀쩡하던 목숨들이 그처럼 허망하게 스러지는 걸 나는 도무지 이해할 수 없었다. 삶의 실상이 겨우 이런 거였나 싶었다. 대지의 축복과 아버지의 뜨거운 피로 태어나고, 어머니의 그윽한 체취와 향기로운 젖으로 길러진 나의 삶이 겨우 이 정도인가…….

"우리야 어려서, 아직은 신경 쓰지 않아도 되겠지만……."

형은 우울한 표정을 지으며 말문을 닫았다. 곤혹스럽기는 형도 마찬가지인 모양이었다. 메마른 바람이 뿌연 먼지를 하늘로 말아 올리는 걸 바라보는 형의 눈길이 처연했다. 머지않아 자신도 저 대열에 합류할 수밖에 없으리라는 낭패감 때문이었을 것이다.

2

어머니가 떠나자 나를 보살핀 것은 형이었다. 우리 응융부 종족에게 어린 시절의 두 살 터울이란 곧 갓난쟁이와 청년만큼의 차이였다. 두 살이 되어야 뿔이 자라기 시작했고 목덜미와 턱의 술기들도 빽빽하게 자리를 잡으며 짙어졌다. 다른 수컷들과 싸워 암컷을 차지하기 위해서는 한두 해 더 기다려야 하지만 기회만 있다면 언제라도 짝을 맺을 수 있는 나이이기도 했다. 그렇게 보면 형은 내가 태어날 무렵에 독립했어야 할 나이였던 거다.

"아버지는 위대한 부족장이셨다. 모두로부터 존경과 권위를 인정받으셨어. 나는 아버지에게서 더 많은 것을 배우고 싶었다. 그저 내 한 몸 탈 없이 살아가는 걸 넘어서 가족과 이웃, 더 나아가 부족과 우리 종족이 평화와 번성을 누리는 방법을 말이다. 그러려면 자신부터 강해져야 한다는 것을 아버지는 행동으로 가르치셨다. 당신의 힘과 지혜를 오롯이 따르기 위해서는 곁에 머무는 게 최선이라고 생각했다."

아버지를 입에 올릴 때마다 형의 얼굴은 어두워졌다. 하이에나들에게 물어뜯기고 수사자의 용틀임 한 번에 목뼈가 부러지는 동안 당신을 위해 아무것도 할 수 없었다는 자괴감에 몸을 떨었다.

그러나 훗날 돌아보니, 아버지의 죽음은 형에게 상실감 못지않게 성숙의 계기도 되었던 듯하다. 어떤 이에게는 때 이른 부모의 부재가 좀 더 일찍 자신을 숙성시키는 계기가 되는데 형이 그런 경우였다. 척박한 땅에서 자란 아카시아일수록 뿌리가 더 튼튼하고 가지도 번성하는 것처럼 말이다. 아버지와 어머니의 빈자리를 메우면서 형은 곧고 굳세고 높이 자랐다. 형에게 '용감한 자'라는 뜻의 '호다루(hodaru)'라는 호칭이 붙은 것도 그래서였다.

아버지를 닮아서인지 형은 덩치가 크고 힘도 셌다. 무엇보다 형과 또래들을 확연하게 구분해주는 것은 이마 위로 돋은 뿔이었다. 형의 그것은 얼핏 보기에도 비슷한 시기에 태어난 친구들보다 훨씬 크고 길었다. 가장 먼저 어른이 된다는 의미이면서 또래 집단에서 우두머리로 자리 잡아간다는 징표였다. 그랬으니 형 주변에 막 어린 티를 벗기 시작한, 열정을 주체할 수 없는 친구들이 모여드는 건 당연했다.

형은 그들과 함께 초원을 달렸고 힘을 겨루었으며 훗날 죽음까지 이어지는 우정을 쌓았다. 다들 일찍 부모와 사별하거나 여러 사정으로 독립해서 저마다 삶과 죽음이 교차하는 순간을 거쳐서인지 패거리를 이루는 것 또한 자연스러웠다. 그들은 각자의 삶에서 길어 올린 경험의 진위를 놓고 밤새 토론을 일삼았고, 부족의 경계를 벗어나 평원의 가장자리까지 달려가는 무모한 짓도 서슴지 않았다. 때로는 자신의 주장을 증명하기 위해 사자들의 영역 한가운데를 서성이는 만용도 부렸다. 삶이란 그런 무모하거나 자잘해 보이는 일상의 조각들을 이어 붙여 자신만의 커다란 세계를 만들어가는 일이란 걸 나는 오랜 뒤에야 알았다.

"빠르고 오래 달리는 게 가장 중요하다. 그러니 아무리 배가 고파도, 아무리 맛난 풀이 있더라도 배부르게 먹어서는 안 돼. 오래 달릴 수가 없어. 금방 지쳐버리는 씸바(사자)들보다 더 무서운 건 끝까지 따라오는 피시(fisi: 하이에나)들이야."

그래서 형과 친구들은 틈만 나면 숨이 턱에 차도록 달렸다. 그 덕분에 모두 군살 없는 체구를 유지했다. 세렝게티를 떠날 때쯤 형과 친구들은 부족 전체에서 가장 날랜 용사들이 되어 있었다. 그리고 그들의 맨 꽁무니에는 항상 내가 있었다. 어디건 형이 있는 곳에 동생인 내가 함께하는 건 당연한 일이었다. 아니 우리 모두가 그랬다. 설사 그곳이 삶과 죽음을 갈라놓는 사자들의 송곳니 앞이라도 말이다.

3

사나흘이나 물을 마시지 못했다. 이제는 다들 멀리 떨어진 연못으로 가야 했다. 문제는 일 년 내내 마르지 않는 그 연못이 모씸바의 영역 한가운데 있다는 거였다.

"연못에 도착하면 가장 먼저 앞으로 나가서 얼른 물을 마시고는 돌아 나와야 한다. 연못 안으로 들어가서도 안 된다. 돌아가신 아버지께서 누누이 일러주신 거다."

형은 출발 전에 또 한 번 주의를 주었다. 나는 형과 떨어지지 않으려 애쓰며 고개를 끄덕였다. 아버지의 가르침보다 형의 간절한 당부가 더욱 무거웠다.

키 높이쯤 되는 둔덕을 넘자 동족들이 제법 큰 무리를 짓고 있었다. 푸푸, 내뿜는 숨소리에 긴장감이 배어났다. 다들 어디로 가야 제 한목숨을 부지하는지 알고 있었다. 우리는 무리의 앞줄에 끼어들었다.

무리는 곧 움직이기 시작했다. 그러나 방향만 정해졌을 뿐 모든 게 엉망이었다. 규율이 없으니 대열을 갖출 수 없었고 대열이 없으니 바람에 쓸려가는 풀잎처럼 우왕좌왕하며 앞으로 나아갔다. 갈증으로 보채는 아이들의 칭얼거림과 위험을 예감한 어른들의 과민한 반응들이 곳곳에서 튀어나왔다. 사정없이 내리꽂히는 햇살과 자욱한 먼지 속에서 생존을 위한 본능과 공포가 한데 뒤섞이자 북새통이 따로 없었다.

완만한 내리막의 끄트머리에 자리한 연못은 짐작보다 훨씬 컸다. 게다가 맑았다. 햇살을 되받은 물비늘이 풀잎에 맺힌 이슬처럼 반짝이며 우리를 유혹했다. 그러나 모두들 주춤거렸다. 사자들 특유의 비릿한 냄새가 갈증에 허덕이는 생존 욕구를 덮었다. 모두가 긴장했다. 형이 친구들을 불렀다.

"썸바들이 하나도 안 보여. 근처에서 사냥을 한 흔적도 없고."

그러고 보니 스무 마리가 넘는다는 모썸바의 식구가 하나도 보이지 않았다. 사자들이 남긴 것을 두고 다투어야 할 독수리들은 먼발치의 아카시아 가지마다 줄지어 앉아 이쪽을 내려다보고 있었다. 흡사 저세상으로 인도하는 안내자들처럼.

"흠, 오늘은 일진이 아주 사납겠어. 새끼들까지 안 보이는 건 놈들이 모두 사냥을 나갔다는 거야. 무슨 일이 있었는지 몰라도 며칠이나 굶었던 모양이군."

형의 말을 받은 친구는 유독 시력이 좋아 '예리한 눈'으로 불리는 호다리

쿠오나(hodari kuona)였다. 지난 일을 지금 눈앞에서 보고 있는 것처럼 기억하는 재주가 있었다. 여기에 총명한 두뇌가 더해져 과거의 일과 현재의 사실을 추려서 앞날을 예견하는 데에도 탁월했다. 날카롭게 찢어진 눈매를 가지고 있어서 '자칼의 눈'이라 불리기도 했다.

"흠, 모씸바의 대식구가 배를 채우려면 우리 응유부 한둘 정도로는 모자라지 않겠어?"

쿠오나가 빈정대며 내뱉은 말에 우리는 고개를 끄덕였다. 형이 침울해진 분위기를 달랬다.

"그렇더라도, 우리가 할 수 있는 일은 똑같아. 최대한 빨리 달리는 거……. 선택은 놈들의 권리니까."

상황과 조건이 변해도 우리는 한 가지 방법밖에 선택할 수 없었다. 그게 우리의 운명이고, 그래서 다들 곤혹스러운 거다.

"그래, 놈들이 덮치면 최대한 빨리 도망치는 거야. 아니면 한판 싸우든지!"

뒤에서 변성기를 지난 듯 걸걸한 목소리가 대답했다. 제법 자란 뿔이 물소의 그것을 닮았다 해서 '응야티(nyati: 물소)'라 불리는 친구였다. 형에 버금가는 큰 몸집에다 대단한 힘을 가진 장사다. 평소에는 조용하고 걸음도 느렸지만 한번 화나면 누구도 말릴 수 없었다. 어른 물소 수컷에게도 밀리지 않고 한나절 동안이나 드잡이질을 해서 이름이 높았다. 우직한 응야티의 대꾸에 형이 달래듯 말했다.

"모씸바 식구들이 흩어져서 길목을 지키고 있다가 덮칠 가능성이 커. 그러니 우리는 부족들과 따로 움직여야겠어. 몰려 있으면 달아나는 것도 쉽지 않으니까. 어쨌든 단단히 대비를 해야겠는데……."

형의 응대를 기다렸다는 듯 쿠오나가 눈을 반짝이며 머릿속에서 굴리던 생각을 펼쳤다. 말이 시원시원했다.

"뭐, 심각할 거 없어. 바리디와 누사가 앞장을 서고 웅야티가 우리 뒤를 막아주면 돼. 그러면 모씸바 아니라 더한 놈들이라도 우리를 어쩌지 못할 거야."

바리디(baridi: 바람)는 부족을 통틀어서 가장 빠르게 달리는 웅융부다. 그래서 우리는 바리디를 '발굽 달린 두마(duma: 치타)'라 놀렸다. 더 대단한 것은 그 속도로 믿을 수 없을 만큼 오래 달린다는 거였다. 우리는 바리디가 두 개의 심장을 가졌다고 여겼다.

누사(nusa: 냄새 맡다)는 놀랍게도 평원에서 살아가는 모든 종족의 체취를 구분할 수 있었다. 바람에 실려 오는 냄새는 물론이고 바람 한 점 없어도 귀신처럼 포식자들을 찾아냈다. 게다가 한번 확인한 체취는 죄다 기억해서 사자나 하이에나 가족 중에서 누구의 것인지도 구별했다. 게슴츠레하니 눈을 감고 흘러 다니는 냄새를 가로채면 그놈이 얼마나 멀리 떨어져 있는지도 거의 정확하게 짚었다. 친구들의 특장점을 꿰고 있는 쿠오나가 대열의 선두와 후미를 지정한 데는 이런 까닭이 있었던 거다.

형이 선두를 맡은 바리디, 누사와 차례로 눈을 맞추며 용기를 불어넣었다.

"이번에는 도망치는 속도보다 방향이 더 중요해. 모씸바의 식구들이 연속해서 공격해오면 누구도 견딜 수 없을 거야. 누사가 꼬리로 방향을 알려주고 바리디가 길을 터줘. 둘만 믿을게."

"나 같은 용사가 친구들의 꽁무니를 지키는 건 정말 안타까운 일이야. 그깟 씸바놈들이야 혼자서도 감당할 수 있다구. 적은 싸워서 무찔러야지 도망 다닌다고 해결되지 않아. 다들 너무 겁먹은 거 아냐?"

웅야티가 투덜댔지만 다들 가벼운 웃음으로 넘겼다. 우리는 스스로 내린 결정에 만족했고 또 그만큼 흥분했다. 그동안의 훈련만으로도 우리가 모씸바

따위들의 밥이 되지는 않을 거라는 자신감이 컸다.

우리는 서로 빛나는 눈길을 주고받은 다음 성큼성큼 물가로 걸어갔다. 모씸바의 영역 한가운데에서도 주눅들지 않는 우리에게 모두의 시선이 모아졌다. 두려움과 놀라움, 선망과 경이의 눈길을 받으며 우리는 수면에 입을 담갔다. 연못 바닥의 모래가 훤히 보일 만큼 맑은 물을 힘껏 빨아 당겼다. 서늘한 기운이 전신으로 퍼져 나갔다. 막혔던 숨구멍이 비로소 뚫리는 듯했다.

아아, 삶이란 이토록 맑고 신선한 것이구나! 푸른 기운이 몸에 가득 차는 걸 느끼며 부지불식간에 나는 그렇게 감탄했다.

4

"가자!"

우리는 달리기 시작했다. 처음에는 천천히, 그러다 사냥꾼이 없다는 표시로 누사의 꼬리가 하늘로 치솟으면 전속력으로 질주했다. 일직선으로 내달리다 커다란 원호를 그리기도 했으며 한쪽으로 급히 방향을 바꾸기도 했다. 옆에서 달리는 친구의 심장 박동에 자신의 호흡을 맞추며 대열을 유지했다.

우리들의 질주에 모두들 눈이 휘둥그레졌다. 관목 숲 뒤에 납작 엎드려 있던 사자들은 허를 찔린 듯 그저 혀를 빼물었다. 물소들은 놀라 허둥댔고, 코끼리들은 한쪽으로 물러서며 길을 열어주었다. 나뭇잎을 뜯던 기린들이 덩달아 우리를 뒤쫓기도 했고 임팔라와 가젤들은 부러운 눈초리로 쳐다보았다. 아카시아 가지에 줄줄이 앉은 독수리들 눈에는 우리가 마치 초원 위로 큰 가르마를 그으며 나아가는 커다란 뱀처럼 보였을 터였다.

얼마 지나지 않아 첫 출발지에 도착했다. 우리는 모씸바의 영역을 벗어났다고 생각했다. 형과 쿠오나도 그렇게 판단했는지 바리디와 누사가 속도를 늦추자 달리기를 멈추었다. 낙오자는 없었다. 모두의 얼굴에 자신감이 서렸다. 모씸바와의 대결에서 우리가 거둔 첫 승리인 셈이다.

"나라면 말이지, 바로 이쯤에다 마지막 매복조를 숨겼을 거야. 영역 끝이라 한숨 돌리는 곳이니까. 이런 걸 보면 모씸바도 미련퉁이야. 어둠의 제왕이 아니라 미련퉁이 제왕이 맞아."

비아냥대는 쿠오나의 달뜬 목소리에 다들 웃음을 터뜨렸다. 형의 얼굴에도 웃음기가 번졌다. 우리는 서로의 얼굴이며 턱을 핥고 비비며 오늘의 승리를 만끽했다. 그런데, 바람의 방향이 잠깐 바뀌는가 싶었다. 별안간 누사가 비명처럼 외쳤다.

"도망쳐! 외눈박이야!"

누사의 비명이 채 잦아들기 전에 왼편 덤불에서 사자 하나가 허공을 가르며 튀어 올랐다. 그러고는 밤하늘을 가르는 유성처럼 곧장 형을 향했다. 뜨악해서 비명도 못 지르는 상황이었는데, 그러나 형은 순식간에 몸을 오른쪽으로 누이는가 싶더니 그대로 땅을 박차고 뛰쳐나갔다. 그 바람에 외눈박이의 발톱은 아슬아슬하게 형의 얼굴을 스치고 지나갔다. 털끝 하나의 차이로 놈은 허방을 휘젓고는 제풀에 나뒹굴었다.

외눈박이의 첫 공격에 이어 숨 돌릴 틈도 없이 덤불로부터 두세 마리의 사자들이 뛰쳐나오면서 우리는 흩어질 수밖에 없었다. 각자의 발굽에 목숨을 걸어야 했다. 누사의 후각 덕분에 놈들보다 우리가 반걸음 정도 빨랐던 게 정말 다행이었다.

나는 바리디의 꽁무니에 매달리다시피 하며 죽어라 뒤를 따랐다. 형은 몇 걸음 앞서서 누사를 보호하며 질주했다. 넷은 곧 한 덩어리가 되었다. 웅야티는 쿠오나와 함께 달리다 갑자기 왼쪽으로 휙 꺾더니 곧 시야에서 사라졌다.

숨이 턱까지 차올랐다. 그런데 갑자기 형이 더욱 속도를 높였다. 키 큰 바리디에 가려 보이지 않았지만 특유의 비릿한 냄새가 코를 찔렀다. 방금 형을 덮쳤던, 먹잇감을 잡으면 일대를 피투성이로 만든 뒤에야 사냥을 끝낸다는 외눈박이 암사자 '자힐리(jahili: 잔혹한)'였다.

첫 공격에 땅바닥을 뒹굴었던 외눈박이는 오로지 형을 잡기 위해 사력을 다했다. 차츰 뒤쳐지는 내가 상대적으로 손쉬운 먹잇감인데도 거들떠보지 않았다. 놈의 질주는 공포스러울 만큼 폭발적이었다. 순식간에 형을 따라잡더니 마지막 도약을 하면서 바위 같은 앞발로 형을 덮쳐갔다. 외눈박이의 검은 동굴처럼 벌어진 입과 싯누런 송곳니가 눈앞을 가로막는 듯했다. 목구멍 저 안으로부터 죽음을 부르는 듯한 울림과 함께 역겨운 체취가 확 풍겼다. 전신의 힘을 앞발로 모은 탓에 송곳니보다 더 날카로운 발톱들이 한꺼번에 일어선 게 똑똑히 보였다.

그런데, 형은 마치 그 순간을 기다렸다는 듯 순식간에 뒤따르던 우리들을 떨치고 앞으로 쭉 달려나갔다. 어디서 그런 힘이 남아 있었는지 불가사의할 지경이었다. 그러자 바리디는 누사와 나를 오른쪽으로 밀어붙여 방향을 바꾸었다. 형은 외눈박이를 우리 부족의 경계로 끌고 갔고 그 바람에 우리는 겨우 사자들의 포위망을 벗어났다.

가까스로 외눈박이를 따돌린 우리는 한참을 더 달렸다. 관목지대의 모퉁이를 돌자 커다란 바위 세 개가 가지런히 놓여 있는 개활지가 나타났다. 사방이 터져 있어 사냥꾼의 접근을 한눈에 볼 수 있는 곳이었다. 우리는 비로소 걸음을 멈추었다. 숨이 턱까지 차오르다 못해 눈앞이 노래졌다. 바리디의 거친 숨소리가 귓전을 맴돌았고 누사도 거의 탈진한 모습이었다. 바위에 기대거나 주저앉은 채 몸과 정신을 가누느라 한동안 아무도 입을 열지 않았다.

외눈박이의 앞발톱은 형의 오른쪽 뺨에 깊고 긴 상처를 남겼다. 꾹꾹 여민 입술 사이로 간간이 묵직한 신음이 비집고 나왔다. 그게 신호이듯 흩어졌던 친구들이 하나둘 모여들었다. 다행히 모두 무사했다. 상황이 수습되자 형은 도망쳤던 길을 되짚어 걷기 시작했다. 심상치 않은 기운에 쿠오나와 내가 그 뒤를 따랐다.

"내 얼굴을 이렇게 만든 놈은 자세히 봐두어야지. 그래야……."

형은 입술을 사리물고 외눈박이가 뛰쳐나왔던 덤불숲으로 향했다. 나는 오금이 저려 간신히 뒤를 따랐고 쿠오나는 묵묵히 형의 일거수일투족을 살피며 걸었다. 숲의 초입에 이르자 역한 피비린내와 사자의 체취가 뒤섞였다. 형은 큼큼, 잠시 냄새를 맡고는 주저 없이 앞으로 나아갔다. 곧 참혹한 광경이 드러났다. 어른 암컷 하나와 그 새끼로 보이는 어린 것이 사자들에 둘러싸여 뜯어먹히고 있었다.

"저놈이지?"

키를 넘는 덤불에 몸을 숨긴 채 형은 턱짓으로 사자 무리 중의 하나를 가리켰다. 군살 하나 없이 다부진 체격에 한쪽 눈이 반쯤 감겨 있는 암사자였다. 쿠오나가 찢어진 두 눈을 더욱 가늘게 찌푸리며 고개를 끄덕였다.

형은 뚫어지게 외눈박이를 노려보았다. 놈은 느긋하게 먹이의 배를 열고 내장을 뜯어 먹고 있었다. 피를 뒤집어쓴 외눈박이는 더욱 잔혹한 모습이었다. 멀리서도 피비린내에 숨이 막혔다.

어디선가 기다란 포효가 숲을 흔들었다. 종종 들어본 적 있는 사자의 울음소리였다. 그 소리에 형은 비로소 현실감을 되살린 것 같았다. 찌푸린 눈으로 주변을 경계하는 쿠오나를 힐끗 쳐다본 형은 낮은 목소리로 나에게 일렀다.

"그만 가자. 그리고 저 소리를 잘 기억해둬라. 아버지의 목숨을 앗아간 놈이니까."

형을 따라 몸을 돌리던 나는 새끼 사자 한 마리를 발견하고서는 발걸음을 멈췄다. 콧등 왼쪽에 세 개의 눈부시게 하얀 반점을 가지고 있는 녀석이었다. 아버지의 몸에 들러붙어 뼈와 살을 씹고 피를 핥던 바로 그놈이었다. 녀석은 그동안 몰라보게 자라 있었다. 딱 벌어진 어깨며 곧게 뻗은 허리와 꼬리가 제 아비의 그것을 그대로 물려받은 것 같았다. 이제는 고기를 먹는 데도 꽤 익숙해 보였다. 어른들 틈에서 잽싸게 죽은 동족의 가슴살을 뜯어내고 있었다.

자신을 주시하고 있다는 걸 알아챘는지 녀석도 나를 향해 고개를 돌렸다. 그와 나는 팽팽한 눈길을 주고받으며 잠시 서로를 마주 보았다. 이후로 평생을 멀지도 가깝지도 않게 살아가게 된 우리의 두 번째 만남이었다.

4장

들불

1

당연하지만, 나의 일생에 가장 큰 영향을 준 이는 어머니였다. 그중에서도 큰 가르침은 적당한 때를 기다리며 참는 법이었다. 문제는 그 '적당한 때'가 언제인지 도무지 알기 어렵다는 것이지만, 그래도 참는 법을 배웠다는 것만으로도 대단한 일이었다. 잡은 먹이를 고스란히 넘겨줄 만큼 억울하더라도 적개심으로 이글대는 가슴을 진정시키고 다음을 도모하는 건 우리 사냥꾼들에게도 종종 생존이 걸린 문제였기 때문이다.

어머니로부터 이 죽음과 삶이 교차하는 땅, 세렝게티에서 목숨을 보전하는 방법을 배웠다면 아버지는 가족을 위해 가장으로서 해야 할 용기와 헌신이 무엇인지 가르쳐주신 분이었다. 무엇보다 한 여인에 대한 지극한 애정이 어떤 것인지를 몸소 보여주셨다.

어떤 이는 아버지가 오래전에 평원의 북쪽, 생명체가 살 수 없는 버려진 땅 우카메(ukame: 사막)에서 모래바람을 타고 왔다고 했다. 또 누구는 '빛나는 산'에서 왔다고도 했다. 건기가 시작되면 동쪽 끝 멀리 아슴푸레하게 보이는, 투명한 하늘과 맞닿아 허옇게 빛나는 정수리를 가진 산, 킬리만자로에서 평원으로 달려왔다는 것이다.

우카메에서건 킬리만자로에서건 아버지의 강림에는 독수리들이 원을 그리며 호위해서 그 위엄을 평원의 모든 족속에게 알렸단다. 그중에서 온몸을 푸른 깃털로 감싼 대머리 독수리 하나가 앞장서서 아버지를 어머니에게로 이끌었다고 했다. 젊고 용맹했으나 평원의 끄트머리에서 한쪽 눈도 없이 거칠게 목숨을 연명하던 어머니에게로 말이다.

세상 물정 모르는 아이들이나 솔깃할 이야기가 지금까지도 이어지는 것은 그만큼 아버지와 어머니의 관계가 이질적이면서도 돈독하기 때문일 것이다. 또 그만큼, 아버지는 세렝게티에서 신비로운 존재였다. 그런 아버지에 대한 어머니의 존경과 흠모는 물방울 하나 스밀 틈 없이 단단했다.

"누구도 아버지를 막을 순 없었다. 그분은 혼자서 물소 수컷 대장의 숨통을 끊어버린 유일한 분이었다. 은도부(ndovu: 코끼리) 무리도 비켜 갔고 트위가(twiga: 기린)들도 무릎을 꿇었단다."

아버지는 우리 가족뿐만 아니라 평원 일대의 모든 종족으로부터 공포와 경배의 대상이었다. 어린 내 눈에는 아버지의 커다란 울음소리만으로도 발굽 달린 것들은 자청해서 무릎을 꿇고 순순히 먹이가 되었다. 내가 아직 젖먹이였을 때, 점박이들에 둘러싸여 있던 엄청난 덩치의 수컷 응유부를 단 한 번의 용트림으로 숨통을 끊던 아버지의 완력을 되새겨보면 아버지에 대한 온갖 소문들이 그냥 지어낸 이야기가 아니라는 건 분명했다.

"네 아버지에게 도전한 수컷들은 모두 목숨을 보전하지 못했다. 어떤 때는 혼자서 세 마리의 수컷들과 일전을 벌였지만, 그분은 콧등에 작은 생채기만 입었을 뿐이다. 그놈들 중 둘은 그 자리에서 죽었고 나머지 하나도 며칠 뒤에는 독수리들의 밥이 되었지."

완력이 대단했던 만큼 아버지는 덩치도 컸다. 그러나 가족들에게는 언제나 관대했다. 사냥을 비롯한 일체의 집안일에는 관여하지 않았다. 대신 활활 타오르는 눈길로 가족의 영역을 수시로 순찰하는 것을 잊지 않았다. 핏빛 황혼이 평원을 붉게 물들일 때면 야트막한 구릉에서 일대가 떠나갈 듯 포효를 터뜨렸다. 어느 누구도 감히 영역을 침범하지 못했다.

나는 아버지의 일거수일투족을 보면서 하루를 보냈다. 멀리서 모습만 비쳐도 온 가족이 안심하고 생활할 수 있었던 당신의 권위와 힘을 내 것으로 만들고 싶었다. 그래서 아버지는 평생 지워지지 않을 불꽃으로 내 마음에 남았다.

2

늘 푸를 것 같던 평원이 싯누렇게 변해갈 즈음 믿지 못할 장관이 펼쳐졌다. 평원을 뒤덮고 있던 발굽 달린 족속들이 무리 지어 떠나고 있었다. 끝없이 길게 늘어선 그들은 가시처럼 내리꽂히는 뙤약볕 아래서 먼지를 일으키며 북쪽으로 향했다. 기다란 줄무늬가 고르게 배열된 푼다밀리아(punda milia: 얼룩말)를 앞세운 그들은 고개를 늘어뜨린 채 묵묵히 평원을 가로질러 지평선 너머로 사라져갔다.

그들이 떠나자 평원이 텅 빈 것 같았다. 수시로 벌어지던 사냥이 줄었고 먼지바람이 빈 공간을 채웠다. 남은 사냥감이라곤 한입에 털어 넣어도 시원찮을 키 작은 영양들과 혹멧돼지들, 그리고 목숨을 걸고 덤벼야 하는 물소들뿐이었다.

하루가 다르게 황폐해지는 평원을 바라보는 어머니에게서 결연한 의지가 배어났다. 가족들을 채근하며 샘터를 중심으로 영역을 살피느라 촉각을 곤두세웠다.

"게으름 피우지 마라. 그러다간 언제 이 땅을 다른 놈들의 손에 넘겨줄지 모른다."

어머니의 호통에 이모와 누이들은 주린 몸으로 짝을 지어 영역을 순찰했다. 뱃구레가 축 처지도록 포식한 뒤 할 일 없이 낮잠으로 하루를 보내던 일은 옛말이 되었다. 벌겋게 달아오른 태양이 기승을 부릴수록 가족 전체에 팽팽한 긴장감이 넘쳤다. 아버지가 야트막한 언덕에 올라 포효를 터뜨리는 횟수가 잦아졌고 나는 처음으로 배고픔을 알게 되었다.

"보채지 마라. 굶는 것에도 익숙해져야 한다. 발굽 달린 족속들이 다시 돌아오기까지 이런 고통은 계속될 테니까."

불과 얼마 전의 풍족했던 기억 때문에 지금의 배고픔이 더욱 절박하게 느껴지는 가족들, 특히 나와 같은 시기에 태어난 어린 것들을 나무라는 어머니의 음성에는 노여움마저 깃들었다. 자식들 못지않게 어른들도 배고픔과 피로에 시달리고 있었던 것이다.

그나마 우리는 형편이 좀 나았다. 마르지 않는 샘이 있었기 때문이다. 사냥감들이 목마름을 견디다 못해 물가로 몰려오는 때가 그나마 주린 배를 채울 수 있는 기회였다. 하지만 그마저도 그리 호락호락하지 않았다. 신경이 날카로워지기로는 그네들도 우리와 다르지 않았던 거다. 목이 마를수록 감각은 더욱 섬세해지는지 그들은 우리의 갈기가 미풍에 흔들리는 것도 알아챘다. 마른 풀잎 같은 몸으로도 새처럼 빠르게 달아났다. 게다가 마음만 먹으면 언제든지 잡을 수 있었던 그들의 새끼들도 어느새 제 한 몸 건사하는 방법을 터득하고 있었다. 그러니 어머니조차 사냥에 실패하는 날이 많았다. 바오바브나무의 뿌리처럼 튼튼한 어머니의 발톱에 얼굴을 채이고도 도망친 어린 응윳부도 있었으니 말이다.

가족들은 나무 그늘에 숨어 숨만 헐떡였다. 이런 불볕 속을 나돌아다니는 건 무모한 짓이었으므로 한낮에는 질식할 것 같은 평화가 유지되었다. 그러나 언제 무슨 일이 일어날지 아무도 알지 못했다. 바람에 흔들리는 거미줄처럼 모든 게 아슬아슬했다.

3

평원의 한쪽에서 시작된 들불이 남동풍을 따라 우리 가족의 영역까지 휩쓸지 않았더라면 나도 동족의 다른 수컷들처럼 무난한 일생을 보냈을지 모른다. 차분하게 어머니로부터 사냥을 배웠을 것이고 두 살이 되면서 가족을 떠나 세상의 이곳저곳을 돌아다니며 다양한 경험을 쌓았을 거다. 다른 수컷들과 목숨을 건 싸움을 벌이며 가정을 이루고 이 평원의 구성원으로서 타고난 의무를 다했을지 모른다. 비록 고통스럽고 때로는 비루할지라도 나는 기꺼이 그 몫을 감당했을 것이다.

그러나 운명은 나의 바람을 간단하게 비켜 갔다. 그것은 어느 날 갑자기 다가와 지금까지의 모든 것을 한꺼번에 엉망으로 만들고 지나갔다. 한 마리 들짐승이 보듬고 있는 삶이란 얼마나 보잘것없는지……. 나도 그저 한 마리 들짐승에 불과했던 것이다.

4

어느 날, 매캐한 연기가 하늘을 가리기 시작했다. 처음엔 지평선 멀리 새벽 안개처럼 흐릿하게 퍼지던 연기는 며칠 사이 몇 걸음 앞을 분간할 수 없을 만큼 짙어졌다. 열기에 뒤섞여 가죽과 살이 타는 메스꺼운 냄새가 뒤를 따랐다. 대체 어디로 길을 열어야 할지 가늠할 수 없었다. 다들 경험 많은 어머니의 지휘만 기다리는 형편이었지만 어머니조차 핼쑥해진 낯빛으로 다가오는 불길만 바라보았다. 그나마 시들고 있던 풀들마저 다 타버렸고 덤불과 숲은 흔적만 겨우 남았다. 사냥감들은 어디론가 사라졌고 우리는 몸 하나 숨길 데가 없었으니 한동안 사냥을 포기해야 할 형편이었다.

"이런 경우는 처음이다. 가끔씩 들불이 평원을 태웠지만 우리가 땅을 내놓고 도망가야 할 정도는 아니었는데……."

불길을 피해 외진 곳으로 쫓겨 가면서 그렇게 굳세던 어머니조차 맥이 풀린 목소리로 말했다. 어쩔 수 없는 일이었다. 바람에 날린 재가 샘 주위를 암회색으로 뒤덮었다. 더 머물러 봐야 열기에 까맣게 그을리거나 목마름으로 죽을 것이 뻔했다.

어머니는 가족을 이끌고 평원의 서북쪽으로 한없이 나아갔다. 그런 뒤 태양이 떠오르는 쪽으로 향했고 다시 남쪽으로 내려왔다. 평원을 가로질러 크게 반원을 그려 불길이 지나간 자리로 되돌아온 것이다. 나로서는 어디가 어딘지 분간할 수 없게 변해버린 곳을 어머니는 특유의 방향 감각과 그간의 경험으로 가족을 이끌었다.

피난의 과정은 매 순간이 선택과 결단의 연속이었다. 새로운 땅에 들어설 때마다 영역을 고수하던 다른 사자 가족과 대치하거나 싸움을 벌여야만 했다. 졸지에 떠돌이 신세가 되어버린 우리로서는 감내할 수밖에 없었다. 크고 작은 전투의 대부분은 아버지의 몫이었다. 먼 길을 가야 했으므로 가능하면 신경전으로 끝내거나 피하려 했지만 대부분은 여의치 않았다. 영역을 지키려는 그들의 저항도 극렬해서 때로는 한나절을 꼬박 쫓거나 쫓기기도 했다.

타조의 알처럼 둥글던 보름달이 두 번이나 독수리의 발톱처럼 변하는 동안 평원을 헤매다 겨우 옛 영역에 발을 들인 우리 가족의 피해는 컸다. 내 또래의 조카들은 길을 떠난 지 얼마 되지 않아 여자아이만 살아남았고 이모 셋과 사촌 누이 둘은 낯선 땅에서 굶어 죽었다. 나이 든 이모들과 사촌 누이 중의 일부는 고난의 행군 중에 행방을 감추었다. 어쩌다 잡은 먹이를 두고 다투다 심각한 상처를 입거나 몰래 사냥을 나가는 바람에 헤어지고 만 것이다. 그렇게 가족의 수는 절반 가까이 줄어들었다. 생존에 급급했던 우리는, 아버지와 어머니조차도 사라진 가족들을 찾지 않았다. 그 또한 생존의 한 방법이라는 것을 나는 몰랐다.

그랬으므로 내가 살아 있는 건 기적에 가까웠다. 쓸데없는 호기심을 버리라는 어머니의 가르침과 타고난 식탐 덕분이었다. 나는 불에 그슬려 썩어가는 고기도 마다하지 않았다. 나이 든 이모들도 고개를 내저었지만 어른들이 먹을 수 있는 고기였다면 나한테까지 차례가 돌아올 리 없었다. 조카뻘인 여자아이만 종종 나만의 썩은 식탁에 끼어들었다.

나는 내가 할 수 있는 한 최선을 다해 여자아이를 돌봤다. 살아남은 아이라고는 그녀와 나, 둘뿐이었고 굶주린 어른들 틈에서 그 아이는 겨우 굶어 죽지 않을 만큼만 먹을 수 있었던 거다. 썩고 물러터진 것들 중에서 그나마 먹을 만한 부위를 골라 여자아이에게 건네느라 나는 자주 눈앞이 침침해지곤 했다. 어쨌거나 그렇게라도 먹어두지 않으면 꼼짝없이 굶어 죽을 판이었다.

썩은 고기를 소화시키기 위해 나는 발버둥을 쳤다. 신트림과 구역질을 참다 보면 눈가에 어룽어룽 눈물이 맺히곤 했다. 뭇짐승들의 왕이라는 찬사는 아무짝에도 쓸모없었다. 대신 살아남기 위한 처절함과 그 과정의 비루함만 넘쳐났다. 가족 중 어느 누구도, 심지어 어머니조차도 이런 나를 건사하지 못했다. 그게……, 위기에 봉착한 우리의 생존 방식이었다.

5

돌아온 집은 폐허였다. 한때 우리 가족이 배부른 사냥을 끝내고 그늘 아래서 낮잠을 즐기던 두 그루 큰 아카시아는 시커멓게 그을린 몸통만 남았다. 불길은 드넓던 연못까지 태워서 흙먼지와 검댕이 반죽처럼 이겨져 수면을 덮었다. 그나마 작은 웅덩이를 남겨둔 게 다행이었다. 그리고……, 샘터 가에서 길게 하품을 하며 우리를 맞이한 건 대여섯이 무리를 이룬 낯선 이방인들이었다. 그들은 천연스레 우리 가족이 낮잠을 즐기던 나무 밑을 차지하고 있었다. 그들은 멀리서 온 것 같았다. 그렇지 않고서야 이 일대에서 '어둠의 제왕'으로 불리는 아버지 앞에서 하품이나 하고 있을 리가 없었다.

그들과의 싸움은 아주 싱겁게 끝났다. 우리 가족이 절반으로 줄었다지만 혼자서도 웬만한 사냥을 해낼 수 있는 어른이 대부분이었다. 먼 여행과 잦은 전투로 지쳐 있었지만 아버지가 아직 건재하고 어머니의 이빨이 무디어지지 않은 터에 세상 물정 모르는 풋내기들은 상대가 되지 않았다. 그들 중 젊은 수컷 하나가 송곳니를 드러내며 버텨보았으나 아버지의 우렁찬 포효 앞에 이내 꼬리를 내리고는 줄행랑쳤다. 그러고는 그만이었다. 성난 어머니와 이모들이 한꺼번에 덮치자 그들은 검은 먼지를 날리며 뿔뿔이 흩어지고 말았다.

나는 이방인들을 내쫓고 돌아온 어른들 틈에 끼어 샘물을 들이켰다. 다들 피곤하고 초라한 몰골이었다. 뱃속이 출렁일 정도로 물을 들이켠 뒤 가족들은 예의 나무 그늘이 있던 자리로 돌아와 지친 몸을 누였다.

6

귀향한 지 며칠이 지나도록 고기는 고사하고 사냥감의 냄새조차 맡지 못했다. 검은 먼지를 일으키며 평원을 훑고 지나가는 열풍이 숨구멍을 틀어막는 것처럼 느껴졌다. 굶주림에 시달리면서도 우리 가족은 자리를 비울 수 없었다. 허기와 목마름에 내몰린 다른 사자들이 연이어 영역을 침범했기 때문이었다. 아버지는 목숨을 걸고 덤비는 다른 수컷들과 매일이다시피 전투를 치렀다. 상대의 수가 많으면 어머니는 미적대는 이모들까지 불러 모아 수사자들과의 한판 싸움도 불사했다.

사정이 이랬으니 어머니가 코앞까지 다가와 샘터를 어지럽히는 물소 떼를 굳이 외면하는 것도, 그럴 때마다 거의 광기에 가까운 식욕을 드러내는 이모들을 주저앉힌 것도 영역을 보전하고 가족을 지키기 위한 안간힘이었다. 물소 사냥에 실패해 기력이 쇠잔했을 때 침입자들이 덤벼든다면 그야말로 낭패였기 때문이다.

그러던 어느 날 늦은 오후였다. 나이 든 이모 하나가 자는 듯이 굶어 죽은 날이었다. 무연한 눈길로 먼지가 이는 평원을 바라보던 어머니가 문득 몸을 일으키더니 혀를 빼물고 비몽사몽에 빠져 있는 가족들을 깨웠다.

"일어나라, 어서! 응야티(물소)가 가장 게으른 시간이다."

어머니는 부르르 몸을 떨어 잔뜩 달라붙어 있던 먼지와 진드기와 파리들을 털어냈다. 그러고는 작은 둔덕에 바위처럼 앉아 있는 아버지를 향했다. 아버지는 어머니와 서로 뺨을 비빈 다음 일어섰다. 그건 어머니와 이모들이 사냥을 시작할 때나 하는 동작이었다. 사냥을 하는 동안 언제나 가족의 뒤에서 든든한 배경이 되어주었던 아버지가 직접 사냥에 나서는 것을 나는 처음 보았다.

아버지의 발길은 물소들이 떼를 지어 하루를 마감하는 곳으로 향했다. 물소를 단 일격에 누이고 기린과 코끼리도 길을 비켜주었다는 아버지의 용맹을 마침내 두 눈으로 볼 수 있으리라는 흥분으로 나의 심장은 뛰었다. 아직 이런 대규모의 사냥에 참가할 수 없었던 나는 멀찍이서 뒤를 따르며 아버지를 지켜보았다.

불에 그슬린 관목들이 우거진 곳에 아버지는 몸을 숨겼고 어머니와 이모들은 사방으로 흩어져 뱃가죽을 땅바닥에 끌며 물소의 무리로 접근했다. 이놈들은 한 번에 덮쳐서 숨통을 끊을 수 있는 상대가 아니었다. 덩치가 크고 힘이 장사지만 걸음이 느렸으므로 우선 새끼가 딸린 어미나 병약한 놈을 무리에서 떼어놓는 게 중요했다. 그러니 어머니의 머릿속은 아주 복잡할 터였다. 모여 있는 물소들을 흩어놓아야 하는 데다 가장 만만한 놈을 골라 아버지가 기다리는 곳으로 몰아가야 했기 때문이다.

멀리 지평선을 붉게 물들이고 있는 해가 잔광을 뿌려대고 있었다. 우리의 사냥 준비가 끝나는 동안에도 물소들은 느긋한 오후를 즐기고 있었다. 하루 종일 허겁지겁 삼킨 풀들을 되새김질하는 어른들 옆에는 어미의 젖으로 배를 채운 어린 것들이 장난을 치느라 부산했다. 그러나 그들의 행색도 예전만 못했다. 두꺼운 가죽 위로 늑골이 앙상하게 드러나는 걸 보면 그들도 이 평원의 어느 동물 못지않게 굶주리는 중이었다.

드디어 때가 되었다. 수상한 적막에 물소들이 늦추었던 경계심을 흠칫 추스를 때였다. 달려드는 파리 떼에 얼굴을 내맡긴 채 숨죽여 기회를 엿보던 어머니가 허공으로 솟구치는 걸 신호로 숨어 있던 이모와 누이들이 한꺼번에 짓쳐 들어갔다. 검댕이 섞인 먼지구름이 피어올랐고 핏빛 황혼을 배경으로 그녀들의 허기진 숨소리가 둔덕에서 숨죽이고 있는 내 귓전까지 생생하게 들렸다. 기껏해야 두셋이 조를 이루어 만만한 응유부나 얼룩말을 덮칠 때와는 비교할 수 없는 장관이었다. 사자인 나의 심장이 거세게 박동치기 시작했다.

예상치 못한 기습에 물소들은 당황했다. 거대한 수컷들이 어깨를 겯고 빙 둘러 원을 치는, 놈들 특유의 방어진을 채 꾸리지 못했다. 이모들은 수컷 물소들을 피해 무리의 가장자리에 있는 암컷들을 표적으로 삼았다. 그것들을 몰

아올 수만 있다면 사냥은 손쉬웠다. 최악의 경우 암컷에 딸린 새끼라도 낚아
챌 수 있기 때문이었다.

7

새삼 느끼지만, 사냥하는 어머니를 보고 있노라면 탄성이 절로 나왔다. 어
머니는 처음부터 물소들의 한가운데로 뛰어들었다. 자칫하면 경황없이 달아
나는 그들의 발굽에 온몸이 짓밟힐 판이었다. 어머니는 뿔을 앞세우고 달려
드는 놈의 머리 위를 훌쩍 뛰어넘는가 하면 옆으로 나뒹굴며 아슬아슬하게
발굽을 피했다. 그러면서도 애초에 먹잇감으로 지목한 놈을 향해 끈질기게
앞으로 나아갔다. 단 한 번의 시도로 반드시 성공해야 한다는 절박감이 진득
했다. 그런 어머니의 집념과 힘은 지켜보는 나로서도 두려울 정도였다.

잠시 당황하던 물소들은 우두머리 수컷을 중심으로 곧 전열을 정비했다.
어머니가 악전고투하는 동안 이모들은 무리의 바깥 경계에서 물소들과 대치
했다. 고함을 지르며 수컷 물소들의 주의를 흩어놓으려 애쓰면서 어머니가
몰고 나올 먹잇감을 기다렸다.

돌연, 대치하고 있던 놈들의 경계 한쪽이 허물어지더니 암컷 몇 마리가 새
끼들과 함께 황급히 달아나기 시작했다. 그 뒤를 어머니가 맹렬하게 따라붙
었다. 아버지가 잔뜩 몸을 웅크리고 숨어 있는 쪽이었다. 그러자 이모들이 한
꺼번에 몸을 돌렸다. 사나운 수컷들을 더 이상 붙잡고 있을 이유가 없어진 것
이다.

어머니와 이모들은 적당한 체구에 새끼가 딸린 암컷 하나를 지목했다. 마
침 새끼가 어디를 다쳤는지 잘 뛰질 못했으므로 어미 물소는 쉽게 도망칠 수
가 없었다. 어머니는 사냥감에게 잠시도 숨 돌릴 여유를 주지 않았다. 어미

물소의 잔등에 가볍게 뛰어올라 녀석의 두꺼운 목에다 날카로운 송곳니를 박아 넣기 위해 애썼다. 그 주위로 다른 이모들이 몰려들었고 이모들 중 하나는 새끼 물소의 숨통을 틀어막고 있었다.

나는 그 광경을 바라보다 자리를 털고 일어섰다. 이쯤이면 사냥은 거의 끝난 거였기 때문이다. 아버지가 사냥하는 장면을 보지 못한 게 아쉬웠으나 그건 다음 기회로 미룰 수밖에 없었다. 웅크리고 있던 아버지도 무릎을 펴며 허리를 곧추세우고 어머니가 물소와 씨름하는 곳으로 걸어가고 있었다.

그런데 그때였다. 돌연 찢어지는 비명과 함께 누군가 허공으로 한길이나 솟구치더니 땅바닥에 내동댕이쳐졌다. 어머니를 도와 암컷의 뱃가죽을 물고 있던 가장 젊은 막내 이모였다. 그리고 그 자리에는 마치 땅에서 솟아오른 듯 엄청난 덩치의 수컷 두 마리가 콧김을 뿜고 있었다. 기가 막힐 노릇이었다. 아무리 굶주림 때문에 사냥감에 넋을 놓았다고 하나 그렇게 큰 덩치가 다가와 뿔을 휘두를 때까지 아무도 모르고 있었다는 게 믿기지 않았다.

우리 가족은 곧 혼란에 빠졌다. 물소 새끼는 숨통을 끊었지만 그 어미는 아직 펄펄해서 잔등에 올라탄 어머니와 다리며 엉덩이를 물고 늘어진 이모 둘이서도 어쩌지 못하고 있었던 거다. 거기에다 암컷의 두 배는 됨직한 수컷이, 그것도 두 마리가 한꺼번에 나타났으니 자칫 사냥은 고사하고 목숨이 위태로울 지경이었다. 벌써 이모 서넛은 뒤로 물러나 있었다.

두 마리 수컷은 새끼는 포기하고 곧장 암컷에게 달려갔다. 어머니는 여전히 암컷의 목뼈에 박아 넣은 송곳니를 뽑지 않고 있었다. 다 차려진 밥상을 그냥 놓치기에는 들인 수고가 너무 많아서다. 그러나 그대로 있다가는 금세 놈들의 뿔에 꿰여 땅바닥에 창자를 내쏟으며 죽어갈 판이었다.

다들 어쩌지 못하고서 경악한 표정으로 입만 벌리고 있었다. 핏빛 황혼을 배경으로 입가에 거품을 품고 지쳐 있는 어미 물소, 그 잔등에서 잔뜩 핏물을 머금은 채 암컷의 목숨을 조이고 있는 어머니, 그런 어머니의 옆구리를 향해 뿔을 곤추세우고 돌진하는 두 마리의 수컷, 피비린내 나는 잔칫상에 끼어들기 위해 모여들고 있는 대머리 독수리들과 하이에나들, 멀리서 핏발 선 눈으로 싸움의 추이를 지켜보고 있는 물소 떼······. 사방은 기괴한 정적에 싸여 죽음과 삶의 아슬아슬한 경계를 가감 없이 드러내고 있었다.

나는 본능적으로 어머니를 향해 달렸다. 그게 얼마나 무모한 짓이라는 걸 따져볼 겨를도 없었다. 가슴이 싸해지는 전율이 전신으로 퍼져나갔다. 심장은 터질 것처럼 고동치는데 가슴이 온통 짓뭉개진 듯 제대로 숨을 쉴 수 없었다. 분노가 불덩이처럼 몸을 달구었다. 혈육이라는 것, 그 핏줄의 가까움이 나를 그렇게 부르고 있었던 거다.

정신없이 앞으로 내달은 내가 어머니의 몇 걸음 앞까지 왔을 때에야 어머니는 나에게 눈길을 보냈다. 그리고 그때 아아, 나는 보고 말았다. 어머니의 외눈에 어려 있는 공포를, 생의 마지막을 직감한 자만이 가질 수 있는 삶에의 뜨거운 갈망을, 푸들푸들 떨리는 턱 주위의 근육과 물소의 가죽에 찔러 넣은 발톱마저 미끄러지고 있는 것을······.

내가 뜨악한 심정이 되어 발걸음을 주춤했을 때였다. 어머니를 향해 돌진하던 수컷 하나가 나를 발견하고서는 홱, 방향을 돌리는가 싶었다. 그런데 그 찰나의 순간에 들판을 뒤흔드는 포효와 함께 둔탁한 소리가 터져 나왔다. 그것은 흡사 바오바브나무의 큰 열매가 바위에 떨어져 쪼개지는 소리와도 같았다.

아버지였다. 아버지가 어느새 두 마리 성난 수컷의 앞을 가로막고 나서며 방향을 바꾸던 물소의 안면을 앞발로 힘껏 후려친 것이다. 그 충격이 얼마나 컸던지 물소는 방향을 잃고 휘청거렸으며 반탄력을 받은 아버지도 옆으로 나뒹굴었다. 새로운 싸움이 시작된 것이다.

5장

사선(死線)을 넘어

1

외눈박이의 공격을 두 번이나 물리친 형의 명성은 자자했다. 또래는 물론
이고 어른들도 형을 눈여겨보았다. 막 어른이 된 여자아이들의 관심도 커졌
다. 우리 부족뿐 아니라 멀리서도 낯선 여인네들의 발길이 잦았다. 그미들은
여전히 매일 계속되는 형과 친구들의 생명력 넘치는 뜀박질을 지켜보며 탄성
과 응원을 보냈다.

그중에서도 한 인물이 유독 눈에 들어왔다. 평원에서 보기 드물게 기품이
서린 여인네였다. 환호하는 여자아이들의 뒤편에서 그녀는 조용히 형과 친구
들을 주시했다. 한 번 걸음을 하면 이삼 일을 머물면서 형과 친구들의 이야기
를 수소문하고 돌아갔다. 왠지 께름칙해서 쿠오나도 나섰으나 그녀의 정체를
아는 이가 없었다. 그녀가 '음제(mzee: 지혜로운 자, 연장자)'의 시중을 드는
시종녀의 우두머리인 정녀(貞女)라는 건 오랜 뒷날에야 알았다.

그런 와중에도 형은 자주 수심에 잠겨서 아버지가 숨을 거둔 쪽으로 멍한
눈길을 던져두곤 했다. 그런 무거운 시간들이 지나가던 어느 날이었다. 지평
선을 움푹 파먹으며 태양이 하루의 마지막 빛을 뿌리고 있을 때 형이 다가와
서는 키 작은 나의 이마에 얼굴을 비볐다. 나는 외눈박이 암사자의 발톱 자국
이 길게 자리를 잡은 형의 뺨을 조심스레 핥았다. 형은 그날의 일을 되새기는

듯 눈빛이 흔들렸다.

"외눈박이의 발톱이 내 얼굴을 덮치던 순간이 지금도 생생하다. 여전히 두렵지만 좋은 경험이었다고 생각하자. 꽁지가 빠져라 도망치던 우리 모습이 치욕스럽긴 해도……."

치욕스럽다는 한마디가 둔중하게 가슴을 때렸다. 형의 얼굴에 그늘을 드리웠던 게 그날의 일 때문이라는 걸 그제야 알았다. 다음 날, 그런 형의 복잡한 심사를 쿠오나는 이렇게 짚었다.

"뭐, 간단해. 자힐리는 우리 모두에게 공포 그 자체잖아. 호다루는 자힐리가 대체 어떤 놈인지 확인하고 싶었던 거지. 나도 그래서 호다루를 따라간 거고. 그랬는데……."

쿠오나는 말을 멈추고 발굽으로 시들어가는 들풀의 뿌리를 긁어댔다. 웬만큼 심각한 일도 빈정대거나 자발스럽게 말을 던지던 그의 얼굴이 어두워졌다.

"막상 자기 식구들과 둘러앉은 외눈박이한테서 다른 모습을 보게 된 거지. 그토록 잔혹한 외눈박이도 제 식구들 앞에서는 그냥 씸바일 뿐이었어. 새끼를 기르고 가족을 돌보는 게 우리와 조금도 다르지 않은 거야. 어떻게 그럴 수 있을까? 한 몸에 어떻게 그런 잔혹함과 온화함이 함께 깃들 수 있을까……. 당혹스러울 수밖에."

쿠오나는 내 시선을 피해 거뭇한 어둠이 내리는 하늘가로 눈길을 돌렸다. 쿠오나도 여전히 당혹스러운 모양이었다. 나도 뭐가 뭔지 알 수 없는 심정으로 밤하늘을 쳐다보았다. 막 떠오른 보름달이 자잘한 별빛을 뭉텅뭉텅 지우고 있었다.

2

며칠째 숨이 턱턱 막히는 열풍이 평원을 휩쓸었다. 풀들은 선 채로 말라갔고 나무 그늘조차 열기를 눅일 수 없었다. 그렇게 어른들의 짝짓기가 끝나갈 무렵, 세렝게티는 술렁거림으로 가득 찼다. 부족 단위로 흩어져 있던 일족들이 평원의 한가운데로 모이기 시작한 것이다. 형의 목소리에도 모처럼 생기가 돌았다.

"떠날 때가 된 것 같다."

"어디로?"

"멀리. 싱싱한 풀들이 자라는 곳으로. '음왜지 음쿠브와(mwezi mkubwa: 만월, 보름달)'가 두 번 하늘에 떠올랐다가 사라지면 그곳에 닿을 수 있지. 자, 우리도 떠날 준비를 하자."

형은 열풍이 불어오는 북쪽을 향해 코를 벌름거렸다. 근육질의 몸이 기대감으로 부푸는 듯했다. 형과 나는 친구들과 함께 우리 부족에 뒤섞였다. 낮에는 부족들과 무리를 지어 그늘을 찾아 쉬었고, 저녁녘이면 바싹 마른 초원을 겁 없이 달렸다.

헤어졌던 어머니를 다시 만난 것도 그즈음이었다. 어머니는 아버지의 뒤를 이어 족장의 자리에 오른 건장한 중년과 함께 우리 형제를 찾아왔다.

"모두 건강해 보이는구나. 너희들 소문은 진즉부터 듣고 있었다. 첫째는 '호다루'라고 한다며? 정말 대단한 일이야. 둘째도 많이 컸구나. 돌아가신 아버지도 대견해하실 거다."

어머니는 감회 어린 표정으로 나의 뺨에 얼굴을 비볐다. 기억의 한쪽에 밀려나 있었던 어머니의 체취가 순식간에 알싸한 그리움으로 되살아났다. 형의 보살핌으로도 채워지지 않는 부분이 있다는 것을 그제야 알아차렸다. 어쩌면 결핍이란 이런 형태로 나타나는 모양이다. 채워야 할 대상을 보고서야 비로소 확인되는 빈 공간처럼.

"우리 형제를 찾을 이유가 있었습니까?"

형의 응대는 미묘했다. 음성은 온화했으나 말투는 건조했다. 어머니의 애틋했던 눈길이 금세 황망해졌다. 어머니의 체취에 속절없이 젖어 있던 나도 흠칫, 정신을 차렸다.

"자식을 찾아온 어머니한테 안부도 여쭈지 않고 용건만 따지는 건 무슨 버릇이냐?"

꾸짖는 목소리. 어머니의 곤혹스러움을 짐작했는지 뒤에서 건장한 체구를 뽐내던 중년이 앞으로 나서며 목청을 세웠다.

"이번 대이동에 우리 종족의 신령스러운 지도자이신 음제를 호위할 인물로 우리 부족에서는 너를 추천했다. 네 어머닌 그 사실을 알려주러 온 거야. 다른 아이들 같았으면 감격해서 무릎을 꿇어도 모자랄 일이다."

"그만 하세요. 그렇게 언성을 높이려고 이 아이를 찾아온 게 아니잖아요."

어머니가 푸르르 머리를 휘저으며 흥분하는 그를 만류하고 나섰다.

"큰애야. 음제의 호위대로 들어간다는 게 어떤 의미인지는 너도 알 거다."

형은 시선을 아래로 내리고 발굽으로 가만히 땅바닥을 긁어댔다. 서먹한 침묵이 어머니와 형을 휘감았다.

"무슨 뜻인지 잘 알겠습니다만, 제가 결정할 문제입니다. 생각해볼 테니 그만 돌아가세요."

"이런 버르장머리하고는! 돌아가신 네 아버지를 봐서 내가 이만큼이라도 참겠다. 다음에는 부족장에 대한 최소한의 예의라도 갖추어라!"

일순 서늘한 기운이 감돌았지만, 형은 새 부족장을 외면했다. 그러나 한편으로는 발달된 앞가슴의 근육이 팽팽하게 뭉쳐졌고 늘어뜨렸던 꼬리도 뻣뻣해졌다. 어머니가 다시 둘 사이를 가로막았다.

"네 말이 맞다. 어디까지나 네가 결정할 문제지. 지금 음제께서는 '만남의 바위' 근처에 계시다고 들었다. 네가 찾아가면 아주 반길 분도 있단다. 길을 떠나기 전에 예를 올리는 게 좋겠구나. 그럼 나는 이만 돌아가마."

어머니는 말을 마치자마자 몸을 돌렸다. 그러고는 중년의 뒤를 따라 고개를 숙이고 먼지바람을 뒤로 받으며 멀어져 갔다. 어머니의 뒷모습을 바라보는 형의 얼굴에 복잡한 심사가 어른거렸다.

"음제가 누구야?"

"우리 종족의 지도자라고만 들었어. 용맹하신 아버지도 그분 얘기만 나오면 고개를 숙이셨다. 응유부라면 누구라도 그분을 모시는 걸 일생의 영광으로 여기지. 하지만 좀처럼 모습을 드러내지 않아서 실제로 그분을 본 이는 거의 없어."

"그럼, 어머니 말씀대로 형에게는 둘도 없는 기회잖아?"

반짝 눈을 빛내는 나를 형은 근심스러운 눈길로 훑었다.

"썸바 무리에 쫓겨 꼬리를 말고 도망치기 바빴던 게 무슨 자랑이라고 내가 음제를 모시겠느냐. 더구나 새 부족장이란 자가 날 추천하기까지 어머니가 얼마나 애썼을지를 생각하면……."

그 대목에서 나는 말문이 막혔다. 아버지가 세상을 떠난 지 얼마 되지도 않아서 풍문으로 떠돌던 이야기가 퍼뜩 떠올랐다. 이웃 아주머니들의 쑥덕거림에 따르면, 어머니가 하필 호시탐탐 아버지의 자리를 노려온 수컷의 구애를 받아들였다는 얘기였다. 오히려 어머니가 그 수컷을 향해 먼저 꼬리를 흔들어댔다는 힐난도 뒤따랐다.

그런 풍문에도 형은 별다른 내색을 하지 않았다. 그저 묵묵히 뜀박질과 윤기 나는 풀을 뜯는 데 더욱 열중했다. 그런 어머니가 오늘에야 모든 풍문이 한 갓 지어낸 얘기만은 아니었음을 확인해준 것이다.

"내가 음제의 호위병으로 가게 되면 너는 또 어떡해야 할지……."

형은 곤혹스러운 표정으로 '만남의 바위' 쪽을 향해 미간을 찌푸렸다. 그런 형을 곁눈질하던 나는 또 다른 의구심으로 생각이 번잡했다. 좀처럼 모습을 드러내지 않는다는 음제가 '만남의 바위' 근처에 있다는 걸 어머니는 어떻게 알았을까? 찾아가면 형을 반갑게 맞을 이는 또 누구일까……?

3

형은 친구들과 의논한 뒤에 어머니의 요청을 받아들였다. 다만 출발 전에 '만남의 바위'에 찾아가 예를 올리라는 부탁은 듣지 않았다. 짐작하는 누군가가 있는 모양이었으나 형은 끝내 내색하지 않았다.

친구들은 형의 결정에 환호했다. 다음에는 자신들도 음제의 호위병이 될 거라며 형의 장도를 축하했다. 매사에 치밀한 쿠오나가 단서를 달았다.

"뭐, 좋아. 다 좋은데……, 그럼 우린 어떻게 되는 거지? 대장이 음제의 호위병으로 가버리면 우린 다시 집으로 돌아가야 하나? 나와 누사는 돌아갈 곳도 없어."

쿠오나의 어머니와 누사의 아버지는 그들이 막 젖을 뗐을 무렵에 하이에나들의 먹이가 되었다. 평원의 거친 일상을 더 영위하기 어려울 만큼 연로하셨다고 했다. 누사가 말을 받았다.

"그렇다고 이번 일을 물릴 수는 없지. 대장이 우리 때문에 이 좋은 기회를 놓칠 수는 없어."

"누사의 말이 맞아. 대장을 보내줘야 해."

응야티가 맞장구를 치자 다들 쿠오나의 반짝이는 눈을 바라보았다. 빈정대는 꾀돌이, '예리한 눈' 쿠오나가 문제를 제기했을 때는 늘 해답도 내놓기 때문이었다. 잠깐 눈망울을 굴리던 쿠오나는 대수롭지 않다는 투로 말문을 열었다.

"뭐, 간단해. 내 생각에는, 대장이 음제를 호위하듯 우리가 대장을 호위하는 거야. 그런데 그러려면 고생깨나 해줄 친구들이 필요하지. 바리디도, 누사도, 응야티도……."

"그게 무슨 말이야? 좀 쉽게 얘기해주면 안 돼?"

눙치고 있는 쿠오나를 밀치며 발걸음만큼이나 성미도 급한 바리디가 퉁방울눈을 굴렸다.

"뭐, 다들 아는 사실이야. 음제가 위대하다지만 직접 봤다는 얘기는 못 들었을 거야. 왜 그럴까? '타이(tai: 독수리)'처럼 하늘을 날아다니는 것도 아니고 '응요카(nyoka: 뱀)'처럼 땅바닥을 기어다니는 것도 아닌데 말이야."

평소에는 빈정대며 툭툭 던지는 말투여도 작정하면 설명에다 예시까지 곁들이며 결론을 이끌어내는 쿠오나였다. 그러나 그의 결론은 대부분 단순하고 명료했다. 때로는 저토록 간단한 결론을 위해 그토록 많은 사변(思辨)으로 온갖 경우의 수를 나열하며 추론을 엮는 것이 외려 대단하게 여겨질 정도였다. 이번에도 그의 일장연설을 요약하면 이랬다.

"아무도 음제를 못 봤다는 건 건장한 수컷들이 겹겹으로 호위하고 있어서 그럴 거야. 그 호위병들이 보기에 대장은 아직 어리니까 아마도 말단 호위병의 임무를 맡기겠지? 그럼 호위대의 가장 바깥에 배치될 거야. 그렇다면 우리가 조금 떨어진 곳에서 대장을 따라 움직이는 건 어렵지 않다는 것. 이게 결론이야. 아주 간단해."

호위대 행렬이 눈앞에 있는 것처럼 짚어내는 쿠오나의 설명에 다들 머리를 끄덕였다.

"그러려면 누사가 늘 대장이 있는 위치를 파악해야 하고 바리디가 수시로 연락병처럼 뛰어다니는 수밖에 없어. 과연 둘이서 이 번거로운 일을 하려고 할까?"

"별소릴 다 듣겠네. 내 걱정은 마. 대장의 냄새는 내가 잠들어도 맡을 수 있으니까. 바리디도 마찬가지일 거야. 그 발굽으로 할 수 있는 일이 달리는 것 말고 뭐가 더 있겠어? 안 그래, 바리디?"

누사가 한숨을 내쉬듯 대답하자 바리디가 이죽거렸다.

"당연하지. 쿠오나가 얘기하는 동안 나는 아마 저 평원의 끝까지 서너 번은 갔다 왔을 거다."

그것으로 의논은 끝났다. 형은 음제의 호위병으로, 누사는 형의 추적병으로, 바리디는 연락병, 쿠오나는 상황병, 응야티는 나의 보호자가 되었다. 일단 결정이 나자 우리는 곧장 호위대를 따라 긴 여정에 올랐다.

며칠 전부터 멀리서 회색 연기를 피워 올리던 들불이 남쪽에서 불어오는 바람을 타고 평원을 가로질러 다가오고 있었다.

4

쿠오나의 예측대로 음제를 수행하는 호위대는 각자 역할이 달랐다. 장로라 통칭되는 일곱 개 부족의 경험 많은 중년들과 젊고 우람한 체구들이 선두에 섰고 형을 비롯해 갓 선발된 어린 것들이 행렬의 후미에 자리했다. 각 부족장들은 교대로 수하들을 대동하고서 길을 트는 임무를 수행했다. 음제는 건장한 어른 수컷들이 겹겹이 둘러싸고 있었다. 마치 빽빽한 덤불 속에 몸을 숨긴 새끼 임팔라처럼 밖에서는 그 모습을 전혀 볼 수 없었다. 일반 응윰부들은 음제는 물론이고 호위대 근처에도 가까이 갈 수 없었다.

우리는 일정한 거리를 유지한 채 먼발치에서 묵묵히 형을 따라 걸었다. 마라강(江)에 도착하기 전까지는 무난한 행진이었으므로 바리디도 그다지 숨차게 내돌아칠 일은 없었다. 모든 게 우리가 짐작한 대로 진행되는 듯 보였지만, 그러나 '예리한 눈'으로도 놓친 게 있었다. 놀랍게도 형을 비롯한 신출내기 호위병들에게는 어떤 임무와 역할도 주어지지 않았던 것이다. 일반 응융부들과의 접촉을 금한다는 것과 뒤처지면 안 된다는, 하나마나 한 엄포가 전부였다. 긴급한 상황이 닥쳤을 때 어떻게 행동해야 하는지 규정도 없었고 인솔자도 없었다.

그랬으니 호위대와 일반 응융부 사이에 일정한 간격을 유지하는 것만 빼면 세렝게티를 떠난 지 얼마 되지 않아 호위대는 일반 부족의 무리와 거의 구분이 되지 않았다. 그리고 며칠이 더 지나자 모든 게 뒤죽박죽이었다. 호위병 중의 어린 것들은 함부로 대열을 이탈해 가족들과 어울렸고 호기심 많은 이들은 제멋대로 호위대에 끼어들기도 했다. 형을 비롯한 몇몇 호위병만이 그런대로 자리를 지킬 뿐이었다.

"거, 참. 이해할 수가 없네. 부족장들의 경호 수준만도 못해. 지난번에도 이랬는지 모르겠네. 우리 종족이 이렇게 미련스러운 족속은 아닌데 말이지……."

쿠오나는 연신 혀를 끌끌 차며 못마땅한 얼굴이었다. 마라강에 도착할 때까지 쿠오나의 의문은 풀리지 않았다.

5

아무리 너그럽게 되돌아보아도 세렝게티에서 마사이마라에 이르는 여정은 참혹했다. 연로한 어른들과 어린 것들이 먼저 쓰러졌다. 포식자들은 힘이 남아 있는 한 살육을 멈추지 않았다. 배가 부르면 사냥을 중단하는 습성도

이때만큼은 버린 것 같았다. 특히 하이에나와 들개인 음브와 음위투(mbwa mwitu)들이 더욱 심했다. 그것들은 마치 장난을 치듯 어린 새끼들과 그 어미들을 죽여 내장과 살을 찢었다. 우리가 떠나고 나면 한동안 굶주림에 시달릴 그들로서는 먹을 수 있을 때까지 먹어둘 작정인 것이다. 그런 탓에 이동하는 무리의 가장자리에는 늘 주검이 널려 있었다. 그러나 신령스러운 지도자인 음제를 모신 호위대의 행렬은 태평스러웠다. 저만치 벌어지는 지옥도에는 눈길 한 번 돌리지 않고 한가로이 북쪽으로 향했다.

"너는 처음이지만 우리는 해마다 두 번씩 이 강을 건넜어. 그때는 어려서 미처 몰랐지만, 또 어른들의 얘기로도 이번이 유독 심하다고 하더라만……, 이 정도일 줄은 생각하지 못했다."

누사는 참담한 표정으로 혼잣말처럼 중얼거렸다.

"아무리 발굽 달린 종족의 숙명이라지만 이건 아니다. 이렇게 속절없이 죽고, 잡아먹히고, 내쫓겨야 하는 건 아니지……."

누사의 중얼거림 속에 들어 있던 '숙명'이라는 한마디가 귓가에 들러붙었다. 우리가 달리기를 시작했을 때, 외눈박이의 습격에서 구사일생으로 살아남았을 때, 응야티가 물소에게 대거리할 때……. 한마디로 규정할 수는 없지만 그 순간들이야말로 우리가 이런 숙명으로부터 벗어나기 위한 '몸짓'이었을 거다.

그 숙명과 우리들의 몸짓은 이후로도 자주, 격렬하게 충돌했고 그럴 때마다 우리는 울분과 저항을 상흔처럼 가슴에 아로새겼다. 그래서 그 축적된 상흔은 우리가 세상을, 죽어서 잡아먹힐 수밖에 없는 우리네 삶을 바라보는 태도로 이어졌을 테다. 우리의 존재 방식과 세렝게티의 질서는 결코 화해할 수 없다는 것을 조금씩 알아가면서 말이다.

우리는 그렇게 마라강변에 닿았다. 그동안 자행되었던 포식자들의 살육도 마라강을 건널 때의 참혹한 정경에 비하면 아무것도 아니란 걸 깨닫기까지 불과 며칠이 걸리지 않았다.

6

마라강은 마사이마라로 가는 길목에 거대한 뱀처럼 자리 잡고 있었다. 굽이쳐 흐르는 흙탕물은 보는 것만으로도 숨이 막혔다. 아득한 선조로부터 전해져 몸 깊숙이 새겨진 물에 대한 공포가 전신으로 퍼져나갔다.

강폭은 넓지 않았다. 그러나 강 건너에는 두세 길이 넘는 흙벽이 가파르게 솟아 있었다. 그 사이로 난 통로는 한꺼번에 한둘이 겨우 빠져나갈 만큼 좁았다. 물의 흐름도 빨라서 어린 것들은 쉽게 떠내려갈 정도였다. 무엇보다 생전 처음 보는 포식자들이 수면을 뒤덮고 있었다.

"맘바(mamba: 악어)야. 나는 저놈들이 씸바보다 더 무서워. 삼촌이 저놈들한테 찢어 먹혔어."

응야티의 삼촌은 전사 가문의 혈통답게 우람한 덩치에다 소문난 장사였다고 했다. 응야티가 두 번째 마라강을 건널 때 물살에 떠밀리는 사촌 동생을 구하러 삼촌이 뛰어들었고 악어가 그들을 덮쳤다. 놈들은 삼촌을 강 한복판으로 물고 들어갔고 버티는 천하장사의 뱃가죽을 문 채 몸을 옆으로 뒤집으며 회돌이 쳤다. 금방 옆구리가 터지며 삼촌이 휘청이자 다른 녀석이 목을 물고 늘어졌다. 뒤이어 개미 떼처럼 모여든 악어들이 순식간에 삼촌의 몸을 토막 냈고 그 자리에 흥건했던 선혈도 강물을 따라 곧 사라졌다. 겨우 건너편 강둑에 오른 응야티는 오들오들 떨며 그 광경을 바라보았다고 했다.

"용감했던 삼촌이 맘바들의 이빨에 토막 나는 것도 끔찍했지만, 그렇게 많은 피가 순식간에 사라져버리는 게 더 끔찍했어. 어디서도 삼촌의 냄새를 다시 믿을 수 없다는 게 믿어지지 않았어. 씸바나 피시들한테 당하면 흔적이라도 남아 있는데 저것들은……."

응야티는 진저리를 쳤다. 그때를 떠올리는 것만으로도 네 발굽이 땅에 붙박인 듯했다. 사자와의 싸움도 마다하지 않던 응야티가 이 정도였으니 다른 이들이야 오죽했겠는가.

우리 응윰부뿐만 아니라 강변에 먼저 도착한 모든 종족이 쉽사리 강을 건너려 하지 않았다. 뿌연 먼지구름이 번지는 동안 숨 막히는 정적이 강변을 뒤덮었다. 악어들은 오랜 경험으로 우리가 건너갈 만한 길목의 좌우로 늘어서서 거대한 몸통을 유유히 강물에 띄워놓고 있었다. 아카시아 가지의 가시처럼 일렬로 빼곡히 들어찬 그것들의 이빨은 보는 것만으로도 끔찍했다.

그러나 이 정적은 오래가지 않았다. 뒤미처 다른 부족이 강변에 도착하면서 일대는 아수라장으로 급변했다. 먼저 도착한 무리가 떠밀리면서 하는 수 없이 강물로 뛰어들기 시작한 것이다. 가장 앞줄에 서 있던 이들이 강으로 들어서자 주춤하던 다른 동족들도 강물로 뛰어들었고 악어들도 기다렸다는 듯 사냥 대열을 갖추기 시작했다.

놈들은 서두르지 않았다. 먹잇감이 주둥이를 스치고 지나가도 그저 바라보기만 했다. 다만 자신들이 열어놓은 통로를 벗어나는 응윰부들에 대해서는 가차 없이 공격했다. 발굽 달린 모든 이들이 고분고분한 어린 것들처럼 그들이 원하는 대로, 마치 사열이라도 받듯 가지런하게 강을 건너가고 있었다. 도무지 이해할 수 없는 광경이었다. 이런 상태라면 시간이 문제일 뿐 동족들이 무사히 강을 건너는 것은 별일도 아니었다. 그런데 영문을 몰라 멍해진 나를 일깨운 것은 쿠오나였다. 세상 근심 없이 늘 명랑하던 쿠오나도 씁쓸한 표정을 감추지 않았다.

"뭐, 곧 사냥이 시작될 거야. 맘바들은 사냥꾼들 중에서 가장 최악이지. 힘들여서 죽이는 것보다 사냥감들이 알아서 죽도록 만드는 기술을 부린단 말이야. 우리가 자청해서 놈들의 저 큰 입구멍으로 들어갈 거야. 끔찍하겠지만 잘 봐둬. 느끼는 게 많을 테니."

강을 건너는 동족들의 수는 기하급수적으로 불어났다. 무사히 강을 건넌 일행이 건너편 강둑에 모습을 드러내자 모두가 앞다투어 강물로 뛰어들었기 때문이다. 그러나 그것이 함정이었다. 악어들은 앞선 동료의 꽁무니만 보고 곧장 나아가는 우리의 습성을 알고 있었다. 좁아터진 출구는 그대로인데 밀려오는 수는 늘어났으니 결과는 자명했다. 서로 길목에 머리부터 밀어 넣으려 기를 쓰다 보니 형제의 뿔에 뱃가죽이 찢어진 놈, 다리가 부러진 놈, 심지어는 밑에 깔려서 짓밟혀 죽어가는 어린 녀석도 부지기수였다. 마라강은 첨벙대는 물소리와 비명, 혈육을 찾는 고함소리와 강물에 떠내려가는 어린 것들의 울부짖음으로 흘러넘쳤다.

그제야 악어들이 움직이기 시작했다. 놈들은 사자나 하이에나처럼 악착스레 우리를 공격하지도 않았다. 그저 지옥의 입구 같은 아가리를 한껏 벌리고서 늙은 나무 둥치 같은 꼬리로 수면을 거칠게 내리치며 공포만 조성할 뿐이었다. 그것만으로도 겁에 질린 동족들은 알아서 밟혀 죽고 깔려 죽고 익사했다. 생명이 닫힌 육신들이 차곡 차곡 층을 이루면서 곳곳에 거대한 무덤이 만들어졌다. 난장판을 넘어 죽음과 맞물려 돌아가는 지옥도가 펼쳐진 것이다.

쿠오나와 함께 강둑에서 저편의 참경을 지켜보던 나는 고개를 돌리고 말았다. 얼마든지 다른 쪽으로 길을 열 수도 있고 끝내 여의치 않으면 되돌아올 수도 있는데 동족들은 오로지 한 방향 한 길만 고집했다. 부모 형제들의 시신을 밟고서라도 강 저편의 기슭으로 오르는, 강인하다 못해 참혹하기까지 한 저 생명력은 대체 뭐란 말인가.

쿠오나는 표정 없는 얼굴이었다. 그 예리한 '자칼의 눈'을 하고서도 초원을 바라볼 때처럼 무심하게, 한순간도 눈길 돌리지 않고 묵묵히 그 자리를 견디고 있었다. 하지만 자주, 끝없이 이어지는 비명에 못 이긴 듯 귀를 부르르 털어냈다.

"부족장들과 그 호위대라는 놈들은 대체 어디서 뭘 하는 거야? 은도부들과도 맞짱 뜰 수 있다는 녀석들이 앞장서서 길을 열고 부족들을 보호해야 하는 거 아닌가? 아니, 음제라면 이럴 때 나타나서 뒷수습이라도 해야지. 저 많은 죽음을 누가 책임질 거야? 젠장, 온갖 권세를 누리고 우리를 호령하며 군림하던 그놈들은 이 강을 어떻게 건널지 정말 궁금해……."

쿠오나가 혼잣말처럼 이죽거릴 때 냄새 맡는 누사가 뛰어왔다.

"대장이 자기를 놓치지 말고 따라오래. 호위대가 곧 이동할 거라고 전하래."

7

호위대는 규모가 절반으로 줄었다. 장로들과 건장한 수컷들은 그대로였으나 각 부족에서 선발한 어린 호위병들 중 상당수가 흩어졌기 때문이었다. 명령 체계가 엉망이어서 가족이나 친구들과 뒤섞여 강을 건넜거나 이미 아비규환의 강변에서 횡액을 당했는지도 모를 일이었다.

놀라운 건 마치 이런 일을 예견했던 것처럼 호위대가 신속하게 재편된 거였다. 일곱 부족장들과 그들의 경호원들이 합류해 여섯 개의 대열로 편제를 바꾼 것이다. 호위대는 지옥도가 펼쳐진 강변을 떠나 강을 거슬러 상류로 향했는데 지리멸렬했던 이전의 그들이 아니었다. 각 대열은 부족장들이 직접 이끌었다. 아버지의 자리를 이어받은 부족장이 선두에서 행렬을 통제하며 신속하게 나아갔다. 수시로 명령이 전달되었으며 각 대열의 간격과 대오를 정비하기 위해 불호령이 떨어지기도 했다. 지도부가 나서서 규율을 잡고 통제하자 무리의 이동 속도는 무척 빨라져서 어린 대원들이 따라잡기 힘들 정도였다.

그런 와중에도 쿠오나를 비롯한 우리 일행이 형과 합류하게 된 건 다행이었다. 엉망인 호위대를 재편하는 과정에서 신입 대원처럼 행세하는 건 쉬웠다. 게다가 어른들도 버거워할 속도를 가뿐히 감당했으므로 누구도 우리를 의심하지 않았다.

호위대는 반나절을 쉬지 않고 달려 새로운 강가에 도착했다. 상류인데도 강폭은 꽤 넓었다. 그러나 강둑이 낮아 경사도 완만했고, 물살은 빨라도 수심이 얕아 누구든 충분히 건널 만했다. 강을 건넌 뒤 좁아터진 통로에서 깔려 죽을 일은 없어 보였다.

주변은 한적했다. 강변에서 한가로이 물을 마시는 응야니(nyani: 개코원숭이) 무리가 보였고, 우거진 숲속에는 이름 모를 새들이 지저귀고 있었다. 먼 길을 달려온 호위대의 거친 숨소리만 아니라면 평화롭다 못해 졸음이 쏟아질 것만 같은 풍경이었다.

"우와, 이런 데가 있었네! 그런데……, 너무 조용해. 맘바들이 놀기 딱 좋은 곳인데 그림자도 안 보인단 말이지. 어떻게 생각해, 쿠오나?"

응야티가 미심쩍은 표정으로 쿠오나를 돌아보며 물었다.

"뭐, 좀 웃기는 곳이야. 맘바도 그렇지만 키보코(Kiboko: 하마)들도 안 보여. 강가의 풀은 녀석들이 정말 좋아하는 것들인데 말이야. 이런 곳에 녀석들이 없는 이유는 한 가지뿐이지."

"그게, 뭐야?"

"뭐긴, 우리 눈에 아무리 좋아 보여도 도저히 살 수 없으니까 그렇지. 걔네들에게는 여기가 죽음의 강일 수도 있어."

대답은 가벼워도 쿠오나의 표정은 차츰 어두워졌다. 막상 말을 하고 보니, 딱히 증명할 수는 없어도 불길한 예감이 확신처럼 굳어지는 거다. 왜 그런지, 몸이 단 웅야티와 바리디가 연거푸 재촉해도 쿠오나는 외면했다. 대신 형이 말을 받았다.

"예전에 아버지가 말씀하신 게 있어. 부족장이 된 뒤로 네댓 번이나 음제를 모셨는데 어디서 강을 건넜는지 모르겠다고. 이듬해에 그 자리에 와 보면 어렴풋이 생각나지만 강을 건너 마사이마라에 들어가면 또 까맣게 잊어버리신다고."

형의 얼굴도 불길한 예감에 차츰 굳어졌다. 이해할 수 없는 일을 맞닥뜨렸을 때, 그러나 뭐라도 하지 않으면 안 되는 상황은 불길할 수밖에 없는 법이다. 무엇보다 우리가 알고 있는 정보가 너무 적었다. 음제며 호위대도 수수께끼였고 눈앞의 마라강에 대해서도 도무지 아는 게 없었다. 기껏 추측이랍시고 내놓은 것도, 이곳은 맘바나 키코보도 살 수 없는 죽음의 강이고 설사 강을 건너더라도 이곳의 기억이 사라진다는 정도였다. 우리 자신들조차 별로 신뢰하지 않는.

"기억이 사라진다는 대장 아버지의 얘기와 이곳이 죽음의 강일 거라는 추측은 별로 연관성이 없는 거 같아."

조심스럽고 조금 어눌하면서 낮은 목소리, 누사였다. 친구들의 얼굴을 찬찬히 살핀 뒤에야 말을 이었다.

"내가 무슨 해답을 말하려는 건 아니야. 그저, 작년에 먼 길을 떠난 친척한테서 움직이는 땅에 대한 얘기를 들은 적이 있는데, 문득 여기가 그런 곳일지도 모른다는 생각이 들어서 그래."

"움직이는 땅이라고? 땅이 걸어 다니기라도 한다는 거야? 세상에나, 그게 말이 돼?"

바리디의 놀란 목소리는 우리 모두의 감정이기도 했다. 땅이 움직이다니…….

"그 아저씨와 여럿이 우카메(사막)를 지나는데 멀쩡하던 모래땅이 갑자기 흐물흐물해지더니 웅덩이처럼 푹 꺼졌다는 거야. 동료들이 순식간에 모래 속으로 사라져버렸대. 그러고는 아무렇지도 않게 모래땅으로 돌아왔더래. 우카메에 사는 다른 종족들은 그걸 모래지옥이라고 부른대. 그것들은 수시로 나타났다가 사라져서 언제 어디서 나타날지 모른다고 했어."

"그건, 모래로 뒤덮인 사막에서의 얘기잖아. 여긴 물이 가득한 강이야."

바리디가 황당하다는 듯 목청을 높였다.

"그래, 바리디. 우리 앞에는 평화로워 보이는 강이 있어. 그런데……, 강바닥을 봐. 우리가 네 발굽으로 걸어가야 할 저 강바닥 말이야."

우리는 일제히 맑은 수면에 비친, 강바닥의 고운 모래에 시선을 모았다. 잔물결에 흩어지는 햇살이 실눈을 비집고 들어왔다. 더할 나위 없이 고즈넉한 풍경이지만, 그래서 더 얼토당토않게 여겨지지만 '움직이는 땅'이 아니고서는 이 질식할 듯한 평화를 설명할 길이 없었다. 물이 깊지 않으니 악어들도 어쩔 수 없이 바닥을 짚을 테고, 강바닥을 걸어 다니는 하마의 경우는 더욱 그럴 것이다.

하지만, 정말 그럴까? 저 강바닥에 한 발짝 스치기만 해도 금세 사라져버리는, 마치 지옥으로 통하는 구덩이들이 정말 있을까? 혹시, 이 모든 게 그냥 하늘이 위대한 음제를 위해 예비해둔 비밀스러운 통로는 아닐까? 흉흉한 소문으로 뭇짐승들의 접근을 막아 위대한 음제가 한결 수월하게 마사이마라로 갈 수 있는 지름길 같은……?

다들 복잡한 상념으로 곤혹스레 강을 바라보고 있을 때 답답하다는 듯 웅야티가 퉁명스럽게 입을 열었다.

"참나, 뭐가 그렇게 복잡해? 이 강을 건너야 마사이마라로 갈 수 있다면 그냥 건너가면 되는 거 아니야? 모래지옥이든 뭐든 이렇게 우물쭈물한다고 무슨 뾰족한 수가 생길 것 같지도 않고."

마치 엿듣기나 한 것처럼 웅야티의 말이 끝나기 무섭게 강가로 모이라는 명령이 떨어졌다. 웅야티의 말처럼 선택의 여지가 없던 우리는 강가로 이동했다. 나와 나란히 발걸음을 맞추며 누사가 혼잣말처럼 중얼거렸다.

"그 친척 아저씨는 오랫동안 세상의 여기저기를 떠돈 분이야. 모두가 그분의 얘기를 거짓말이라고 했지만 나는 사실이라고 생각해. 눈에 보이는 게 세상의 전부가 아니라는 그분의 말을, 나는 믿어."

눈앞에 닥친, 실체가 분명한 위험을 공포라고 한다면 미구에 닥칠, 실체를 알 수 없는 위험은 두려움이겠다. 늘 유유자적하던 누사에게서 두려움이 배어났다. 그런 모습은 처음이었다.

8

장로와 부족장들이 강가의 한쪽에 두둑하게 쌓인 자갈무더기를 꼼꼼히 살폈다. 다들 신중한 표정이었다. 의논 끝에 그들은 각자의 대열로 돌아가 호위대를 재배치하기 시작했다. 먼저 신입 대원들을 추려내 열 명씩 횡대로 물가에 도열시켰다. 각 부족에서 선발했으니 덩치는 커도 대부분 한두 살 어름의 아이들이었다. 여기까지 오는 동안 거의 흩어져서 대열을 맞추니 여덟 줄이 채 모자랐다.

"우리는 한 줄에 모여 있지 말고 다른 대열에도 한둘씩 들어가는 게 좋겠어. 나는 맨 앞줄에 있을 테니 다들 조심해."

형의 당부대로 우리는 흩어졌다. 형이 가장 앞줄 4번에, 그 뒷줄 5번에는 누사, 웅야티는 세 번째 줄 10번, 네 번째 대열 8번에는 내가 자리했다. 다시 두

줄을 건너뛰어 바리다가 1번에, 맨 마지막 줄에는 쿠오나가 2번 자리에 섰다.

"명령이다. 천천히 걸어서 강을 건너라. 여기는 우리를 해칠 어떤 사냥꾼도 없다. 그러니 달리거나 우왕좌왕할 필요가 없다. 호위대의 품위를 훼손하는 어떤 짓도 용납하지 않겠다. 우리는 모든 종족의 우두머리이신 위대한 음제를 모시는 호위대라는 사실을 잊지 마라."

아버지의 자리를 이은 부족장이 목이 터져라 외치며 대열을 순시했다. 맨 앞줄의 형을 알아본 그의 목소리는 더욱 냉랭해졌다.

"선두가 잘해야 한다. 너희들이 제대로 해야 뒤쪽의 대열도 명령을 따를 것이다. 알아들었나?"

나머지 여섯 명의 부족장들도 굳은 표정으로 각 대열을 돌아다니며 다그쳤다. 얼마나 고함을 지르며 아이들을 다잡는지 다들 얼이 빠질 지경이었다. 선 채로 오줌을 지리는 녀석도 있었다.

부족장들의 말은 구구절절 옳았으나 나도 불길한 예감을 떨칠 수 없었다. 조용한 강물 하나를 건너는데 지나친 호들갑이어서다. 누사의 말을 다 믿는 건 아니지만 이해할 수 없는 부족장들의 행태가 두려움을 더 돋우었다.

잠시 뒤 멀리서 응융부 서넛이 빠른 속도로 달려오는 게 보였다. 가장 연장자인 장로가 바람처럼 달려온 젊은 응융부들에게 강의 이쪽저쪽과 돌무더기를 번갈아 가리키며 설명했다. 설명이 끝나자 그들 중 하나가 앞으로 나섰다.

"나는 음제의 호위대장인 아스카리다. 지금부터는 내가 명령한다. 거역하는 자는 용서하지 않겠다."

장대한 기골에 군살 하나 없는 몸매, 위엄찬 목소리에 서늘한 눈초리까지 흠잡을 데 없는 인물이었다. 앞발굽 위 발목에 하얀 털이 소복한 게 유독 눈에 띄었다. 그러나 그의 말이 끝나자마자 더럭 의심이 일었다. 한 번도 본 적 없는 인물이, 더구나 먼 길을 달려온 게 분명한 자가 음제의 직속 호위대장이라고? 지금까지 음제는 줄곧 우리가 호위한 게 아니었나?

나는 뒤돌아보며 그동안 음제를 호위하던 건장한 수컷들을 살폈다. 그들은 뒤에서 여전히 질서정연하게 대오를 갖추고 있었다. 눈길이 마주친 쿠오나도 어리둥절한 표정이었다.

"각 부족장들은 표석이 있는 곳에 대열을 정렬시켜라."

우리가 서 있던 대열은 장로들이 몇 번이나 살피던 돌무더기가 있는 곳으로 몇 걸음 이동했다. 대열의 가장 오른쪽 끝에 선 아이가 표석의 바로 앞에 자리했다.

"출발!"

곧 명령이 떨어졌다. 형을 비롯해 열 명의 응융부들이 강물로 들어섰다. 호위대장이라는 아스카리는 대열에서 두세 걸음 떨어져 따라가며 숨 돌릴 틈을 주지 않고 다그쳤다.

"왼발, 오른발! 옆의 동료들과 발을 맞춰라. 하낫 둘, 하낫 둘! 고개를 들고 가슴을 펴라. 당당하게 천천히 똑바로 앞만 보고 나아가라!"

잡소리나 욕설 없이 구령과 구호로 통제하고 독려하는 그의 지휘는 어린 호위대원들의 동요를 제지하는 데 효과가 있었다. 강물은 밖에서 보기보다 제법 깊어서 형의 가슴께까지 물이 차올랐다.

막연했던 두려움은 첫 번째 대열이 강의 절반쯤 건넜을 때 현실로 나타났다. 4번인 형의 오른쪽 옆자리, 5번과 6번 아이들이 홀연 사라져버린 것이다. 워낙 순식간에 벌어진 일이라 눈치챈 이도 없을 성싶었다.

사라진 아이들의 바로 뒤에서 멈춰 선 아스카리는 아무 일도 없었던 것처럼 몸을 돌렸다. 그러고는 첫 대열이 강을 건너기도 전에 우렁차게 명령을 내렸다. 미리 짐작이나 했던 모양으로 뜻 모를 웃음기까지 머금고 있었다.

"제2열 출발!"

영문도 모른 채 누사가 5번에 위치한 두 번째 대열이 황급히 강물로 들어섰다. 아스카리는 누사의 뒤를 밟으며 똑같은 방법으로 강을 건넜다. 몸집이 크지 않은 누사는 강의 한복판에 들어서자 고개를 위로 치켜들고 숨을 몰아쉬었다. 강물이 그의 목을 소리 없이 휘감고 지나갔다.

앞선 대열의 아이들이 사라진 곳 즈음에서 아스카리는 주춤, 누사와 거리를 두기 시작했다. 그러고는 자신도 모르게 구령을 멈추고 누사의 뒷모습을 뚫어지게 주시했다. 뒤에 남아 있던 아이들도 강물에 시선을 처박고 숨을 죽였다. 아이들의 가쁜 숨소리와 몸통을 에워쌌다 풀어주는 물살의 사르륵대는 소리만이 간간이 들렸다. 누사는 여전히 한 걸음씩 앞으로 나아갔다. 뒷모습만 보아서는 누사가 상황을 제대로 알고나 있는지 짐작하기 어려웠다. 강의 한가운데에 이르도록 아슬아슬한 긴장감이 이어졌다.

그런데 2열의 아이들이 강 한복판을 막 지날 무렵이었다. 처들었던 고개를 바로 하며 나아가던 두 아이가 잠깐 휘청이더니 또 홀연히 사라졌다. 이번에는 누사의 바로 옆인 6번과 7번이었다. 놀란 신음소리가 대기하던 대열에서 터져 나왔다. 영문을 몰라 잠자코 있던 아이들도 동료가 사라진 강을 바라보며 술렁이기 시작했다. 그러나 아스카리는 아이들이 사라진 바로 그 자리에서 몸을 돌리며 단호하게 소리쳤다.

"제3열 출발!"

세 번째 대열이 주춤거리며 강물로 들어섰다. 그러자 나머지 대열의 술렁거림을 다잡기 위해 부족장들이 투입되었다. 호통과 욕설에 뒤따라 그 길고 날카로운 뿔로 아이들의 목이며 옆구리를 닥치는 대로 치받았다. 허물어지던 대열이 다시 정렬되는 동안 웅야티가 가장 오른쪽인 10번에 위치한 3열은 강의 한복판으로 진입하고 있었다. 강을 되돌아 나온 아스카리는 부족장들을 불러 표석으로 삼았던 돌무더기를 옮겼다. 4열의 8번에 자리한 나의 발굽 앞이었다. 마른침이 목구멍을 타고 넘어갔다. 나는 황망한 눈길로 표석을 내려다보았다. 그때 다시 절망 어린 탄식이 터져 나왔다. 3열의 7번과 8번의 아이 둘이 감쪽같이 사라져버린 것이다.

상황은 명백했다. 1열부터 3열까지 차례대로 5번과 6번, 6번과 7번, 7번과 8번에 서 있던 아이들이 사라졌다. 이런 순서라면 내가 속한 4열에서 사라질 아이들은 8번과 9번이었다. 나는 고개를 왼쪽으로 내밀고 일렬로 늘어선 아이들의 숫자를 다시 세었다. 정확하게, 여전히, 처음 그대로 나는 여덟 번째에 서 있었다.

위치를 확인하고서 내가 정면을 바라보자 웅야티의 우람한 몸집이 물을 뚝뚝 흘리며 건너편 기슭을 오르고 있었다. 나지막한 강둑에 올라 이 광경을 뚫어지게 바라보고 있는 형의 모습도 함께 들어왔다. 언제부터 형이 그 자리에서 이 모든 과정을 살피고 있었는지는 알 수 없었다. 나는 다만 간절한 눈길로 형을 바라보는 것 외에 아무것도 할 수 없었다. 막막함이 흐르는 강물처럼 나에게 몰려들었다.

"제4열, 앞으로!"

마침내 아스카리의 음성이 벼락처럼 귓전을 때렸다. 나는 떠밀리듯 표석을 넘어 강물에 발목을 담갔다. 문득, 누사가 말했던 '숙명'이 어떤 의미인지 알 수 있을 것 같았다. 어깨가 하염없이 짓눌리는 듯했고 발목이 풀어졌다. 나는 고개를 돌려 쿠오나를 찾았다. 그러나 나의 등 뒤에서 아스카리가 새된 목소리로 소리쳤다.

"출발!"

6장

전사의 사랑

＊☀☾

1

아버지의 마지막 사냥은……, 장엄했다. 내 생애를 통틀어 그토록 맹렬하고 아름다우면서 또한 잔혹한 싸움을 본 적이 없다. 그런 점에서 나는 아버지의 아들이되 아버지의 모든 능력을 이어받지 못했음을 고백한다. 아버지는 지극한 가장이었으며 위대한 전사였다.

그날, 아버지가 내려친 앞발의 완력이 어느 정도인지 알아차린 두 성난 물소는 싸움의 방식을 금방 바꿨다. 한 놈은 아버지에게 싸움을 걸어 활동반경을 좁히려 애썼고 다른 녀석은 조금 뒤처져서 어머니를 공격할 기회를 노렸다. 아버지가 사냥보다 어머니를 지키는 데 더 신경 쓰는 걸 한눈에 파악했으니 두 녀석도 나름 백전노장임이 틀림없었다.

아버지는 놈들의 의도를 눈치채고는 더욱 어머니와 일직선을 이루며 맞받아쳤다. 아버지로서는 단 한 발도 물러설 수 없는 싸움판을 만든 셈인데, 그러나 이마에 뿔을 달고 있는 족속들을 정면에서 오래 상대하는 건 대단히 위험했다. 하늘도 떠받칠 듯 우람한 어깨와 낮게 숙여 더욱 흉포해진 뿔, 바위 같은 발굽이 짝을 이루면 아무리 어둠의 제왕이라도 감당하기 벅찼던 것이다.

아버지는 앞장선 녀석과 두 걸음 정도의 간격을 유지하려 애썼다. 놈들이 뿔을 앞세우고 돌진하는 공간을 좁혀 충격을 줄이려는 거였다. 또 그 정도의 거리면 아버지의 앞발톱과 송곳니의 사정거리 안이기도 했다.

　나비가 내려앉았다 떠오르기를 반복하며 바람에 흔들리는 꽃을 희롱하듯 아버지의 품세는 맹렬하면서도 우아했다. 뒤로 물러서다 조그마한 틈이라도 보이면 무서운 속도로 돌진했다. 뿔을 앞세운 녀석의 얼굴을 후려치는가 하면 어느새 옆으로 돌아 옆구리를 물어뜯었고, 그러다 금세 제자리로 돌아와서 어머니를 지켰다. 아버지의 분투에 놈들은 어머니의 곁으로 다가가지 못했다.

　두 녀석의 얼굴은 피투성이였다. 놈들의 완력과 아버지의 기예가 충돌할 때마다 튀는 핏물이 석양을 받으며 반짝였다. 그러나 애초부터 버거운 상대여서 시간이 갈수록 아버지와 놈들과의 사이가 자꾸만 벌어졌다. 그렇게 되자 아버지는 돌진하는 놈들의 뿔은 겨우 피했어도 발굽에 차이는 것은 어쩔 수 없었다.

　그나마 다행인 것은 아버지가 악전고투하는 동안 어미 물소의 기세가 한결 꺾였다는 거였다. 숨죽이고 있던 이모들이 다시 떨쳐 나온 것이다. 그 어미는 이리저리 내돌며 한참을 버티고서야 무릎을 꿇었다. 지난 들불에 심하게 그을린 채 서 있는, 한 아름은 됨직한 아카시아 둥치 아래였다.

　아버지의 싸움도 막바지에 이르렀다. 어미 물소가 쓰러지자 놈들이 앞뒤 가리지 않고 아버지를 몰아붙였다. 앞선 물소의 뿔은 몸을 굴려 피했으나 뒤따라 틈을 주지 않고 돌진해오는 녀석은 정면으로 부닥칠 수밖에 없었다. 아버지의 두 앞발이 녀석의 볼따구니를 연달아 가격하면서 감싸 쥐자 녀석의 주둥이가 아버지의 가슴께로 짓쳐 들어갔다. 반쯤 일어선 상태에서 앞발로 놈의 얼굴을 붙잡고 버팅기던 아버지는 고개를 틀어 녀석의 콧잔등과 주둥이를 한입에 감싸 물었다. 아버지의 송곳니가 녀석의 윗입술을 뚫고 이빨 사이에 박혔다. 그 정도면 녀석의 콧등이 주저앉아 숨을 쉴 수가 없을 터. 아니나 다를까 입을 제대로 벌리지 못한 녀석의 숨소리가 마치 살가죽을 찢고 새어 나오는 것처럼 거칠어졌다. 녀석의 쿵쾅대는 심장 박동을 멀리 있는 나도 느 낄 정도였다.

녀석과 아버지는 그렇게 서로 얼굴을 맞댄 채 잠시 용을 썼다. 그러다 녀석 이 마지막 힘을 짜내며 완력으로 밀어붙이자 아버지는 금방 주르륵 뒤로 밀 리기 시작했다. 버티는 아버지의 뒷발이 선명하게 두 줄의 직선을 그었다. 저 렇게 밀리면 옆으로 몸을 굴려 빠져나와야 한다. 하지만 그럴 경우, 어머니와 이모들의 뒤가 고스란히 노출되고 만다. 아버지는 어떻게든 지금 상태에서 싸움을 끝내야 했다.

위대한 전사로서 아버지의 진면목이 발현된 것은 이때였다. 일방적으로 밀 리던 아버지가 아카시아나무 둥치에 이른 순간, 뒷다리로 둥치를 발판 삼아 있는 힘을 다해 녀석의 주둥이를 찍어 눌렀다. 그러자 녀석의 앞무릎이 순식 간에 꺾이더니 주둥이가 맨땅에 처박혔고, 그 바람에 밀어붙이던 제힘을 어 쩌지 못한 녀석의 몸통이 공중으로 번쩍 들렸다. 대지에 수직으로 곧추선 녀 석의 등짝은 자신의 주둥이를 물고 찍어 누르던 아버지의 몸통을 싸안고서 그대로 아카시아 둥치와 충돌했다.

아아, 왜 뭇짐승들이 아버지를 어둠의 제왕이라 부르는지, 왜 누구도 아버 지의 앞을 가로막을 수 없었는지 극명히 보여준 싸움이었다. 싸움의 기술이 본능처럼 몸 구석구석에 배어야만 해낼 수 있는 그 장면에서 나는 입을 다물 지 못했다.

그렇게 싸움은 끝났다. 오후 늦게 시작된 싸움은 주위가 완전히 어두워지 고서야 막을 내렸다. 아버지와 마지막 일전을 벌이던 녀석은 등뼈가 부러진 채 숨졌고 한 아름이나 되던 아카시아 둥치는 중동이 부러져나갔다. 무릎을 꿇고 있던 어미 물소는 네 다리를 땅바닥에 가지런히 하고서 옆으로 널브러졌다. 다른 수컷 한 녀석은 사태의 결말을 본 뒤에 고개를 늘어뜨리고 싸움판을 떠났다.

그제야 싸움의 추이를 지켜보던 물소들이 등을 돌리고 물러섰다. 온 가족이 쓰러진 먹이의 주위로 몰려들었다. 어머니는 어미 물소의 배를 갈라놓고서 아버지를 찾았다. 다른 식구들이 먹이에 입을 댈 수 없도록 단호하게 물리치며 아버지를 기다렸다. 녀석의 심장을 가장 먼저 아버지에게 돌리고 싶었던 거다. 그러나 아버지는 끝내 나타나지 않았다. 한참을 기다리던 어머니는 어쩔 수 없이 마른침을 삼키며 자리를 비켜주었다. 가족들이 불개미 떼처럼 물소에게 들러붙었다. 모두가 오로지 먹는 데 몰두하는 동안 아버지를 찾는 어머니의 공허한 울음이 일대를 채웠다.

2

늘 자리 잡고 있던 둔덕의 아카시아 그루터기 옆에서 아버지는 가지런히 모은 발등에 턱을 괸 채 엎드려 꿈쩍도 하지 않았다. 어머니의 간절한 눈길도 받아들이지 못했다. 하룻밤 새 아버지는 다른 모습이 되어 있었다. 형형하던 두 눈은 굳게 감겨 있었고 단정하던 갈기는 응융부들이 짓밟은 마른 풀덤불 같았다.

어젯밤, 온 가족이 물소의 피와 살로 게걸스레 주린 배를 채우고 있을 때 아버지는 홀로 우리의 보금자리로 돌아왔던 모양이다. 밤새 아버지를 찾아 헤매던 어머니는 아침이 되어서야 예의 그 둔덕에서 꿈쩍 않고 있던 아버지를 발견했다. 신음도 내지 못할 만큼 망가진 몸을 끌고 어떻게 그 먼 길을 돌아왔는지 아무도 몰랐다.

어머니와 나는 새끼 물소를 집으로 끌어왔다. 다른 식구들은 남은 먹이를 마저 먹어치울 때까지 사냥터를 떠나지 않을 터였다. 잡은 사냥감은 그 자리에서 먹어치우는 게 당연했으므로 어머니는 그들에게 도움을 청하지 못했다.

제 어미 덩치의 반도 되지 않았지만 죽은 녀석은 정말 무거웠다. 아침에 시작한 일이 한나절을 다 보내고서야 끝났다. 하도 지쳐 내 입에서는 단내가 풀풀 흘렀는데 고기 한 점 먹지 않은 어머니는 눈빛만 새파랗게 번득였다.

어머니는 새끼 물소의 여린 고기를 먹기 좋게 찢어 아버지 앞에 디밀었다. 그러나 아버지는 고개를 들지 못했다. 어머니는 그런 아버지 앞에 가만히 주저앉아 발겨놓은 고기 조각만 하염없이 내려다보았다. 어제와 다름없이 핏빛 노을이 지고, 하늘에 한가득 별이 매달렸다가 다시 새벽하늘이 뿌옇게 물들 때까지도 두 분은 정물처럼 그렇게……, 있었다.

설골(舌骨)에서 무겁게 울리는 울음소리에 나는 설핏 든 잠에서 깨어났다. 먼동이 트기 전, 푸르스름한 기운 사이로 아버지는 어제처럼 미동도 않고 있었다. 어머니는 차마 아버지에게 다가서지도 못하고서 허연 입김을 뒤섞어 가늘게 울음만 토해냈다. 그러자 어머니의 울음을 기다리기나 한 것처럼 둔덕의 아카시아 꼭대기에서 작고 푸른 날짐승 하나가 툭, 떨어져 내렸다. 눈여겨 살피고서야 그것이 늙은 대머리 독수리라는 걸, 아주 늙어서 보통의 녀석들보다 절반으로 몸이 쪼그라든 할망구라는 걸 알았다. 전신에 푸른 기운을 휘감고 있는!

3

할망구는 천천히 세 번, 아버지의 주위를 돌았다. 그러다 풀쩍, 아버지의 어깨에 뛰어오르더니 덤불 같은 갈기를 들쑤셔서 터럭 세 가닥을 뽑아 물었다. 그러고는 울음소리가 잦아든 어머니의 이마에 휘어진 부리를 비벼댔다. 아버지의 기다란 세 가닥 갈기가 어머니의 외눈 앞에서 비바람의 풀잎처럼 나부꼈다. 어머니는 몇 차례 머리를 주억거려 할망구의 기괴한 동작에 장단을 맞추었다. 그런 틈틈이 어머니는 할망구에게 몇 마디 말을 건넸고, 할망구는 고개를 끄덕이며 알아들은 체를 했다. 그럴 때마다 어머니의 하나밖에 없는 눈가가 축축하게 젖었다.

이윽고 멀리 동쪽 하늘에 붉은 기운이 치받을 즈음에야 할망구는 힘겹게 허공으로 날아올랐다. 그 늙고 작고 푸르기까지 한 기괴한 몸이 바람이라도 제대로 타고 오를지 염려스러울 정도였다. 그래도 할망구는 아버지가 잠들어 있는 샘터 주위를 핑그르르 세 바퀴나 돌고는 '빛나는 산' 킬리만자로를 향해 비틀, 갈지자를 그리며 날아갔다. 어머니의 외눈은 할망구가 잔광처럼 남긴 푸른 기운을 따라 하염없이 동쪽 하늘을 더듬었고, 몇 걸음 떨어진 자리에서 나는 믿기지 않는 이 광경을 머릿속에 담았다.

음부니(mbuni: 타조)의 꽁무니에서 알이 삐져나오듯 주아(jua: 태양)가 지평선을 헤치고 올라올 때에야 어머니는 자리에서 일어나 조심스레 아버지에게 다가갔다. 허기와 피로 탓에 다리가 휘청거렸다. 어머니는 가만히 아버지의 코끝에 입을 맞추었다. 그러고는 혀로 아버지의 얼굴을 쓸어내렸다. 이어 무성한 아버지의 갈기에 얼굴을 파묻고는 서럽게 울기 시작했다. 곁에서 지켜보던 나의 영혼까지 저미는 통곡이었다. 나는 가슴이 덜컥했다. 믿고 싶지 않아 내내 밀쳐두었던 불길했던 예감이 비로소 현실이 된 것이다.

새끼 물소의 몸뚱어리를 끌고 오는 도중에 어머니와 나는 몇 번이나 하이에나들을 마주쳤다. 늘 식탐에 휘둘리며 살아가는 그것들이 이런 호기를 놓칠 리가 없었다. 그러나 놀랍게도 놈들은 기묘한 비웃음을 흘리며 자리를 피했다. 냄새를 맡은 독수리들도 근처의 나뭇가지에서 물끄러미 바라볼 뿐 소란을 피우지 않았다. 불길한 예감은 그렇게 조금씩 구체적으로 다가왔다.

태양이 내 키만큼 떠오르고서야 어머니의 곡소리가 멈추었다. 어머니는 저린 다리를 펴며 일어섰다. 메마른 한쪽 눈을 들어 다시 한번 동쪽 하늘을 바라보더니 물러지고 있는 새끼 물소의 발라놓은 조각들을 먹기 시작했다. 어머니와 내가 새끼 물소의 몸통을 거의 먹어치웠을 때에야 멀리서 가족들이 돌아오고 있었다. 그들은 이미 예전의 피골이 상접했던 굶주린 사자들이 아니었다. 이틀을 마음껏 포식한 그들의 몸통에는 활력이 넘쳐흘렀다. 말라비틀어져 겨우 숨만 쉬고 있었던 조카뻘 여자아이도 그새 몸집이 두 배는 커진 것 같았다.

아버지는 여전히, 그 자리에, 바위처럼 웅크려 있었다.

4

"음부아(mvua: 비)다!"

누군가 그렇게 소리치자 다들 잠에서 깨어나 귀를 쫑긋 세웠다. 바람이 불어오는 쪽으로 코를 내밀고 큼큼, 냄새를 맡던 어른들이 후끈 달아올랐다. 감각을 코에 집중시키자 흙먼지와 메마른 풀냄새에 티끌처럼 물기가 스며 있었다. 가족들은 누가 먼저랄 것 없이 자신의 털과 발톱을 고르기 시작했다. 다급한 기대와 흥분이 가족을 감쌌다.

어머니는 냄새가 진동하는 아버지 시신 곁에서 수선스러운 집안 분위기를 근심스러운 눈길로 훑고 있었다. 앞으로 들이닥칠 횡액을 가늠하느라 몹시 지친 어머니였다. 벌써 열흘째, 어머니는 형체만 겨우 남은 아버지 곁을 한사코 떠나지 않았다. 다른 식구들은 멀찍이 거리를 두었고 까맣게 몰려와 있는 대머리 독수리들만 그런 어머니를 느긋한 눈길로 지켜보았다.

"막내가 놈들의 뿔에 걸려 자빠졌을 때 사냥을 포기했어야 돼. 새끼 하나를 잡았으니 기다렸어야지. 일이 그 지경이었는데도 자힐리가 어미 물소를 물고 늘어진 이유를 모르겠어. 그 결과가 뭐야? 네 엄마의 욕심이 네 아버지를 그렇게 만든 거야."

어머니와 사이가 좋지 않은 셋째 이모는 그렇게 주장했다. 아무도 이모의 말을 가로막지 않았다. 아버지가 목숨을 던져 잡은 물소로 주린 배를 채우고 기력을 차린 이들이, 말을 그렇게 했다.

"평원의 일이라면 모르는 게 없는 대장 독수리가 그랬어. 네 아버지는 수컷 물소에 깔리면서 턱이 박살났대. 밤중에 집으로 돌아오는 모썸바의 턱이 찢겨진 응기리(ngiri: 혹멧돼지) 뒷다리처럼 덜렁거렸다는 거야. 그 정도면 뱃속은 괜찮았을까? 아마 몇 군데는 터져버렸을 거야."

누구도 오래 굶은 아버지가 두 마리의 성난 수컷 물소들과 싸우는 게 무리였다는 걸 모르지 않았다. 다만, 그런 사실이 지금에 와서 놀림감이 된다는 것, 그것도 아버지의 마지막 사냥으로 배가 부른 식구들에게서조차 비아냥의 대상이 되는 것은 문제였다. 무엇보다 그는 내 아버지였던 것이다. 어떤 어려움이 닥쳐도 자신의 아들임을 잊지 말라는 당부가 내 귓가에 생생한 나의 아버지. 분노가 스멀거리며 전신으로 퍼져나가는 걸 느끼며 나는 입을 앙다물었다.

"그나저나 언제까지 저러고 있을 참이지? 주위를 둘러봐. 온 동네 거지새끼들은 다 몰려온 거 같애. 애정도 과하면 청승이라는데 이제 그만 좀 해야지. 냄새 때문에 견딜 수가 없잖아. 죽은 건 죽은 거고 산 것들은 좀 살아야 하지⋯⋯, 헉!"

셋째 이모는 말을 끝맺지 못했다. 내가 몸을 날리며 앞발로 있는 힘껏 턱주가리를 후려쳤기 때문이다. 꽤 심한 충격이 관절을 타고 전해졌다. 그러나 또래보다 큰 몸집이라지만 나는 고작 한 살짜리였다. 외눈박이 어머니에는 견주기 힘들어도 나름 산전수전 겪은 이모의 대응은 확실히 남달랐다.

그녀는 본능적으로 고개를 돌려 충격을 분산시키자마자 예비 동작도 없이 앉은 자세 그대로 공중으로 도약하더니 나를 덮쳤다. 인정사정없이 앞발로 휘몰아치는 이모의 눈에 살기가 번뜩였다. 압도적인 위력에 눌려 바닥에 벌러덩 나자빠진 나는 네 다리를 휘저으며 필사적으로 저항하는 수밖에 없었다. 그녀가 슬멋 틈을 열어주었지만 나는 드러누운 채 버텼다. 잘못한 놈들이 혼찌검을 당할 때나 보이는 자세였으니 굴욕도 그런 굴욕이 없었다. 하지만 내가 일어서는 순간 뒷목으로 그녀의 송곳니가 파고들 게 분명했다. 죽음과 비굴 사이에서 나는 눈물이 쏟아질 것만 같았다.

"그만해!"

어머니가 둘 사이를 갈라놓고서야 나는 겨우 일어섰다. 이모의 이글거리는 눈이 어머니를 향했다. 두 싸움꾼 모두 온몸의 잔털까지 올올이 곤추세우고 서로를 노려보았다. 목구멍 안쪽에서 으르렁거리는 소리가 울리기 시작했다. 다른 이모들이 끼어들지 않았으면 무슨 일이 벌어질지 모를 판이었다.

"저런 걸 아들이라고……. 얼마나 끼고 사는지 두고 봐."

비웃음을 물고 돌아서는 셋째 이모에게, 그러나 어머니는 한마디도 하지 못했다. 다른 가족들이 어머니가 아니라 이모를 위로하러 몰려가는 걸 보며 나는 가슴이 서늘해졌다. 아버지가 살아계시는 동안에는 꿈도 꾸지 못했을 일이 벌어지고 있었다.

"상대를 막판까지 몰아붙일 힘과 계략이 없으면 싸움을 시작하지 마라!"

어머니는 뒤도 돌아보지 않고 한마디씩 딱딱 분지르듯 말했다. 그러고는 다시 아버지의 옆자리로 돌아갔다. 짓무른 시신에서 흘러나오는 진물로 아버지의 자리는 흥건했는데, 두 분은 누렇게 탈색된 평원을 배경으로 다시 오래된 석상처럼 엎드려 있었다.

후들거리는 발걸음으로 나는 샘터를 찾았다. 걸음을 옮길 때마다 신음이 절로 나왔다. 몸의 어디 한구석도 온전한 데가 없었다. 샘물에 비친 내 모습은 가관이었다. 흙먼지로 범벅된 얼굴에는 셋째 이모의 발톱 자국이 선명했다. 생채기에서 삐져나온 핏물이 여기저기 숯 검댕처럼 말라붙어 있었다. 잠시 잊었던 치욕의 순간들이 생생하게 되살아났다. 말할 수 없이 처연하고 쓸쓸한 심정이 되어 나는 물을 들이켰다. 눈앞이 어룽어룽해지면서 어머니가 던진 말이 내내 귓가를 맴돌았다. 힘이나 계략이 없으면 아예 싸움을 시작하지 마라…….

북동쪽 아스라한 하늘 끝에서 먹구름이 몰려들고 있었다.

5

그날, 반달이 서쪽으로 기울던 새벽 무렵에 사달이 벌어졌다. 따돌림당한 우리 모자를 빼고 모두가 사냥을 나간 뒤였다. 오후에 벌어진 일로 무렴해진 나는 어머니로부터 멀찍이 떨어져 꾸벅꾸벅 졸고 있었다. 그런데 불현듯 어머니가 으르릉대며 벌떡 일어나더니 자세를 고쳐 잡았다. 외눈이 파란빛을 흘리며 내 뒤의 어둠을 노려보았다. 말라붙은 가시덤불이 응용부들의 키만큼이나 솟아 있는 곳이었다. 놀란 내가 어머니에게 몇 걸음 옮기는 사이 뒤에서 세 마리의 수사자가 어홍, 헛기침을 터트리며 모습을 드러냈다. 아버지가 세상을 등진 뒤 어머니를 내내 불안과 공포로 밀어 넣던 불길한 예감이 눈앞에 펼쳐진 것이다.

그치들은 서두르지 않고 투덕투덕 둔덕을 향해 걸어왔다. 어머니가 새된 소리로 위협했지만 개의치 않았다. 다급해진 어머니가 옆으로 껑충 물러나며 굳이 아버지의 존재를 드러냈어도 마찬가지였다. 다 알고 있다는 듯 유유자적한 그들은 오히려 어머니를 진정시키려 했다. 나는 좀처럼 가까이 가지 않던 아버지 곁에서 쿵쾅대는 심장의 고동을 고스란히 감내하고 있었다. 냄새는 물론이고 아버지의 몸에서 흘러나온 진물이 발바닥을 적시는 줄도 몰랐다.

어머니는 악다구니를 쓰며 대들다 이내 지쳐버렸다. 며칠째 제대로 먹지 못한 데다 네댓 살의 한창 나이인 수컷 세 마리를 혼자 감당할 수는 없었다. 어머니와 나는 아버지가 바위처럼 웅크려 있는 둔덕에서 밀려 나와 가쁜 숨을 몰아쉬며 수컷들과 대치했다. 그러자 수컷들이 모습을 드러냈던 덤불 주위에 모여 있던 식구들 중에서 셋째 이모가 작심한 듯 나섰다. 아버지를 두고 차마 뒤돌아 도망가지 못하고 뻗대는 우리 모자에게 이모는 가시 같은 말을 쏟아놓았다.

"그동안 너희들의 패악질을 생각하면 당장 요절을 내고 싶지만 우리가 먹고살도록 애쓴 것도 있어 참는다. 우리에겐 새로운 가장이 필요해. 가족을 지켜주고, 무엇보다 여자와 아이들을 공평하게 사랑할 줄 아는 남자 말이야. 한 여자한테 빠져서 앞뒤 분간 없이 제 목숨을 함부로 내버리는, 무책임하기 짝이 없는 수컷 말고!"

어머니는 셋째 이모를 한참 노려보았다. 그러다 이 배신의 과정을 짐작하고는 몸을 돌린 다음 고개를 꼿꼿하게 세운 채 평원을 향해 걸어갔다. 한 번도 뒤를 돌아보지 않는 결연한 걸음걸이였다. 앙상한 어깨뼈가 발걸음에 맞춰 불쑥 솟았다 내려앉곤 했다. 주위는 밝아왔으나 밀려든 먹구름에 가려 해는 보이지 않았다.

이렇게 황망한 채로 떠나는 게 믿기지 않아 나는 주춤거렸다. 들불에도 같이 살아남은 여자아이가 허둥지둥 따라나서는 걸 어미인 사촌 누이가 뜯어말렸다. 셋째 이모의 표독스러움에 비하면 외면하는 다른 이모와 누이들, 아주머니들이 외려 고마울 지경이었다.

몇 걸음 떼지 않아 번개와 천둥이 하늘을 찢어대기 시작했다. 이어 빗물이 건기의 성성한 햇살처럼 곧장 내리꽂혔다. 내내 사태를 지켜보던 독수리들이 온갖 번잡을 떨며 아버지의 몸 위로 내려앉고 있었다. 빗줄기 너머 여자아이가 비를 맞으며 꿈쩍도 않고 이쪽을 바라보고 있었다. 내 가슴도 흥건하게 젖어들었다.

"괜찮다. 아버지는 이미 우리 안에 있지 않느냐. 위대한 분이셨으니 이 평원의 대정령(大精靈)으로 남아 우리 모자를 보호해줄 거다. 암, 그렇고말고."

메마른 혓바닥을 내밀어 빗물을 받아들이는 어머니의 목소리가 허허로웠다. 아버지가 몸을 벗고 위대한 대정령으로 떠오르는 환영을 믿기에는 저간의 사정과 쫓겨나는 현실이 너무 각박했다. 다시 돌아오겠다는 기약 따위는 할 수 없었다. 아카시아 그늘 아래서 바위처럼 앉아 있던 아버지와, 그 어깨에 기댄 채 행복했던 어머니의 모습이 어른거릴 뿐이었다. 나도 몸을 돌려 어머니의 뒤를 따랐다.

7장
망각의 풀밭

내가 속한 4열은 쉽사리 움직이려 하지 않았다. 하필 8번에 위치한 나는 더했다. 바닥이 훤히 비치는 맑은 강물이 지옥의 입구처럼 캄캄했다. 바위처럼 굳은 건 옆자리의 여자아이도 마찬가지였다. 막 어린 티를 벗은 그녀는 잔뜩 얼굴을 찌푸린 채 입술을 사리물고 금방이라도 울음을 터뜨릴 것 같았다. 아스카리가 이런 우리를 그냥 지나칠 리 없었다.

"이놈들! 어서 앞으로 나가지 못해?"

벼락처럼 울리는 고함에 나는 오줌을 지렸다. 움찔, 한 걸음을 떼고는 다시 멈춰 섰다. 수치심이 아니라 공포가 내 발목을 잡았다. 이대로 죽어야 하는 이유를 알 수 없었다.

"이런 등신 같은 놈들! 위대한 음제를 모시는 호위대가 그까짓 죽는 게 그렇게 두려우냐?"

아스카리의 입에서 죽음이라는 단어가 나오자 일순 정적이 흘렀다. 의심이 현실로 드러나는 순간이었다. 뒤에서 웅성거리는 소리가 점점 커졌다.

"명령이다, 걸어라! 어서!"

명령이라는 말에 내가 마지못해 다시 한 발짝 내디뎠을 때였다. 옆에서 꼼짝 않고 서 있던 여자아이가 돌연 도리질을 치면서 몸을 홱, 돌렸다. 마치 비명처럼 열에 들뜬 목소리가 터져 나왔다.

"못 합니다. 우리가 죽고 사는 문제인데 왜 부대장님 명령에 따라야 하나요? 도대체 음제께서 저한테 뭘 해주었다고 제 목숨을 걸어야 합니까? 그렇게 죽음이 두렵지 않다면 부대장님이 제 앞에 서서 강을 건너세요!"

일순 정적이 흘렀고 당찬 여자아이의 응답에 내 몸이 부르르 떨렸다. 말문이 막힌 아스카리의 눈이 이글이글 타올랐다.

"어린년이 감히 이 아스카리님의 명령을 거역해? 평소에는 감히 눈도 마주치지 못할 비천한 것들이!"

아스카리는 고개를 낮추어 그 큰 덩치에 어울리는 뿔을 앞으로 곧추세웠다. 겁먹은 여자아이의 표정이 딱딱하게 굳어진다 싶더니 곧 작정한 듯 가늘고 작은 뿔을 내세웠다. 저 여린 몸의 어디에 저토록 절박함이 숨어 있는지 놀라웠다. 그리고 그때, 강 건너편에서 첨벙이는 물소리가 연달았다.

"멈추시오!"

분명 형의 목소리였다. 웅야티와 누사가 그 뒤를 따라 강물로 뛰어들었다. 당황한 아스카리가 소리쳤다.

"무슨 짓들이냐. 어서 자기 자리로 돌아가라!"

아스카리의 명령을 귓등으로 흘린 형은 어느새 강의 한복판에 이르렀다. 가슴팍까지 물결이 찰랑거렸다.

"이, 이놈들이……. 이놈! 죽어봐야 정신을 차리겠구나!"

아스카리와 맞서며 형은 담담하게 대꾸했다.

"그럼, 어디……, 죽여보시오."

형은 몸통을 푸르르, 한 번 떨더니 이마의 뿔을 앞으로 디밀었다. 분명 아스카리보다 두세 살 어렸음에도 뿔의 크기는 엇비슷했다. 더구나 형의 옆에는 응야티가 거친 콧김을 뿜으며 자리했다. 혼자인 아스카리는 적잖이 당황한 듯 말을 잇지 못했다. 그때 누군가 뒤에서 달려오며 소리쳤다.

"부대장 양반, 그렇게 상황 파악이 안 돼요? 이미 여섯 명의 아이들이 사라졌잖소. 모래지옥의 위치도 알았으니 더 이상 아이들을 희생시킬 이유가 없어요. 지금은 우리끼리 싸울 때가 아니라 모래지옥이 방향을 바꾸기 전에 빨리 강을 건너야 한단 말이오."

쿠오나였다. 가장 뒷줄에 서 있던 그가 바리디와 함께 강으로 뛰어들었다. 그러자 강가에 도열해 있던 대열이 삽시간에 무너지면서 아이들이 저마다 강을 건너기 시작했다. 워낙 창졸간에 벌어진 일이어서 단속하던 부족장들도 멍하니 바라보기만 했다. 쿠오나는 아이들을 돌아보며 다시 큰 소리로 외쳤다.

"모두 나의 왼쪽으로 모여서 강을 건너라. 부대장님이 서 있는 곳으로 가면 안 된다."

아이들은 쿠오나의 지시를 따랐고 아스카리는 손쓸 틈이 없었다. 아스카리 앞에는 모래지옥을 감추며 유유히 흐르는 강물뿐이었다.

"너는 누구냐? 대체 누구의 자식이냐?"

분노와 낭패감으로 흔들리는 눈빛을 고쳐 잡으며 아스카리는 형을 노려보았다.

"나는, 동생과 친구들과 이웃들의 목숨을 구하려는 것뿐입니다. 내가 누구의 아들인지, 그게 뭐가 중요하겠습니까?"

형은 나와 여자아이를 감싸 안다시피 하고선 몸을 돌려 강을 건너기 시작했다. 응야티와 누사가 앞장서고 뒤따라온 쿠오나와 바리디가 뒤를 받쳤다. 나는 그제야 안도의 한숨을 내쉬었다. 건너편 강둑에 닿자 비로소 가슴이 따뜻해지면서 맥이 풀렸다. 멀리서 들려오는 우렁우렁한 목소리도 마치 꿈결처럼 느껴졌다.

"물렀거라. 물러서지 못하겠느냐. 어서 물렀거라. 음제님의 행차이시다."

음제라는 말에 모두 뒤를 돌아보았다. 우람한 덩치의 장년이 흰 수염을 날리며 서 있었다. 돌아가신 아버지 못지않은 대단한 덩치여서 그 위압감에 다들 숨을 죽일 정도였다. 어쩌면 그 곁에 작고 다부진 몸피의 젊은 웅융부 하나가 서 있어서 더욱 그랬는지도 모르겠다. 우람한 장년을 보좌하고 있음이 틀림없는, 어쩐지 낯익어서 마치 오래 묵은 인연으로 이어진 듯한 이였다. 형과 나의 눈길이 그 청년에게 쏠렸다.

아스카리가 그들 앞으로 부리나케 달려갔다. 그제야 장년의 발목 위를 띠처럼 두르고 있는 하얀 털이 눈에 들어왔다. 강변의 누런 모래사장과 대비되어 한층 도드라져 보이는, 아스카리 가문의 혈통임을 나타내는 그것.

2

"표석의 안쪽으로 건너간다. 출발!"

무표정하게 아스카리의 설명을 들은 그 장년은 고개를 끄덕이더니 이끌고 온 무리에게 명령했다. 그러자 신입 호위대원들과는 차원이 다른 덩치의 수컷들이 일사불란하게 강물로 뛰어들었다. 어림잡아 2백은 넘을 그들은 마치 거대한 파도가 쭉쭉 밀려가는 것처럼 순식간에 강을 건너 야트막한 방죽 위에 도열했다. 그 과정이 워낙 군더더기 없이 깔끔해서 마치 질풍이 한바탕 휘몰아치고 물러난 것 같았다. 오랜 훈련과 엄정한 군기로 무장한 호위대의 진면목이었다.

우리는 경이롭게 그 광경을 지켜보았다. 하지만 호위대가 아이들을 멀리 물리는 바람에 강을 건너는 음제를 지켜보려던 우리의 기대는 사라졌다. 아무리 음제라도 강을 건너다 보면 밀집 경호가 조금은 느슨해질 거라고 여겼던 거다. 눈 밝은 쿠오나가 온 신경을 집중했지만 음제는커녕 비슷한 무엇도 찾을 수 없었다. 냄새 맡는 누사가 한껏 숨을 들이켜도 새로운 냄새는 맡을 수 없었다.

음제의 대열은 길었다. 건장한 호위대가 지나가자 중년의 여인들과 아리따운 처녀들이 뒤를 따랐다. 이어서 각 부족장들과 장로들이, 대열의 가장 뒤에는 아스카리와 부하들이 후방을 경계하며 지나갔다.

"네놈을 꼭 기억하마. 곧 다시 만나게 될 게다. 네놈은 고슴도치처럼 또 반항하겠지. 그때는 내가 잘 다스려주마. 가시는 아무리 쓰다듬어도 털이 되진 않으니까 말이야. 쓸데없이 죽어버리지만 말아, 시건방진 촌뜨기 놈아!"

형과 마주친 아스카리는 그렇게 이죽거리고는 멀어져 갔다. 뿌연 먼지구름이 금세 그들의 흔적을 지웠다. 향기도 그림자도 없는 음제와 호위대의 위력, 모래지옥의 충격으로 다들 멍한 가운데 쿠오나가 우리를 다잡았다.

"뭐, 부족장들이 모두 음제를 따라 가버렸으니 이제부터는 각자 알아서 하라는 뜻이겠지. 하긴, 마라강을 건넜으니 자기들 볼일은 다 끝났으니까. 자자, 꼬박 엿새는 걸어야 그나마 먹을 게 있으니 서두르자고."

우리뿐만 아니라 앞서 강을 건넜던 신입 호위대 아이들은 편한 대로 무리를 지었다. 당돌한 전사였던 여자아이는 우리와 동행했다. 부모 형제도 친구도 마땅한 일행도 없다는 그녀의 대답에 형이 적극 권했다. 그렇게 우리는 일곱이 되었다. 그제야 삶과 죽음의 경계를 아슬아슬하게 건넜다는 안도와 피로감이 몰려왔다.

바리디와 응야티가 앞에 섰고 기진맥진한 나머지가 뒤를 따랐다. 저마다 잡다한 상념을 갈무리하느라 그랬는지 다들 말이 없었다.

"보이지도 않고 냄새도 없는데 호위대는 수백이나 되고⋯⋯. 음제를 호위한다는 애들은 영문도 모른 채 사라졌고. 이거, 말이 되냐고?"

아까부터 심각하던 웅야티가 정말 알 수 없다는 표정으로 혼잣말을 했다. 아무도 대답할 수 없는 물음이었다.

"우리가 한 개고생은 대체 뭐야? 음제인 듯 아닌 듯한 무엇 때문에 이 난리를 치고 있다는 거야?"

"글쎄? 나도 모르는 게 너무 많아서 해줄 말이 없네."

누사가 특유의 덤덤한 음성으로 말했다. 웅야티의 표정이 샐쭉해졌다. 한숨을 내쉬더니 저도 모르겠다는 듯 툴툴거리며 터벅걸음을 옮겼다. 이래저래 지체하느라 우리는 가장 뒤처져서 마라 평원으로 향했다.

"거 참, 아스카리라는 놈 말이야. '용감한 전사'라는 아스카리 집안의 장남인 모양인데 자꾸 마음에 걸리네. 아이들한테 한 짓도 그렇고. 앞으로는 안 봤으면 좋겠는데 말이지⋯⋯."

쿠오나가 툴툴거리는 소리에 고개를 끄덕이던 형은 잠시 뒤에 입을 열었다.

"결국 자기들이 무사하려고 아무것도 모르는 아이들을 제물로 삼아 그 난리를 친 건가? 그 위대하다는 음제와 저 강성한 병력을 가진 아스카리 집안의 행태가 겨우 이 정도인가?"

형이 뱉어낸 긴 한숨에 모두의 발걸음이 더욱 무거웠다.

3

먹을 풀 한 줄기 없는 황무지였다. 온통 돌밭이라 빗물 고인 웅덩이도 없었다. 다들 제대로 먹지 못해서 움직일 때마다 뱃구레가 허허롭게 출렁였다. 그저 견디는 수밖에 없었다. 저만치 앞서간 아이들이 웅성대고 있었다. 길을 막은 것은 젊은 여인네 몇이었다. 낭창한 허리며 늘씬한 다리, 적당히 살이 올라 육감적인 둔부가 한눈에 들어왔다. 아침 숲속의 작은 새처럼 그녀들의 입술 사이로 낭랑한 목소리가 흘러나왔다.

"젊은 용사님들, 먼 길 오시느라 수고하셨습니다. 위대하신 음제께서 용사님들을 위해 향기롭고 기름진 풀을 대접하라 하셨습니다. 저희를 따라오세요."

무거운 행군으로 가라앉았던 분위기가 순식간에 달아올랐다. 누가 붙잡을세라 가장 먼저 바리디와 웅야티가 냉큼 여인네들의 뒤를 따랐다. 웅야티의 커다란 엉덩이가 비바람에 흔들리는 꽃잎처럼 나풀거렸다.

"대체 당신들은 누구요?"

여인네들에게 쿠오나가 큰 소리로 물었다.

"저희는 음제를 모시는 시종녀들이랍니다."

여인네들 중 하나가 뒤도 돌아보지 않고 대답했다.

"그걸 어떻게 믿지요?"

"와보시면 알겠지요. 여러분은 배고프지 않나요?"

쿠오나의 이어지는 질문은 배고픈 아이들의 환호에 금방 묻혔다. 새털처럼 가볍게 걸어가는 시종녀들을 따라 아이들은 앞다투어 종종걸음을 쳤다. 마음 급한 웅야티가 황망한 표정으로 서 있는 쿠오나를 툭, 치며 저만치 달려가는 아이들 쪽으로 발걸음을 옮겼다. 달리 마땅한 방도가 없었던 나머지도 웅야티의 뒤를 따랐다.

시종녀들은 크고 작은 바위들이 어지럽게 널린 개활지를 가로질러 왼쪽 내리막길로 들어섰다. 울퉁불퉁한 자갈길인데도 익숙한 듯 날랜 걸음걸이였다. 발굽을 가진 우리는 주춤주춤, 어정걸음으로 내려갔다.

길지 않은 내리막이 끝나는 곳에 코끼리만 한 바위 두 개가 마주하고 있었다. 그 사이로 들어서자 코끝을 간지럽히는, 싱싱하고 다디단 풀냄새에 모두가 깊이 숨을 들이켰다. 뭉글뭉글 흘러오는 냄새를 찾느라 다들 눈을 부릅떴다. 그러고는 누가 먼저랄 것도 없이 키보코(하마)만 한 바위들이 아무렇게나 쌓인 곳으로 달리기 시작했다.

4

둘이 겨우 들어갈 만큼 비좁은 입구를 지나 안으로 들어서자 입이 떡, 벌어졌다. 밖에서는 그저 바위더미가 쌓인 줄 알았는데 안쪽은 그야말로 별천지였던 거다. 서너 길 높이로 층층이 포개진 삐쭉빼쭉한 바위들이 커다랗게 타원을 이루고 있었다. 꽤 넓은 바닥에는 처음 보는 풀들이 흐드러지게 피어난 꽃들을 매달고 있었다. 마치 누군가 공들여 다듬은 꽃밭 같았다.

어리둥절한 건 나만이 아니었다. 먼저 도착한 아이들만큼이나 흥분해서 허겁지겁 풀을 뜯는 건 옹야티와 바리디뿐, 나머지 다섯은 일단 바위 절벽의 구석진 곳으로 자리를 옮겼다. 형은 사방을 둘러싼 바위와 이름 모를 화초를 꼼꼼히 살폈고, 쿠오나는 늘 그랬던 것처럼 이마에 깊은 주름을 짓고는 이 황당한 풀밭의 수수께끼를 풀고 있었다.

- 이 불볕 하늘 아래, 여기도 비가 오지 않은 지 한참일 텐데, 보아하니 근처에 샘이나 작은 개천도 없는데 싱싱한 풀밭이라니……,

- 게다가 입구만 막아버리면 생쥐도 빠져나갈 수 없는 막다른 절벽인데…….

의외의 행운을 의심하는 티가 났는지 먼발치에서 우리를 눈여겨보던 시종녀 하나가 나비처럼 다가왔다.

"용사님들은 맛난 풀을 거들떠보지도 않는군요. 마라 평원까지는 아직 먼

길이니 마음껏 드시고 감사는 음제께 돌려주세요. 저희는 이만 물러가겠습니다."

시종녀의 은근한 강요에 우리는 풀을 뜯는 시늉이라도 하려 머리를 숙였다. 그러자 시종녀들은 입구를 향해 몸을 돌렸다. 자연스럽지 않은 이 과정들이 더욱 찜찜해서 왈칵, 알 수 없는 불안감이 밀려왔다.

5

"먹지 마!"

형이 물고 있던 풀줄기를 내뱉으며 단호하게 말했다. 풀을 물고 있던 누사도, 망설이던 나와 여자아이도 일제히 고개를 쳐들었다. 형은 턱짓으로 저만치 떨어져 있는 아이들을 가리켰다. 우리보다 먼저 도착한 아이들이었다. 허겁지겁 배를 불린 탓인지 그들 대부분은 풀밭 위에 나동그라져 있거나 비틀걸음을 걸었다. 몇은 부들부들 떨리는 네 다리로 간신히 서 있기도 했다. 선 채로 쉬고 잠드는 게 더 익숙한 우리로서는 좀처럼 볼 수 없는 광경이었다.

"이게 대체 무슨 일인지……."

쿠오나의 탄식이 문득 끊겼다. 응야티와 바리디가 비틀거리며 다가오다 풀썩 주저앉았기 때문이다. 초점 없는 두 눈은 우리를 알아보지 못했고 누사가 응야티의 귀에다 대고 이름을 불러도 반응이 없었다. 우리에게 뭔가를 알려주려 안간힘으로 걸어오다 그만 고꾸라진 모양이었다. 여자아이가 얼른 나서서 둘을 이리저리 살폈다.

"정말 이상해요. 숨소리도 평온하고 심장도 고르게 뛰어요. 어디 다친 데도 없고……."

바리디의 가슴에 귀를 대고 심장의 박동을 가늠하던 그녀는 도무지 영문을 모르겠다는 표정이었다. 발밑의 풀을 다시 찬찬히 살피던 쿠오나가 풀잎에서 눈을 떼지 않고 입을 열었다.

"정말 악마 같은 풀이구만. 들은 적도 본 적도 없는……."

그제야 나도 풀잎을 자세히 살폈다. 풀잎 끝에는 아침 이슬 같은 것이 자잘하게 매달려 있었는데 툭툭 건드려도 터지거나 흘러내리지 않았다. 꽃에서는 여전히 싱싱하고 다디단 풀냄새가 진동했는데 견디기 힘들 만큼 식욕을 자극했다.

풀밭에 널브러져 듣지도 보지도 못하는 응야티와 바리디를 보며 우리는 난감하기 짝이 없었다. 여기 풀은 게걸스럽게 먹고 나면 몸을 못 가눌 만큼 감각이 마비된다는 게 명백해서다.

"흠. 마냥 이렇게 있을 수는 없고……. 쟤들을 어떻게 데리고 나가야 하나……."

허기와 기괴한 현실에 지친 누사가 얼굴을 찌푸렸다.

"뭐, 깨어날 때까지 기다리는 수밖에 없지 않겠어? 그런데, 저길 봐."

우리는 쿠오나가 가리키는 입구로 시선을 돌렸다. 입구 주변의 풀밭이 듬성듬성했다. 처음 보는 풍경에 정신이 팔려 우리가 미처 눈여겨보지 않았던 거다.

"우리보다 먼저 왔던 놈들이 풀을 뜯은 거야. 아마 아스카리와 부하들, 그리고 부족장들과 경호대였겠지. 우리가 도착했을 때는 그들이 떠난 뒤였으니까, 깨어나려면 아마 그 정도의 시간은 걸리지 않겠어?"

우리는 그 경과된 시간을 가늠했다. 그들이 달려간 속도와 우리가 터벅걸음으로 걸어온 걸 감안하면 못해도 반나절은 걸릴 성싶었다. 햇살이 조금씩 사선으로 기우는 정도로 짐작해보면 조만간 이곳을 벗어날 수 있을 터였다. 우리는 안도하며 슬몃 불안하던 마음을 내려놓았다.

시간이 물처럼 흘렀다. 이제 햇살은 완연히 빗금으로 떨어지고 있어서 줄 지어 선 바위 절벽의 그림자들이 풀밭을 채워나갔다. 사위는 쥐죽은 듯 조용 해 몇 걸음 떨어진 곳에서 아이들이 내쉬는 숨소리조차 구분할 정도였다. 차 츰 온몸이 뻣뻣해질 즈음, 멀리서 발굽 소리가 희미하게 들려왔다. 누구지? 다시 당혹과 불안감이 우리를 휘감았다. 쿠오나가 빠르게 속삭였다.

"뭐, 조금 전의 그 시종녀들일 거야. 여기 상황이 어떤지 확인하러 왔겠지. 우리는 그저 웅야티 녀석이 하는 것처럼 멍하니 자빠져 있으면 돼. 이 망할 놈 의 풀을 진탕 먹은 것처럼 말이야."

다른 선택의 여지가 없었으므로 우리는 두 친구의 곁으로 가서 각자 편한 자세로 멍청하니 서 있거나 아무렇게나 널브러졌다.

"그렇지. 우리는 들리지도 않고 보이지도 않는 거야. 누가 건드려도 모른 척하는 거다, 알았지?"

조금은 장난기까지 곁들인 쿠오나의 말이 끝나기 무섭게 입구로부터 당황 하는 목소리가 들렸다.

"아니, 아스카리님께서 어인 일로 이런 곳까지 직접 오셨는지……."

아스카리의 이름이 불리자 내 가슴이 철렁했다. 진흙탕에 빠졌을 때 진득 하게 달라붙는 진흙처럼 어두운 예감이 온몸으로 번져나갔다.

"별일 없었느냐? 말썽부리는 놈들도 없었고?"

"그, 그럼요. 다들 혼이 빠져 있는 걸요. 워낙 무지렁이들이라 힘만 쓸 줄 알았지……. 아니, 들어가 보시려고요? 저 비천한 것들을 아스카리님께서 굳 이 보실 것까지야……."

아스카리가 부하들 몇과 안으로 들어섰다. 나도 모르게 마른침을 삼키느라 목젖이 뜨끔했다. 아스카리는 빠른 걸음으로 멍청하니 서 있거나 널브러진 호위대 아이들을 일일이 확인했다. 그러고는 우리 앞에서 걸음을 멈추었다.

"흐흐……. 드디어 찾았군. 다시 만날 거라고 내가 말했지? 그래도 이렇게 만날 줄은 네놈도 몰랐을 거다. 이 미친놈을 어떻게 해야 분이 풀릴까, 응? 이 비천하고 시건방진 놈들을 말이야."

아스카리는 이죽대며 형에게 다가갔다. 형의 뒤에 있던 나는 질끈 눈을 감고 싶었다. 형과 마주 서 있던 쿠오나의 눈망울이 미세하게 흔들렸다. 둘러선 아스카리의 부하들이 비웃음을 흘리며 주군을 응원했다.

"알아보니 이놈의 아비가 부족장이었더군. 마누라를 살린답시고 대신 점박이들한테 잡아먹혔다는 거야. 지천으로 널린 게 암컷들인데 오죽 멍청했으면 그런 꼴을 당했겠어? 이놈이 나에게 한 짓을 보면 그 아비도 어떤 작자인지 짐작이 가고도 남아. 그렇지 않으냐, 얘들아?"

"그렇습니다. 위대한 아스카리님에게 대드는 놈을 그냥 놔둬서는 안 됩니다요."

"그렇다마다! 그 아비도 꼴값을 떨었던 거야. 이 미친놈처럼!"

아스카리는 돌연 고개를 숙여 뿔을 내세우더니 넋 나간 듯 서 있던 형의 옆구리를 들이받았다.

퍽! 둔탁한 파열음과 함께 형은 맥없이 옆으로 쓰러졌다. 입은 벌리고 시선은 하늘을 향한 채 네 발을 버둥거렸다. 정말 정신이 나간 것처럼 보였다. 크크크, 비웃음을 내뱉으며 아스카리는 쓰러진 형의 등짝이며 몸통을 지근지근 밟아댔다.

"젠장, 썩은 나뭇등걸 같아 재미가 없어."

꿈쩍 않는 형을 내려다보며 아스카리는 분을 삭이지 못하고 씩씩거렸다. 부하들이며 풀밭 여기저기 나뒹굴고 있는 아이들을 둘러보던 아스카리의 얼굴이 문득 환해졌다.

"그렇지! 이놈에게 영원히 지울 수 없는 표식을 남겨둬야겠어. 놈은 기억 못 하겠지만, 아스카리에게 반항하면 어떤 대가를 치르는지 다른 놈들은 알게 되겠지."

아스카리는 벌렁 나자빠져 있는 형의 귀를 물었다. 그러고는 질긴 풀줄기를 씹듯이 형의 한쪽 귀를 잘근잘근 씹어댔다. 낭자한 핏물이 금세 형의 얼굴을 뒤덮었다. 핏물이 튀어 아스카리 발목의 하얀 털을 점점이 붉게 물들였다. 시간이 멈춘 바로 그 자리에 지옥이 펼쳐졌다. 마주 보는 쿠오나의 눈자위가 시뻘겋게 변하고 있었다. 그러나 끝내 미동도 하지 않았다. 그의 눈빛이 간절하게 나를 달랬다. 우리 모두의 목숨이 달린 상황이었던 것이다.

나는 견디지 못하고 스르륵 눈을 감았다. 그게 내가 할 수 있는 유일한 행동이었다.

6

아스카리가 만행을 멈춘 것은 득달같이 달려온 정녀(貞女) 때문이었다. 아스카리의 막무가내를 감당할 수 없었던 시종녀들이 그녀에게 이 사태를 알린 것이다. 숨이 턱까지 차오른 정녀도 그러나, 막상 망각의 풀밭에 들어서자 몸도 입도 굳어버렸다. 시종녀들한테 전해 들은 것과 눈앞에 펼쳐진 참혹한 광경은 차원이 달랐던 것이다. 아스카리가 막 형의 다른 귀를 질겅질겅 짓씹고 있을 때였다.

"이게 무슨 일이십니까? 아무리 아스카리님이라도 음제의 호위대원을 이렇게 하시면 안 됩니다. 음제께서 아시면 어쩌시려고……."

아스카리를 밀치고 형을 막아선 정녀의 숨소리가 아까보다 더 가빴다. 말은 공손했으나 노여움이 깃든 말투까지 다 숨기지는 못했다. 영악한 아스카리가 그걸 놓칠 리 없었다. 그렇잖아도 부하들 앞에서 한창 호기를 부리는 판에 끼어든 정녀가 곱게 보일 리 없었다.

"음제? 음제라고 했느냐? 네년이 감히 음제를 들먹여서 어쩌겠다는 거냐? 네년들이 입을 다물면 음제 아니라 음제 할아비라도 모를 일이다. 그런데 겨우 정녀 주제에 이 아스카리에게 겁이라도 주려는 거냐?"

정녀가 움찔했다. 음제를 내세워 아스카리를 말리려던 계산이 어긋나서다. 순식간에 머릿속이 헝클어진 그녀의 눈에 마침 미혼(迷魂)의 약효가 떨어져 하나둘 깨어나는 아이들이 들어왔다. 정녀는 슬몃 한숨을 내쉬고는 말투를 한층 부드럽게 꾸몄다.

"아스카리님, 아이들이 깨어나고 있습니다. 행여나 저들이 이 광경을 보고 말을 퍼뜨려 나중에라도 바바(baba: 아버지) 아스카리님이 알게 될까 염려됩니다. 언제나 아스카리님을 염려하시는 바바 아스카리님 아닙니까."

"뭣이라?"

그제야 아스카리는 형에게서 한 걸음 물러나 미몽에서 깨어나는 아이들을 둘러보았다. 그런 아스카리에게 정녀는 차분하게 한 걸음 더 다가서며 목소리를 한껏 낮추었다.

"음제의 호위대장으로서 명령에 따르지 않은 호위대원에게 벌을 내렸다고 하면 아이들도 그러려니 할 것입니다. 얼른 핏물을 지우고 자리를 뜨시면 누가 알겠습니까."

정녀는 한 호흡을 멈추고 눈매를 한층 부드럽게 꾸며 아스카리와 마주했다. 아스카리의 만행을 일단 제지하고 그나마 시간을 벌었으니 이제는 원만하게 상황을 수습하는 게 최선이었다. 미적대는 아스카리에게 그녀는 한 번 더 다짐을 주었다.

"아스카리님, 아이들이 깨어나고 있습니다."

정녀를 노려보는 아스카리의 매서운 눈빛이 조금씩 흔들렸다. 아스카리의 속셈도 어지럽게 뒤엉키는 모양이었다. 잠시 숨소리 하나 없는 적막이 흘렀고 아스카리는 핏물이 뚝뚝 듣는 턱을 놀리며 카랑카랑하게 말했다.

"너희들은, 이 아스카리님이 천방지축인 젊은 것 하나를 엄하게 다스렸다고 사방에 알려라."

뒤늦게 다가온 시종녀들은 피가 낭자한 광경에 부들부들 떨었다. 아스카리는 득의의 표정으로 더욱 목청을 돋우었다.

"어느 누구도 음제의 권위에 도전하는 놈은 이 아스카리가 결코 용서하지 않는다는 걸 널리 알려야 한다. 알겠느냐?"

잔혹했던 아스카리의 만행은 어느새 음제의 직속 호위대 부대장의 추상같은 공무집행이 되어 있었다. 아스카리의 부하들이 일제히 복명복창했고 다시 정녀가 부드럽지만 큰 소리로 상황을 정리했다.

"아스카리님의 분부를 잘 전하겠습니다. 저놈들도 군율이 어떻다는 걸 충분히 알았을 테니 이제 그만 돌아가시는 게 좋겠습니다. 뒷일은 저희가 잘 수습하겠습니다."

아스카리는 고개를 끄덕이더니 야릇한 웃음을 흘리며 그녀에게 다가갔다. 그러고는 정녀의 팽팽한 가슴팍에다 입가의 핏물을 닦았다. 기겁했지만 차마 뿌리치지 못하는 그녀의 눈꼬리가 파르르 떨렸다. 아스카리는 아랑곳 않고 그녀의 실팍한 궁둥이에다 다시 핏물이 매달린 턱주걱을 비벼대고는 자리를 떴다. 아무렇게나 나뒹굴던 아이들이 비틀대며 일어서고 있었다.

"어서 서둘러라. 미친 놈 하나 때문에 우리가 욕을 먹게 생겼구나."

정녀는 애잔한 눈길로 형을 내려보다가 바위 절벽으로 달려가 몸을 문대기 시작했다. 여의치 않자 풀밭을 나뒹굴었다. 그래도 아스카리가 묻힌 형의 핏자국은 다 지워지지 않았다. 분을 참지 못한 그녀가 뿌드득, 어금니를 사리 무는 소리가 들렸다.

"서두르지 않고 뭣들 하는 게냐. 깨어난 아이들이 호다루님을 보게 해서는 안 된다."

시종녀들이 차츰 제정신으로 돌아오는 아이들을 채근해 풀밭을 빠져나갈 때까지 그녀는 형의 옆에 엎드려 아이들의 시야를 가렸다. 정녀는 쓰러져 있는 형에게서 눈을 떼지 못했다. 온갖 감정들이 소용돌이치며 눈가에 그렁그렁 매달렸다. 그러고는 이내 하아, 긴 한숨을 토하며 먼 하늘가로 시선을 옮겼다. 길게 드러난 그녀의 목이 몇 번 쿨렁, 하며 울음을 삼켰다.

7

우리가 마사이마라 평원에 들어섰을 때는 동쪽 하늘에 '음왜지 음쿠브와(만월, 보름달)'가 커다란 얼굴을 들이밀고 있었다. 예정보다 보름이나 늦었다. 누사가 혼잣말처럼 중얼거렸다.

"세렝게티를 떠날 때는 음왜지 음완다모(mwezi mwandamo: 초승달)였는데……."

"그랬었나? 맞아, 그랬던 거 같아. 그래, 바리디가 대장과 연락하느라 바쁘게 뛰어다녔지. 그렇지 바리디?"

"으응……. 그래, 그건 기억나."

응야티와 바리디가 누사의 말을 받았다. '망각의 풀밭'을 나온 이후 지금까지 보름 동안 줄곧 해온 일이었다. 우리가 지난 일을 얘기하면 응야티와 바리디는 최대한 기억을 들추어냈고 웬만큼은 앞뒤가 맞았다. 그러나 아무리 애를 써도 하얗게 빈 곳이 남아 있었다.

"이제 그만하는 게 좋겠어. 너희 둘은 강을 건너면서부터 망각의 풀밭을 나오기까지의 기억은 정말 지워진 모양이다. 지난 일은 어차피 잊히는 거니까 너무 상심하지 마. 잊지 못해서 괴로운 일도 얼마나 많은데……."

풀이 죽은 둘에게 짐짓 밝은 음성을 전한 이는, 형이었다. 아스카리에게 귀를 물어뜯기는 참화를 당한 이후로 형은 지금까지 거의 입을 열지 않았다. 짓밟힌 몸이 퉁퉁 부어올라서 앙다문 어금니에 신음을 물고 있었으니 말할 겨를도 없었다. 그 심사를 어림하는 다른 친구들도 입을 닫았다.

그동안 우리는 저마다 할 수 있는 최대한으로 형을 보살폈다. 여자아이는 어떻게 알았는지 이름 모를 풀뿌리를 찾아내 발굽으로 짓이긴 뒤 아침 이슬을 모아 반죽한 진흙에 섞어 형의 귀에 붙였다. 바리디와 누사는 먹을 만한 풀을 찾아 일대를 이 잡듯이 뛰어다녔고, 웅야티는 온 힘으로 아카시아나무를 쓰러뜨려 아직 물기가 남아 있는 이파리들을 형이 먹을 수 있도록 했다. 나는 자주 형의 뺨과 턱을 핥아 엉긴 피딱지를 녹여냈고 쿠오나는 거무죽죽하게 멍이 든 형의 몸을 핥으며 가끔 온몸을 부르르 떨어댔다. 그의 눈자위가 자주 붉어졌고 허공으로 시선을 돌리는 눈에는 그렁그렁 물기가 고이곤 했다. 걷다 쉬다 어떤 날은 온전히 나무 그늘에서 늘어져버린 형을 돌보며 그렇게 보름이 훌쩍 지났다.

8

그날, 웅야티와 바리디가 정신을 차린 뒤에도 형은 한참이나 일어나지 못했다. 자초지종을 전해 들은 웅야티와 바리디는 바위벽에 머리를 짓찧었고 여자아이는 숨죽여 울었으며 쿠오나와 누사와 나는 서로 눈을 마주하지 못했다.

우리는 해가 저물고서야 겨우 망각의 풀밭을 빠져나왔다. 숨 쉬는 것조차 힘들어 보이는 형을 부축하고 망각의 풀밭으로 들어서던 갈림길까지 돌아오자 밤이 깊었다. 쿠오나는 이를 갈며 울부짖다시피 말했다.

"아스카리 발목의 하얀 털에 튀던 네 형의 피를 잊지 않겠다. 저 깊은 어둠에 맹세한다. 네 형이, 우리의 대장이 다시는 이런 수모를 겪지 않도록 하겠다. 만약 그런 일이 또 벌어진다면, 가장 먼저 내가 목숨을 내놓으마."

생명이라곤 우리뿐인 황야에서 쿠오나의 눈물 젖은 목소리가 바람에 실려 멀리 퍼져나갔다.

8장

어머니의 자리

1

"그분은 저 멀리 '빛나는 산'으로부터 오셨다. 상계(上界)에서 여기 '끝없는 평원'으로 내려오신 게야. 평원의 모든 짐승을 다스리고 발굽 달린 것들의 삶과 죽음까지 관장하는 권능도 그래서 가능했단다. 이제 소임을 마치셨으니 다시 '빛나는 산'으로 돌아가시겠구나. 여기 세렝게티에 오래 머물지는 않으실 테고⋯⋯."

어머니는 키 작은 아카시아 그늘에 숨어 나직하게 말하곤 했다. 그리운 지난날을 더듬는 어머니의 초점 잃은 눈가에 몽환이 가득했다. 하지만 한낮의 열기로 숨이 턱턱 막히는 판에 어머니의 혼잣말은 비현실적이었다. 작은 혹멧돼지 한 마리로 배를 채운 게 벌써 사흘 전. 구석진 곳으로 쫓겨난 삶은 갈라진 목구멍에서 쇳소리가 나올 정도로 팍팍했다. '끝없는 평원'에 우리 모자가 깃들일 만한 땅 한 조각이 없다는 게 아직도 믿기지 않았다.

허기보다 더 절망스러운 것은 갈증이었다. 우리 가족들이 그랬듯이 웬만한 물가에는 다른 사자 가족들이 진을 치고 있었다. 그들이 사냥을 나가며 자리를 비울 때까지 숨어서 보내야 하는 시간들은 끔찍했다. 다른 가족들 영역의 한가운데 들어왔으므로 들키기라도 하는 날에는 목숨을 장담할 수 없었다.

그렇게 피를 말리는 상황에서도 어머니는 아버지의 용맹과 위엄에 도취하곤 했다. 죽은 듯이 있어도 시원찮은 판이었으나 어머니는 아버지의 얘기만 나오면 정신 줄을 놓았다.

"그분은 이 평원의 모든 것들, 은도부(코끼리)와 파루(faru: 코뿔소)며 트위가(기린) 같은 큰 놈들부터 상가라(sangara: 붉은 개미)처럼 미물에 이르기까지, 조화를 유지하고 그 기운을 소통시키는 분이셨다. 언제나 공평무사하셨고 함부로 생명을 취하지도 않으셨지."

그즈음에서 어머니의 목소리는 노기를 띠어갔다. 말이 많아지면서 들숨이 거칠어졌고 외눈도 빛을 내뿜기 시작했다. 주체할 수 없는 감정의 응어리가 설골을 울리기 시작했고 앙다문 입술 사이로 이제는 무뎌진 송곳니까지 드러냈다.

"하늘이 내려준 분이라 누구라도 그 권위에 복종했어. 눈앞의 저것들도 마찬가지였다. 우리가 나타나면 자리를 내주고 물러서는 것이 예의였다. 네 아버지가 아니었다면 벌써 한 줌의 먼지로 사라졌을 저것들이다. 그나마 이런 곳에서라도 살게 해준 음덕이 있었다는 말이다. 그런데, 지금 저것들은……, 아무리 그분이 보이지 않기로서니……."

이쯤 되면 어머니를 통제하는 것은 불가능했다. 어머니는 비명처럼 으르렁거리며 자리를 박차고 일어섰고 나는 꼬리를 사린 채 뒷걸음질쳤다. 사태의 결말은 뻔했다. 놈들이 떼로 몰려오는 지경이 되고서야 어머니는 비로소 현실감이 드는 모양이었다. 우리 모자는 땅이 울렁이고 하늘이 샛노래지도록 도망쳐서 한참이나 죽은 듯이 널브러져 있어야 했다. 목숨을 부지한 게 다행이었다. 겨우 정신을 수습한 어머니가 메마른 혀로 내 얼굴이며 어깻죽지를 핥았지만 대부분 소용없는 일이었다.

그랬으니, 매사에 숨죽여야 했고 건듯 부는 바람에도 긴장하지 않을 수 없었다. 나 자신이 다른 짐승의 표적이 될 수 있다는 것 자체가 공포였다. 겨우 물을 훔쳐 목마름이 풀려도 표적이 되었을 때의 그 전율은 쉽게 떨쳐지지 않았다.

시간이 갈수록 나는 말이 줄었고 어머니는 자주 하나뿐인 눈을 끔뻑이며 앞발로 눈두덩을 비벼댔다. 헛것이 보여서 그랬다는 건 나중에야 알았다.

2

샘터에서 쫓겨난 뒤로 순식간에 늙어버린 어머니는 대부분의 사냥에 실패했다. 먹잇감이 사정거리에 들어올 때까지의 살 떨리는 긴장을 견디지 못했다. 내가 사냥감을 몰아오기도 전에 당신이 먼저 뛰쳐나와 밥상을 뒤엎은 게 한두 번이 아니었다.

한번은 혹멧돼지 어미를 막다른 바위 틈새로 몰아넣었을 때였다. 올망졸망한 새끼들 네댓 마리도 함께였으니 번거롭더라도 갈급한 한 끼는 때울 수 있었다. 죽음을 앞둔 혹멧돼지 어미 얼굴이 경련으로 푸들거렸고 새끼들이 어미의 발밑에 오글대며 질러대는 비명에 귀가 멀 지경이었다. 그런데 입에 거품을 물며 놈들을 다그치던 어머니가 갑자기 넋을 놓은 듯 멍하니 바라만 보는 게 아닌가. 그러다 한순간에 길목을 비켜서더니 몸을 홱 돌리고는 그 자리를 홀홀 벗어나는 거였다. 외눈 가득 영문 모를 눈물자국을 내보이면서 말이다.

"내가 그랬더냐?" 한참 뒤 내가 진지하게 묻자 어머니는 심드렁하게 그리 말했다. 마치 깡그리 잊어버린 것처럼 어머니는 다시 그 일을 되뇌지 않았다. 내가 짐작하던 것보다 훨씬 더 어머니는, 늙어버렸던 거다.

형편이 이랬으므로 사냥은 당연히 나의 몫이었다. 한 번도 가족들의 사냥에 참여해본 적이 없던 나의 사냥 기술은 서툴렀다. 그래도 어머니가 보여준 완벽한 사냥 기술을 흉내 내며 실전을 익혔다. 몸집이 자랐어도 여전히 체취가 나지 않는 것, 또 색깔을 구분하는 기능이 더해진 것은 정말 행운이었다. 사냥의 실패를 확연하게 줄일 수 있었기 때문이다. 어떤 날은 어미 임팔라의 코앞까지 접근했고, 또 어떤 날은 마른 덤불 사이에 숨어 있는 얼룩말 새끼를 그저 줍다시피 했다. 놈들의 긴 줄무늬와 마른 덤불의 그림자가 뒤섞여 어머니도 깜빡 지나친 곳에서 말이다.

오래전, 어머니는 평원에 빼곡한 사냥감들을 가리키며 우리 종족의 사냥에 대해 이렇게 말했었다.

"저들은 우리보다 한 걸음만 빨리 달리면 살 수 있다. 우리는 저들보다 한 걸음이 더 빨라야 목숨을 이어갈 수 있지. 이 한 걸음을 위해서 저들은 저들대로, 우리는 우리대로 할 수 있는 모든 방법을 다 쓰는 거다."

어머니의 말처럼, 그렇게 삶과 죽음은 단 한 걸음의 차이라는 걸 나는 매 순간 절감하며 사냥에 나섰다. 실패를 거듭할수록 성공의 횟수도 조금씩 늘었다. 숨이 턱에 차도록 달리는 대신 끈질긴 잠복과 결정적인 기습으로 놈들의 목울대를 노렸다. 그랬기에 사냥에 실패하더라도 체력의 소모를 최소화해서 곧장 다음 사냥에 나설 수 있었다. 열에 한두 번꼴이던 성공은 점차 둘에 한 번꼴로 이어졌다. 내가 잡은 먹이로 어머니는 허겁지겁 배를 채웠다. 오래전, 어머니가 나를 돌보던 것처럼 내가 어머니를 돌보았다.

유달리 메마른 건기의 끝자락으로 갈수록 어머니의 증세는 더욱 심해졌다. 어떤 날은 꼬박 하루가 지나도록 소식이 없어 애간장을 태웠다. 염려와 짜증으로 머릿속이 뿌옇게 끓어오를 때 어머니는 헤실헤실 웃음을 흘리며 돌아오곤 했다. 뭘 주워 먹었는지 입가에는 썩은 고기 냄새와 비린내가 진동했다.

나는 고개를 푹 꺾은 채 돌아설 수밖에 없었다. 눈앞이 얼룩덜룩 흐려지는 걸 어쩌지 못했다. 난감하기 짝이 없는 나날들이 계속되었다.

3

바람에 묻어 오는 음부아(비)의 냄새가 확연해지던 어느 날, 어머니는 모처럼 단정해진 눈빛으로 나를 불렀다.

"나를 '빛나는 산'으로 데려가 다오. 그분이 조만간 돌아가실 그곳으로 나를……, 데려가 다오. 그분의 품 안에서 이 세상을 떠나고 싶구나."

"……."

먹이를 찾아 나서려던 나는 어머니의 뜬금없는 말에 발이 묶였다. 세상에, 킬리만자로라고요? 주아(태양)가 붉은 혀를 날름거리는 동쪽을 향해 끝없는 평원을 가로지르자고요, 어머니? 맙소사……. 뜨악해진 내 눈길을, 그러나 어머니는 모처럼 자애롭고 따뜻한 시선으로 받아들이며 말했다.

"킬리만자로로 가는 길은 내가 안단다. 타카티푸 음왐바(Takatifu Mwamba: 성스러운 바위언덕)'를 거쳐 응고롱고로(Ngorongoro: 거대한 구멍)'를 지난 다음에 북극성을 따라 곧장 가면 돼."

어머니의 단정한 말씨는 그러나, 딱 거기까지였다. 나를 빗겨난 눈길이 청명하다 못해 창백해 보이는 하늘가로 향하면서 초점을 잃더니 목소리는 한결 높아지면서 가늘게 떨렸다.

"며칠 전부터 그분이 꿈마다 찾아오셨더랬다. 내 귓가에다 뭐라고 소곤댔는데 영 알아들을 수가 없더구나. 긴히 하실 말씀이 있는 게다. 타카티푸는 그분과 내가 종종 밤을 지새웠던 곳이야. 어느 새벽녘에는 떠오르던 주아의 빛을 온몸에 받으며 너를 품게 되었고……."

말끝을 채 여미지 못한 어머니는 얼굴까지 살짝 붉혔다. 그리고는 다시 당신을 둘러싸고 있는 환영과 환청에 눈과 귀를 열었다. 주술처럼 혼잣말을 이어나가기 시작했고 황홀경에 젖은 눈가에는 이슬이 맺혔다. 순식간에 온화하기 짝이 없는 할머니의 모습으로 돌아간 어머니를, 당신의 그토록 간절한 소망을 뿌리칠 수 없다는 걸 나는 직감했다. 아버지를 뵈러 가겠다는데……

'타카티푸'는 이 평원의 북쪽, 마사이마라로 가는 들머리에 있었다. 크고 작은 여러 개의 바위들이 마치 짜 맞추기라도 한 듯 층층이 쌓여 큰 언덕을 이루었는데 꼭대기에 오르면 드넓은 평원을 한눈에 조망할 수 있었다. 하지만 아무나 정상에 오를 수 없었다. 언덕의 남쪽 사면은 완만한 경사였지만 나머지 삼면은 절벽이었기 때문이다. 입구와 출구가 한 길이어서 자칫 함부로 발을 들여놓았다가는 나들목을 지키고 있는 천적과 목숨을 걸고 싸우거나 절벽에서 뛰어내리는 수밖에 없었다.

그랬으므로 그곳에 발을 들여놓을 수 있는 종족은 우리 가족뿐이었다. '어둠의 제왕'인 아버지와 '외눈박이 자힐리'인 어머니는 함께 종종 영역의 끝자락인 그곳까지 발걸음을 하셨던 모양이다. 사랑하는 이들답게 서로의 어깨를 걸고 나란히 정상으로 오르셨을 게다. 상계(上界)의 사신(使臣)인 사내와 그를 흠모하는 외눈박이 아내는 어둑한 땅과 희끄무레한 하늘과의 중간쯤에서 자신들이 주재하는 영토를 밤새 굽어보았을 터. 그러다 지평선을 뚫고 오르는 태양의 기운을 감당하기 벅차 자신들의 마음을 종자(種子)로 고스란히 몸 안에 갈무리했을 게다.

내가 물려받은 혈통에 그런 이력이 아로새겨져 있었다는 걸 그제야 알았다. 실재하지 않는 아버지의 목소리에 꺼들리며 과거와 현재가 뒤죽박죽인, 먹을 때를 제외하고는 하루의 대부분을 혼미한 상태로 지내는 어머니를 통해서 말이다.

나는 오래 미적댔다. 타카티푸까지는 건장한 나조차도 꼬박 사나흘을 내달려야 할 먼 곳이었다. 게다가 그 일대는 예전 우리 가족의 영토였다. 가족으로부터 내쫓긴 모멸감이 여전한 데다, 이런 행색으로 그들과 조우할지도 모른다는 게 영 마음에 걸려서다.

며칠 후에야 나는 앞장서서 길을 나섰다. 발굽 달린 것들이 세렝게티를 떠나 마라강을 건너기 전에 살아 돌아오기를 간구한다는 '성스러운 바위언덕'으로 향했다. 어머니처럼 아버지의 체취와 목소리가 이끄는 듯한 몽환에 가끔씩 사로잡혀가며, 그렇게…….

4

어머니는 달뜬 표정이었다. 발걸음이 새털처럼 팔랑거렸다. 너무 가벼워서 그랬는지 곧장 한 길로 나아가지 못했다. 가는 길에 지천으로 널린 나무며 바위마다 걸음을 멈추고 인사를 주고받았다. 늘씬한 아카시아와 그저 모여 있을 뿐인 돌무더기 앞에서도 반나절이 되도록 이야기를 나누곤 했다. 먼발치에서 기다리다 지쳐 짜증이 날 때쯤 어머니는 기가 막히게도 그 기미를 알아채고서 나에게 달려왔다.

"글쎄, 네 아버지가 마중을 나오신다는구나. 시종으로 부리는 정령이 그 소식을 전하러 와서 얘기가 길어졌지 뭐냐. 당신께서도 우리를 무척이나 기다리고 계신 모양이다. 어서 가자꾸나."

어머니의 얼굴이 그토록 환하게 펴진 것은 아버지가 돌아가시고 처음이었다. 그 바람에 뭐라고 토를 달 수도 없었다. 작정하고 걸으면 일주일 거리가 기약 없이 늘어졌다. 갑자기 활동량이 많아져서인지 어머니는 배고프다며 자주 투정을 부렸고 나는 매일 사냥을 빠트릴 수가 없었다. 나로서는 이래저래 고달픈 여정이었다.

5

동쪽 지평선 한가운데가 물컹, 허물어지더니 태양이 머리를 내밀기 시작했다. 스산한 빛을 뿌리는 '음왜지 음완다모(초승달)'는 서쪽 지평선을 막 벗어난 참이었다. 멀리, 싯푸른 여명을 등에 업고 우뚝하니 서 있는 언덕이 보였다. 타카티푸였다. '음왜지 음쿠브와(만월, 보름달)'의 휘황한 월광을 밟고 길을 나서 이제야 여기까지 온 것이다. 이 정도로도 진이 빠질 지경인데 킬리만자로라니! 앞날을 생각하면 도무지 발걸음을 떼기 힘들었다.

"저기쯤, 혹시나 그분이 기다리고 계시려나……."

읊조리듯 작게 중얼거리는 어머니의 음성이 떨렸다. 갈망이 선연히 드러난 눈길로 한참을 바라보던 어머니는 가볍게 몸을 일으켰다. 그리고는 새털같이 가벼운 몸짓으로 길을 재촉했다. 지난 이틀 동안 아무것도 먹지 못한 어머니의 발걸음이 워낙 날래서 나는 입을 딱, 벌린 채 멍하니 어머니의 뒷모습을 바라보다 허겁지겁 뒤를 따랐다.

그런데 마음의 병이 깊은 어머니야 그렇다 쳐도 이제는 제법 사냥에 단련된 내가 뒤를 제대로 살피지 않은 것은 두고두고 통탄스럽다. 10여 마리나 되는 점박이들이 우리 모자의 뒤를 밟고 있었다는 걸 그토록 모를 수 있었다는 게 지금도 믿기지 않는다.

어머니의 꽁무니를 따르는 나의 뒤편으로 두꺼운 비구름이 빠르게 몰려오고 있었다.

6

어머니가 서둔 덕분에 예상보다 빨리 늦은 오후에 우리는 타카티푸에 도착했다. 잔뜩 찌푸린 하늘을 찢는 번개의 섬광과 함께 천둥소리가 가까이 들렸다. 이미 눅진해진 공기 탓에 털끝마다 습기가 배어들고 있었다.

타카티푸는 평원의 살아 움직이는 모든 것에게도 중요한 곳이었다. 응융부들이 마사이마라에서 돌아올 때 가장 먼저 휴식을 취하는 장소였다. 긴 여정의 긴장을 내려놓고 급히 배를 채웠고 성미 급한 암컷들은 새끼를 분만하기도 했다. 당연하게도 모든 사냥꾼이 오랜 굶주림 끝에 처음 성찬을 마련하는 곳이었다.

나에게도 타카티푸는 특별했다. 들불이 평원을 휩쓸었을 때 타카티푸는 북쪽 하늘의 빛나는 큰 별과 함께 우리 가족의 이정표 구실을 했었다. 자욱한 연기에 쫓기다가도 며칠 걸러 한두 번씩 그 모습을 확인하는 것만으로도 가족들은 안도했다. 우리가 돌아갈 집이 있다는 걸 매번 확인시켜 주어서다. 이제는 늙고 병든 어미와 철부지 아들이 언제 돌아올지 모를 긴 여정을 앞두고 있지만 말이다.

어머니는 무슨 의식이라도 치르듯 천천히 타카티푸 주변을 한 바퀴 돌았다. 경사가 완만한 남쪽 사면의 들머리에는 마른 관목들이 제법 커다란 숲을 이루었고 나머지 세 곳의 절벽 아래에는 몸통이 한 아름씩 되는 아카시아들이 즐비했다. 터줏대감처럼 오래 자리 잡은 그것들의 가지마다 맘바(악어)의 이빨 같은 가시들이 하늘을 향해 삐죽삐죽 솟아 있는 게 또렷했다.

날이 어두워지자 먹구름은 타카티푸의 정수리에 머무르며 빗물을 쏟아붓기 시작했다. 어머니는 정상으로 오르는 남쪽 사면의 입구에서 오랫동안 묵상에 잠겨 있었다. 지축을 흔들며 땅 위로 내리꽂히는 벼락이 잦아들 즈음에야 어머니는 이윽고 몸을 일으켰다. 깊은 주름으로 금이 간 얼굴을 내 갈기에 비볐고 말라붙은 헛바닥으로 나의 뺨과 이마를 쓸었다. 한층 깊고 그윽해진 빛을 머금은 외눈에는 빗물인지 눈물인지 모를 물기가 그득했다.

"나 혼자 그분을 영접하는 게 좋겠구나. 날이 궂으니 어디 나무 밑에서 비라도 피하고 있으렴. 아버지의 말씀은 내가 전해주마."

따라 일어서는 나를 제지하며 어머니는 육친의 마지막 정을 나누듯 다정하게, 그러나 감정의 찌꺼기를 일거에 잘라내듯 단호하게 말했다. 고개를 숙이고 두세 걸음 물러남으로써 나는 '외눈박이 자힐리'의 결기를 존중할 수밖에 없었다.

비에 젖어 한층 졸아든 몸피를 감추지 못한 어머니는 늙은 걸음걸이로 타카티푸를 오르기 시작했다. 완만한 경사임에도 힘거운 발걸음이었다. 먹먹한 가슴을 어쩌지 못하고 나는 망연히 어머니의 뒷모습만 바라보았다. 번갯불에 순간순간 정물처럼 드러나는 어머니의 누런 몸뚱이는 푸르스름하고 창백했다.

아버지는 저 벼락을 타고 빛나는 산으로 가신다고 그랬던가…….

어머니가 바위언덕의 맨 꼭대기에 오른 것을 확인하고서 나도 자리를 옮겼다. 북쪽을 향해 자리한 어머니를 가장 잘 지켜볼 수 있도록 서쪽 절벽 밑 커다란 아카시아 둥치 아래로 갔다. 그러쥐면 한 줌도 안 될 것 같은 어머니의 모습이 한눈에 들어왔다.

한동안 어머니는 대정령이 된 아버지를 찾는 듯 우우, 큰 소리로 울부짖었다. 그러다 마침내 아버지와 해우하신 듯 어머니는 번갯불이 심란하게 하늘을 가로지르는 광경을 올려다보며 조용히 앉아 있었다. 천둥과 빗소리에 눌려 어떤 기척도 알아들을 수 없었다.

칠흑 같은 한밤중에 정물처럼 펼쳐진 광경이라 얼마나 시간이 흘렀는지 알 수 없었다. 언제부턴가 천둥이 뜸해졌고 빗소리가 잦아들면서 사위는 생명 있는 것들의 기척 하나 들리지 않게 적막했다.

처음에는 꿈결인가 했었다. 그러다 그게 어머니의 찢어지는 비명이라는 걸 알고 나는 소스라쳐 튀어 일어났다. 여기까지 제법 피곤한 행로여서 털을 고르다 쏟아지는 잠에 빠졌던 모양이다. 어머니는 안간힘을 짜내어 나를 부르고 있었다. 그 부르짖는 소리 틈새로 익히 들어왔던 사나운 들짐승의 앙칼진 포효가 섞여들었다. 한둘이 아닌 여럿이, 사냥감을 몰아넣을 때 서로의 용기를 북돋우는 죽음의 합창…….

나는 한달음에 달려가며 온 힘으로 어머니를 찾았다. 심장의 맥동은 이미 한계점에 이를 만큼 빨라졌다. 염려와 후회로 정신이 혼미할 지경이었다. 아아, 자리를 뜨는 게 아니었다. 어머니의 요청에다 이 궂은 날에, 아무리 늦었어도 외눈박이 자힐리를 겁박할 짐승들이 있으리라고는 상상하지 못했다. 남쪽 사면으로 오르는 길목을 내가 지켜야 했다는 자책으로 애가 끓었다.

절벽 아래 이르러서야 나는 암회색의 구름을 배경으로 어머니와 대치하고 있는 짐승의 무리를 확인했다. 점박이 하이에나들이었다. 그리고 벼랑 끝으로 내몰린 채 울부짖고 있는 어머니…….

그 경황 중에도 다급하게 나를 찾는 어머니의 눈길을 따라 나는 어머니가 내몰려 있는 북쪽 사면 끄트머리를 향해 내달렸다. 잠시 숨죽였던 번갯불이 다시 거칠게 하늘을 찢어대기 시작했고 천둥소리가 지축을 울렸다. 하늘을 향해 긴 울음을 멈추지 않는 어머니의 모습이 간간이 눈에 들어왔다 흩어지곤 했다. 미칠 것 같은 심정으로 나는 죽을힘을 다해 달렸다.

내가 숨을 헐떡이며 막 어머니의 발치에 도착했을 때 거대한 번갯불이 타카티푸의 정수리를 향해 내리꽂혔다. 이어 평원이 뒤집힐 듯 천둥소리가 덮쳐 눌렀다. 그러자 마치 기다렸다는 듯 어머니가 허공으로 몸을 날렸다. 바로 그 순간 나는 보았다. 한 줄기 푸른 섬광이 잠시 어머니의 몸을 감싸 안았다가 스르륵 풀려나가는 것을, 그 푸른빛이 타카티푸의 정수리에 닿은 벼락을 타고 유유히 동쪽 하늘로 사라져가는 것을……

날개 꺾인 날짐승처럼 추락하던 어머니는 맘바의 이빨 같은 가시들이 빼곡한 아카시아 가지에 온몸을 꿰이고서야 멈추었다. 죽음에 이르렀어도 편안하다 못해 행복해 보이는 표정의 어머니가 꺼져가는 목소리로 말했다.

"그분이 '빛나는 산'으로 먼저 떠나셨구나. 나를 킬리만자로로 데려가 다오. '거대한 구멍'에 가면 늙은 독수리 하나가 너를 기다리고 있을 테니……."

말을 마친 어머니는 쿨럭, 한 모금의 피를 토했다. 외눈에 희미하게 서려 있던 안광이 안타깝게 깜박였다.

"사랑하는 아들아……. 내 아들, 사랑하는……, 내……."

안광이 반짝 빛을 발한 뒤 꺼졌다. 한동안 멈추었던 빗줄기가 다시 퍼부었다. 도저히 닿을 수 없는 어머니의 시신을 어찌지 못하고서 넋을 놓고 있던 나는 불현듯 남쪽 사면을 향해 전력으로 달리기 시작했다. 잇따른 번갯불에 아직 타카티푸의 정상에 머물고 있는 점박이들이 보였다. 눈물과 빗물이 한데 섞여 앞이 자꾸만 흐릿해졌다. 여전히 칠흑 같은 밤이었다.

비가 그치고 태양이 비추자 어머니의 몸은 날이 갈수록 줄어들었다. 메마른 바람이 그런 어머니의 육탈을 도왔다. 내가 지척에서 며칠째 미동도 않고 지키고 있었으므로 이따금 육탈된 몸통의 일부가 땅에 떨어져도 어느 들짐승들은 감히 주둥이를 내밀지 못했다. 독수리들조차 어머니의 가죽을 뚫고 올라온 가시 때문에 발을 들일 수가 없었다. 장엄한 풍장(風葬)이었다.

언제 끝날지 모를 장례식의 상주처럼 나의 눈은 어머니를 좇고 있되 나의 머릿속은 자주 며칠 전으로 거슬러 오르곤 했다. 어머니가 절벽에서 몸을 던진 뒤 내가 남쪽 사면에 도착한 다음에 벌어진 일이었다.

정상으로 오르는 길목에 우물쭈물 모여 있던 점박이들은 불과 서넛이었다. 나머지는 뿔뿔이 흩어진 뒤였다. 그들은 내가 도착하자 겁에 질려 멀찍이 물러섰다. 어머니가 떨어져 내린 북쪽 사면의 정상에는 피투성이가 된 점박이 하나가 겨우 숨이 붙어 있었다.

"너와 네 어미가 마르지 않는 샘에서 쫓겨났을 때부터 수소문하고 뒤를 밟았다. 제정신이 아닌 네 어미가 타카티푸로 가는 걸 확인한 뒤에는 가족과 이웃들도 불러 모았지. 저 잡풀 속에서 이틀을 꼼짝 않고 기다렸어. 그리고 마침내 기회가 왔을 뿐이야."

두 다리가 부러진 채 숨을 헐떡이던 암컷 점박이 하나는 그렇게 말했다. 사냥꾼이라고 봐줄 수 없을 만큼 작고 가냘픈 몸매에 나이도 어려 보이는 녀석은 그러나 이글대는 적개심을 감추지 않았다. 상처의 깊이나 부상의 정도로 보아 가장 앞장서서 어머니에게 달려들었을 테고 그만큼 원한이 깊었을 터였다.

"내가 기억하는 한 내 형제들과 어머니, 아버지는 단 한 번도 네 어미를 괴롭힌 적이 없었다. 괴롭히긴 고사하고 모씸바의 가족들이 사냥한 먹이에는 곁눈질조차 하지 않았다. 우리 가족은, 우리에게 주어진 운명대로 살아왔어. 가족과 자식들을 위해 최선을 다해 사냥했고 이웃과 친척들 간에 우애로웠다. 네 어미와 아비가 내 부모를 갈기갈기 찢어 죽이기 전까지 우리는 이 평원에서 가장 평화로운 가족이었단 말이다."

녀석에게 다가가던 나는 그 대목에서 멈칫했다. 점박이들을 사냥하던 어머니와 아버지가 떠올랐다. 미끼를 던져놓고 점박이들을 기다리던 일, 단 한 번에 거짓말처럼 놈의 목을 꺾어놓던 아버지의 완력, 목줄을 물어뜯어 기어이 머리통을 떼어놓던 어머니의 잔혹함, 그리고 입가에 묻은 핏물을 서로 닦아

주던 당신들의 애정을 똑똑히 기억했다.

"큭, 놀랄 것 없다. 나의 이빨로……, 쿨럭, 네 어미의 숨통을 끊지 못한 게……, 유감이지만 어쨌거나 부모님의 복수를 했으니 여한은 없다. 큭!"

가녀린 녀석은 말을 마치자 연신 쿨럭이며 피를 토했다. 복수가 남긴 육체의 고통은 복수의 회열로는 갈음할 수 없이 잔혹하다는 걸 나는 그때 처음 알았다. 복수는 복수일 뿐이고 또한 고통은 고통일 따름이니…….

녀석의 애절한 눈빛을 나는 차마 외면할 수 없었다. 숙연한 발걸음으로 다가간 나는 먹먹한 심정으로 녀석의 상처를 몇 번 핥아주었다. 그러고는 녀석의 목줄을 물고 힘을 가했다. 투둑! 녀석의 목뼈가 힘없이 꺾였고 고통이 끝났다.

8

열흘 만에 어머니의 몸은 형체만 겨우 알아볼 수 있을 정도로 허물어졌다. 이윽고 아카시아 둥치 밑으로 뼛조각이 떨어지기 시작했다. 무게를 이기지 못한 머리통이 목뼈에서 떨어져 나왔을 때, 나는 긴 기다림을 접었다. 새까맣게 달라붙은 쇠파리 떼를 쫓으며 골격만 앙상한 어머니의 머리통에 무릎을 꿇고 경의를 표했다. 그때 거짓말처럼, 어머니가 가장 행복했던 순간이 떠올랐다 사라졌다. 내가 처음으로 아버지를 뵌 날이었다. 아버지의 어깨에 기대어 부자간의 첫 상면을 바라보던 어머니 말이다.

이제 이 드넓은 세상에 온전히 나 홀로 남았다. 진녹색이 가득 채우고 있는 평원을 바라보며 방향을 가늠했다. 주아가 가장 높이 떠오른 쪽으로 발걸음을 내디뎠다. 내가 자리를 뜨자마자 줄지어 있던 청소부들이 어머니의 뼈라도 취하기 위해 몰려들었다.

채 삭지 않은 어머니의 가죽이 아카시아 가지에서 바람에 펄럭였다.

9장

킬리만자로 수행단

1

"다시없는 좋은 기회야."

쿠오나가 단호한 목소리로 꾹꾹 눌러가며 말했다. 깊게 주름 잡힌 미간과 매서운 눈매에는 다른 선택지가 없다는 결기가 드러났다.

"내키지 않겠지만 그게 최선이야. 아스카리 놈들을 그냥 두고서는 아무것도 할 수 없어. 아니, 그놈들이 먼저 우릴 가만두지 않을 거야."

우리가 지친 몸으로 겨우 마사이마라에 도착했을 때 평원은 기이한 열기로 들떠 있었다. 킬리만자로, 수행단, 향기의 바위 등등의 말들이 무시로 떠돌았다. 은밀하게 끼리끼리 모인 늙은이들과 장년들은 음제가 죽었을지도 모른다며 쑥덕거렸다. 바리디가 고개를 갸우뚱했다.

"수행단이라……. 글쎄, 나는 음제가 죽었다는 얘기를 안 믿어. 산 음제도 모르면서 죽은 음제를 어떻게 확인했다는 거야?"

"나도 그래. 아무튼 무슨 변고가 생긴 건 분명해. 난데없이 수행단을 꾸려서 킬리만자로로 간다는 게 이상하잖아?"

바리디와 응야티가 말을 보탰는데 실은 다들 가지고 있던 의문이기도 했다. 음제가 있건 없건 동족들 대부분의 삶은 별반 다를 게 없었다. 밤낮없이 여전히 쫓기고 허망하게 죽어갔다. 그러니 우리가 머리를 싸맨 문제는 음제의 생존 여부가 아니라 킬리만자로로 간다는 수행단이었다. 예상하지 못한 상황이었던 거다.

"자, 봐봐. 그렇게 단순한 문제가 아니야. 수행단이 돌아오기까지는 반 년 이상 걸릴 거라고 해. 그런데 그동안 음제가 정말 죽었다면 어떻게 될까? 또 수행단이 킬리만자로에서 향기의 바위를 찾지 못한다면?"

자신을 향해 귀를 열어두고 있는 우리를 둘러보며 쿠오나는 깊게 숨을 들이켰다.

"어떤 경우든 한바탕 난리가 벌어질 거야. 부족장들이 음제의 빈자리를 그냥 보고만 있을까? 특히 그동안 음제를 내세워 위세를 부렸던 아스카리와 그 아비는?"

아버지의 후임 부족장을 결정하는 데도 부족 전체가 난리 법석이었다. 부족장의 자리도 그 정도였는데 세렝게티에서 가장 번성한 응융부 종족의 최고 지도자를 결정하는 일이야 더 말할 나위도 없을 터였다.

"이 쿠오나는 말이지, 음제의 지위나 리하 음왐바(riha mwamba: 향기의 바위) 따위에는 관심 없어. 그저 살기 위해 먹고 도망치고 비루해지는 우리의 운명을 바꿀 수만 있다면 뭐라도 해야 한다는 거야. 한번 생각해봐, 음제를 중심으로 움직이던 체제가 흔들릴 때보다 더 좋은 기회는 없어. 그래서 이번 수행단에 우리도 참여하자는 거야."

쿠오나는 우리들의 이야기가 마사이마라 평원에 파다하다는 사실도 강조했다. 마라강을 같이 건넌 젊고 어린 친구들이 무용담을 널리 퍼트렸다는 거였다. 특히 형의 이름은 외눈박이 자힐리의 습격을 두 번이나 물리친 전력에다 마라강에서의 용맹까지 더해져서 많은 이들의 입에서 입으로 전해지고 있다는 거였다. 그러다 문득, 쿠오나의 목소리가 숙연해졌다.

"아무리 그렇더라도 우리만으로는 이 드넓은 평원에서 저들을 어떻게 해볼 방법은 없어. 저들에 비하면 우리는 거의 빈털터리니까. 그러나 우리가 수행단을 따라 킬리만자로로 간다면 그래도 가능성은 조금 더 높지 않을까? 아스카리도 갈 게 분명하니, 우리에게 행운이 따라준다면 더없이 좋은 기회를 잡을 수도 있고……."

아스카리를 언급하는 쿠오나의 눈자위가 붉게 달아올랐다. 쿠오나가 아스카리를 호명하는 순간, 모두는 '망각의 풀밭'이라 이름 지은 곳을 반사적으로 떠올렸다. 형의 얼굴에 낭자하게 흘러내리던 피, 아스카리 발목의 하얀 털에 점점이 튀던 피, 그리고 네 형의 피를 잊지 않겠다며 울부짖던 쿠오나의 얼굴이 겹쳐졌다.

"설령 우리가 아스카리를 죽이지 못하더라도, 킬리만자로로 가는 고난 속에서 지금보다 훨씬 많은 동지를 규합할 수 있을 거야. 그러면 세렝게티로 돌아와서 우리의 꿈을 더 힘차게 이루어갈 수 있어."

쿠오나의 열변에 다들 고개를 끄덕였다. 치밀어 오르는 무언가가 목젖을 뜨겁게 달구었다. 나만 그랬던 것 같지는 않았다. 뒤에서 가늘고 높게 떨리는 목소리가 물었다.

"그렇게 해서, 우리가 궁극적으로 할 일은 뭔가요?"

여자아이였다. 그녀는 망각의 풀밭을 벗어나 여기까지 오는 동안 눈물을 달고 살았다. 분노와 안타까움으로 입을 굳게 닫고 사색이 되어 형의 상처에 약이 될 만한 풀을 구하려 잠시도 쉬지 않았다. 그랬던 그녀가 발갛게 달아오른 얼굴을 굳이 감추지 않고 쿠오나를 빤히 바라보았다. 형이 무거운 몸으로 나섰다.

"우리와 뜻을 같이하는 이들과 새로운 부족을 만들어야지. 그래서 함께, 우리 모두의 운명을 바꿀 거야. 그 일에 기꺼이 목숨을 거는 게 우리가 앞으로 할 일이지."

2

"나는 그렇게 생각하지 않아."

조용하나 다부진 음성. 잠자코 듣기만 하던 누사가 길게 이어지던 쿠오나의 달변을 잘랐다. 그의 낮고 느린 목소리에 들끓던 우리의 열기가 잠시 주춤했다.

"중요한 결정일수록 뒤를 돌아보고 현재를 살펴야 한다고 생각해. 앞만 바라보면 지금 우리의 처지를 제대로 알 수가 없는 법이야. 우리가 왜 킬리만자로까지 가야 하지, 쿠오나?"

"……."

질문이 생뚱했는지 쿠오나는 잠시 멍한 얼굴이었다. 지금껏 떠들었는데 못 알아들었단 말인가?

"내가 듣기로는, 빛나는 산을 다녀오는 도중에 기회를 봐서 아스카리를 없애자는 것 외에 다른 목적은 없는 거 같아. 그래서 묻는 거야. 아스카리 같은 부류를 꼭 처단해야만 우리의 꿈을 펼칠 수 있을까? 꼭 그렇지는 않을 거야. 다른 방법도 얼마든지 있다고 나는 생각해."

누사는 잠시 말을 멈추고 길게 심호흡을 했다. 몸을 반듯하게 세우더니 표정을 다잡은 그의 음성은 조금 높아졌고 말은 빨라졌다.

"우리가 킬리만자로로 가느냐 마느냐의 문제는 우리가 음제의 존재를 인정하느냐 그렇지 않느냐에 달려 있어. 수행단에 참여하자는 쿠오나의 주장은 음제가 여전히 우리 종족을 통치하고 있다는 걸 전제로 하는 거야. 그렇다면 우리가 꿈꾸는 세상을 위해서는 음제의 권능을 이용하거나 아니면 거기에 대항하는 것밖에 없지. 음제를 이용하려면 아스카리를 죽여야 하고 음제에게 대항하려면 수행단에 참여하는 젊은 친구들을 규합해야 하는 거야. 그렇지, 쿠오나?"

"……."

"옛날에는 몰라도 지금 음제는 없다고 나는 생각해. 평원의 모든 생명을 주재한다는 음제가 있다면 우리의 부모 형제 친구들이 속절없이 죽어가는 일은 없었겠지. 음제를 앞세워서 세상 물정도 모르는 아이들의 목숨을 대가로 권세와 안녕을 누리는, 아스카리 같은 비열한 무리들이 있을 뿐이야. 지금도 음제와 리하 음왐바를 들먹이는 건 그저 환상이거나 사기일 뿐이야. 그래서 하는 말이야. 이미 음제가 없는데도 우리가 킬리만자로로 가야 한다면……."

누사는 또 말을 멈추고 우리를 둘러보았다. 그리고는 쿠오나와 눈을 맞추며 방점을 찍듯 끊어 말했다.

"우리가 아. 스. 카. 리. 의 자리를 차지하겠다는 뜻이지."

누사가 이처럼 많은 말을, 우리 모두에게 하는 것은 처음이었다. 잠시 당황하던 쿠오나의 얼굴이 차츰 굳어졌고, 형도 신중한 표정으로 찢어진 낙엽 같은 귀를 누사 쪽으로 기울였다.

"쿠오나의 진심을 모르지 않아. 하지만 아스카리를 죽이고 나면 결국 우리가 아스카리의 역할을 대신할 수밖에 없어. 시간을 거슬러 올라가면 아마 아스카리 집안도 또 누군가로부터 비슷한 방식으로 힘과 권세를 차지해왔을 거야. 그렇게 쳇바퀴 돌 듯 우리 종족의 삶이 이어졌겠지. 그 결과는 쿠오나의 말처럼, 그저 살기 위해 먹고 도망치고 포식자들 앞에서 한없이 비루해지는 지금의 응융부들일 뿐이야. 그렇다면 우리들이야말로 이제는 다른 방식을,

쳇바퀴에서 벗어나는 새로운 방법을 고민해야 한다고 나는 믿어. 그래서 킬리만자로로 가는 것을 반대하는 거야."

잠시 먼 하늘을 올려다보는 그의 눈가에 쓸쓸한 기색이 맴돌았다. 누사가 이번에는 형에게로 시선을 옮겼다. 아무런 감정의 흔적이 드러나지 않은, 담담한 눈빛으로 물었다.

"호다루는 새로운 부족을 만들어서 우리들의 운명을 바꾼다고 했어. 어떻게? 우리가 그랬던 것처럼, 가장 빠르고 오래 달리도록 그들을 훈련이라도 시키겠다는 거야? 그게 정말 가능할 거 같아? 마라강변의 모래알처럼 수많은 저 아이들이 우리처럼 한마음으로 운명에서 벗어나기 위해 발버둥을 칠 거라고?"

"……."

잠시 침묵이 흘렀고 오래 귀를 기울이던 응야티가 큰 눈을 끔벅이며 물었다.

"그럼, 네가 말하는 다른 방법이란 건 뭐야? 설명은 다 좋은데 어떻게 하자는 계획이 없잖아."

누사는 길게 한숨을 내쉬며 잠시 머뭇거리다가 입을 열었다.

"쿠오나와 나의 주장에는 공통점이 하나 있어. 음제와 아스카리 일가의 통치에서 벗어나야 한다는 것이지. 쿠오나가 오래된 그 체제 내부에서 전복과 변화를 꾀하는 거라면, 나는 그냥 그 체제를 버리고 가자는 게 다른 점이야. 아스카리를 죽이고 우리 중의 누군가가 음제나 아스카리가 된다고 해서 저 평원을 가득 채우고 있는 우리 응융부들의 삶이 달라질 거라는 환상은 버려야 해. 우리가 모든 것을 바꿀 수 있다고 생각하는 것 자체가 오만이고 착각이야."

쿠오나가 큼큼, 헛기침을 흘리며 불편한 감정을 감추지 못했다. 형의 서늘한 눈빛이 쿠오나를 만류하고 있었다.

"오히려 음제의 정체를 확인하기 위해서라도 마사이마라에 머무는 게 맞

아. 수행단이 모든 부족의 정예들로 꾸려진다면, 그들이 떠난 음제는 그야말로 무방비 상태가 돼. 기껏해야 시종녀와 늙은 장로들 정도가 둘러싸고 있을 가능성이 커. 그래서 어쩌면 강성한 호위병을 거느린 아스카리보다 차라리 음제를 죽이는 게 더 쉬울 거야. 기왕에 거사를 하려면 그렇게 해야지!"

누구도 감히 해서는 안 될 말을, 아무렇지 않게, 그것도 누사가 발설하자 다들 어안이 벙벙해졌다. 누사의 생각을 종잡기 어려웠다. 수행단에 들어가 킬리만자로로 가는 일이 무모하다는 걸 강조하려는 취지는 알겠는데, 아예 음제를 죽이자는 건 너무 나갔다고 다들 생각했다. 그건 우리가 상상해온 범주를 훨씬 벗어난 거였다.

"그만, 오늘은 이쯤 하는 게 좋겠어. 쿠오나도 누사도 정말 좋은 얘기였어. 아직 시간이 있으니 누사의 말처럼 우리가 걸어온 뒤를 돌아보면서 현재를 살피고 앞날을 생각해보자. 우리가 무엇을 원하는지, 어떻게 원하는 것을 이룰지, 머리를 맞대고 더 많이 얘기해보자. 복수심에 휘둘리는 것을 경계하면서, 또 완벽한 때를 기다리다 기회를 놓치는 실수도 없도록 말이야."

형이 나서서 더 이상의 논쟁을 막았다. 그러고 보면, 한 형제처럼 지내오면서도 우리가 무엇을 할 것인지를 터놓고 얘기한 것은 이때가 처음이었다. 이심전심으로 공유한다고 믿었던 것이 막상 꺼내놓자 그 목표는 물론이고 실행의 첫걸음부터가 많이 달랐다. 아무리 건강한 논쟁이라도 모두가 합의할 수 없다면 의미가 없는 거다.

"모두가 동의할 수 있는 결론이 중요해. 그렇지 않으면 우리 중의 누군가는 여기에 남고 또 누군가는 먼 길을 떠나야 하잖아. 나는 그게 정말 싫어."

웅야티가 왕방울 같은 눈으로 친구들과 일일이 눈을 맞추며 다짐하듯 큰 목소리를 냈다. 웅야티는 정확하게, 모두의 가슴속에 깃들기 시작한 불안의 그림자를 짚었다. 다들 약속이나 한 듯 입을 굳게 다물었다. 어느새 내린 저녁 어스름을 헤치며 우리는 밤을 맞을 준비로 분주한 부족들 사이로 섞여 들었다. 오래전, 쿠오나가 긴 달리기를 마치고 가쁜 숨을 몰아쉬며 했던 말이 불현듯 떠올랐다.

"우리는 피를 나눈 형제들과 다름없으니, 삶도 죽음도 동시에 잇고 맺을 수 있었으면 정말 좋겠어."

3

마라 평원은 풍요로웠다. 기름진 풀들이 지천이어서 우리도 서서히 예전의 기력을 회복했다. 특히 형의 회복이 빨랐다. 절반이나 뜯겨 너덜거리던 귀에서는 더 이상 피가 배어나지 않았고 온몸을 짓밟혀 생긴 멍울도 거의 풀어졌다. 여자아이와 응야티가 한시도 형을 떠나지 않고 돌본 덕분이었다.

우리가 한숨 돌릴 여유를 가지게 되었을 때 형과 친구들은 나와 여자아이의 이름을 지어주었다. 아이들은 언제 죽을지 몰라서 처음 마라강을 건너기 전에는 이름을 짓지 않기 때문이다. 내 이름은 굳이 누사가 짓겠다고 나섰다.

"응두구(ndugu: 동생)가 좋겠어. 우리 모두의 동생이니까. 너는 어떠냐, 응두구?"

누사가 그렇게 물어보는 바람에 응두구는 그냥 내 이름이 되었다. 형의 이름인 호다루(용감한 자)처럼 무겁지 않아서 마음에 들었다. 내가 고개를 끄덕이자 이번에는 응야티가 기다렸다는 듯 여자아이를 앞으로 밀어내며 말했다.

"이 아이의 이름을 음강가(mganga: 의사)로 지어주고 싶어. 대장을 살린건 순전히 이 아이의 공이거든. 어린 나이에 그런 걸 어디서 다 배웠는지 모르겠어."

웅야티의 칭찬은 그냥 하는 말이 아니었다. 풀이라면 지천으로 널린 초원에서 약이 될 만한 것을 가려내는 그 아이의 재주는 놀라웠다. 모르는 게 없다는 쿠오나도 여자아이의 선택과 처방에는 토를 달지 않았다. 뿐만 아니라 그 줄기와 뿌리를 발굽으로 짓이기거나 잘근잘근 씹은 다음 진흙에 이겨 형의 상처에 덧대는 그 모든 동작이 정성이었다.

"나는 웅야티의 의견에 전적으로 찬성. 우리에게 병을 치료하는 형제가 있다는 건 대단한 행운이야."

쿠오나가 적극적이었고 다른 이들도 환영이었다. 외할아버지와 어머니로부터 많은 풀의 효능을 배웠다는 음강가는 수줍은 얼굴에 배시시 웃음을 머금는 것으로 고마움을 대신했다.

형과 친구들은 관습대로 긴 풀을 뜯어 여자아이와 나의 이름을 부르며 끼얹고 뿔을 맞대거나 뺨을 비비며 새로 태어난 형제로서의 기쁨을 나누었다. 반주검이 된 몸으로 마사이마라 평원에 들어섰던 형은 옛 모습을 거의 되찾았다.

4

눈에 불을 켜도 아스카리의 행방을 찾을 수 없었다. 그의 아비도, 오랜 훈련과 엄정한 군기로 질풍이 휘몰아치고 물러나듯 마라강을 가로지르던 호위대도 황혼녘의 아지랑이처럼 사라져버린 것이다. 킬리만자로로 향기의 바위를 찾으러 간다는 풍문은 먼지구름처럼 부풀 대로 부풀어 있었다. 당장이라도 수행단이 출발할 것처럼 각 부족들은 수선스러운데 정작 아스카리의 무리는 보이지 않았다. 갖은 풍문과 소식을 탐문하고 사실 관계를 확인하느라 쿠오나와 바리디는 분주했지만 별 소득이 없었다.

사정이 이러했으므로 우리도 느슨해졌다. 머리를 맞대고 더 많은 얘기를 해보자던 형의 제안도, 쿠오나와 누사의 팽팽한 입씨름도 기약 없는 일이 되었다. 우리는 예전처럼 잘 먹고 잘 달리는 일에 열심이었다. 귀동냥을 얻으러 바빴던 쿠오나도 한가롭게 풀을 뜯었고 누사도 평소처럼 입을 닫고 지냈다. 우리가 나서서 뭘 해볼 수 있는 상황이 아니어서 몸은 한가로웠지만 마음 한 구석은 여전히 찜찜했다. 머리 위에 머물던 두꺼운 구름들이 조금씩 엷어지고 있었다.

5

어머니가 달랑 몸종 하나만 데리고 우리 형제를 찾아온 건 뜻밖이었다. 소문내지 않으려 닷새 넘게 발품을 팔았다고 했다. 가장 강성하다는 부족장 마나님의 추레한 행색으로 보아 과장은 아닌 듯했다. 눌어붙은 먼지로 몸통은 누리끼리했고 피곤으로 눈가는 짓물러 있었다.

"이런 곳에 숨어 있으니 어디 찾을 수가 있어야지. 그나저나 어디 좀 보자. 아스카리 놈이 몹쓸 짓을 했다는 얘기는 들었다만 내 눈으로 직접 봐야겠구나. 내 아들의 어디를 어떻게 했는지……."

어머니는 형을 보자마자 목소리부터 잠겼다. 늠름한 형의 모습에 한편으로는 안도하면서도 아스카리의 만행을 확인한 어머니의 표정은 시시각각 변했다. 시든 낙엽처럼 너덜거리는 형의 귀를 쓰다듬던 어머니의 혀가 가늘게 떨리더니 그예 형의 어깨에 기대어 눈물을 쏟아냈다. 분노를 꾹꾹 누르느라 한참을 지체하고서야 말을 이었다.

"부족장님은 수행단이 곧 출발할 거라 하셨다. 너희도 같이 간다고 하니 알아두면 도움 될 얘기도 전할 겸 떠나기 전에 얼굴이라도 보려고 왔단다. 너무 멀고 험한 길이라……."

어머니의 말에 나는 흠칫, 했다. 우리가 수행단을 따라간다는 합의를 한 적이 없어서다. 쿠오나와 누사의 논쟁은 아직 매듭이 지어지지 않았으니 말이다. 슬쩍 둘러보니 바리디와 응야티도 어리둥절한 표정이었고 음강가는 호기심으로 두 눈이 동그래졌다. 형은 덤덤한 표정이었으나 쿠오나는 먼 하늘을 올려다보았다. 풀이라도 뜯는지 땅바닥에 머리를 처박고 있는 누사의 표정은 알 길이 없었다.

"이번 수행단에는 아스카리가 호위대를 이끌고 간다더라. 아비인 바바 아스카리는 늙어서 남기로 했단다. 그런데 아스카리는 그 아비보다 더 악독하다니 너희가 횡액을 당하는 일만 없었으면 좋겠다. 어미는 내 아들들이 그저 몸 성히 돌아오기만 한다면야……."

새 부족장이 자세하게 일러주었을 얘기들을 전하면서 어머니는 눈물바람을 했다. 새 부족장은 어머니를 통해 이번 수행단이 구성되는 내막을 전하려 했던 것 같았다. 만약 그렇다면 그럴 만한 이유가 있을 터.

"부족장께서 따로 전하는 말씀은 없었습니까?"

형도 뭔가 짚이는 게 있는지 조심스레 물었다.

"우리 부족은 이번에 열서넛 정도만 수행단에 참여할 거라고 하셨다. 부족장님을 대신해서 큰아들이 가는데 너보다 서너 살은 많을 게다. 그래도 같은 부족끼리 서로 돕는 게 좋은 일 아니겠느냐고 하셨다. 무사히 다녀오면 큰 상과 높은 자리를 내리겠다는 말씀도 있었고."

"잘 알겠습니다. 염려 놓으시라 전해주세요. 제가 동생을 잘 돌볼 테니 어머니도 몸 건강히 계셔야 합니다. 꼭 돌아와서 찾아뵙겠습니다."

모자간의 짧은 만남은 그렇게 끝났다. 어머니는 떨어지지 않는 발걸음을 돌리려 애를 썼고 형과 나는 그런 어머니를 따라 한참을 걸어서 배웅했다. 나이 든 어머니의 뒷모습을 보면서 형이 무슨 생각에 잠겼는지 알 수는 없었다. 어쩌면 마라강을 건널 때 아이들을 다그치며 강가로 몰아가던 부족장을 떠올리고 있었는지도 모르겠다. 고래고래 소리치며 핏발 선 눈으로 우리 형제를 노려보던 그 모습을 말이다.

어쨌거나⋯⋯, 내 눈에 비친, 몇 달 만에 뵌 어머니는, 여전히 빼어난 미인이었다.

6

어머니가 다녀간 지 이틀 만에 부족장은 수행단에 우리들의 이름을 올렸다는 소식을 전해왔다. 한동안 우리는 미묘하고 서먹한 침묵을 견뎌야 했다. 수행단과 킬리만자로에 대해 누구도 언급하지 않았다. 쿠오나는 자주 온다 간다 말도 없이 사라졌고 형은 데면데면한 태도로 며칠을 보냈다. 누사도 늘 그렇듯 심드렁한 표정으로 풀을 뜯었다. 우리 사이에 깔끄러운 잔가시들이 빼곡한 형국이었다.

"수행단은⋯⋯, 언제쯤 출발하는 거지?"

어느 날 웅덩이에서 목을 축인 뒤 어쩌다 모두가 한자리에 모였을 때 누사가 마침내 입을 열었다. 혼잣말처럼 낮게 읊조리는 바람에 처음에는 잘 알아들을 수 없었다.

"음제가 없을 거라는 내 생각은 그대로야. 또 바바 아스카리가 여기에 남고 아들놈이 킬리만자로로 간다는 건 그곳에 향기의 바위 따위도 없다는 거야. 그래서 이번 수행단은 바바 아스카리가 아들인 아스카리를 음제로 만들기 위한 음모에 불과해. 굳이 킬리만자로를 올라갈 이유도 없지."

자신의 추론에 확신을 가진 듯 누사의 말투는 단호했다. 언제나 말과 행동에 여지를 두던 예전의 누사가 아니었다.

"그렇다면 수행단이 떠난 뒤 마사이마라에서 우리가 할 일은 없어. 이미 없는 음제를 어찌할 수도 없고 늙은 바바 아스카리와 싸우는 것도 의미가 없으니까."

"⋯⋯."

"우리에겐 더 많은 경험이 필요해. 우리가 원하는 미래를 좀 더 구체화할 수 있는 경험 말이야. 당장은 킬리만자로로 가는 동안 우리의 가능성과 한계를 시험해보는 것도 좋겠어. 그게 바바 아스카리가 펼쳐놓은 계략이라도 우리가 시도할 만한 가치는 있다고 생각해."

누사가 킬리만자로로 가겠다는 선언을 한 셈이라 나부터 귀를 의심했다. 형의 얼굴이 문득 환해졌고 바리디와 응야티는 길게 한숨을 들이켰다. 그동안 다들 한마음으로 가슴을 졸이고 있었던 거다.

"수행단에 참가하기로 한 이상, 우리도 구체적인 목표를 정하고 행동 요령도 의논해두는 게 좋지 않겠어? 마라강을 건널 때처럼 그냥 몰려다닐 수는 없잖아?"

응야티와 바리디가 환호를 질렀다. 가슴 졸이던 나와 음강가도 반색을 하며 누사에게 달려갔다. 의견이 달라도 파국에 이르지 않도록 누사가 길을 열어준 것이라 생각했다. 우리는 한 가지 목표를 향해 전진하는 위대한 전사로 다시 돌아갔다고 말이다.

이날, 행인지 불행인지 몰라도 그 자리에 쿠오나는 없었다. 동이 트자마자 말없이 어디론가 가버린 터였다. 그러고는 밤이 이슥해서야 이슬에 푹 젖은 채 돌아왔다. 그런 탓에 우리는 큰 다툼 없이 분열의 위기를 넘길 수 있었다. 다만, 형이 며칠 새 보여준 모습은 의외였다. 쿠오나와 누사의 대립을 형은 결국 조정하지 못해서다. 썸바나 피시 같은 사냥꾼들이나 아스카리와 호위대처럼 외부의 적에 대해서는 단호했으나 내부의 이견은 방관했다. 아니, 어떤 노력조차 하지 않았다. 그런 형의 태도는 참으로 이해하기 어려웠다.

누사가 한 발 양보하는 태도를 보이긴 했지만 우리의 목표를 성취하기 위한 두 가지 상반되는 입장은 이후로도 접점을 찾지 못했다. 우리는 이처럼 서툰 모습으로 불확실하기 짝이 없는 앞날을 향해 걸어 들어갔다.

7

수행단을 소집한 자리, 야트막한 언덕 사이의 널따란 개활지에는 남녀노소 가리지 않고 많은 이들이 꾸역꾸역 몰려들었다.

"위대하신 음제께서는 오래전에 빛나는 산, 킬리만자로에서 하늘의 명을 받아 우리에게 오셨습니다. 다른 종족들에게 핍박받으면서도 서로 헐뜯고 싸우느라 비참하게 살고 있던 우리 웅융부들을 그 권능과 지혜로 품에 안으셨습니다. 가족과 씨족으로 분열되었던 동족들을 모아 마침내 세렝게티로 인도하셔서 모든 가족을 평안하게 하셨고 자손이 번성하도록 노고를 아끼지 않으셨습니다. 오늘날 우리가 세렝게티에서 마사이마라에 이르는 드넓은 영토와 수백만이 넘는 종족으로 번성할 수 있었던 것도, 다른 종족에게 업신여김을 당하지 않는 것도 위대하신 음제의 지혜와 선견지명 덕분이었습니다."

초로의 여인은 단정한 용모에다 토씨 하나 허투루 달지 않는 매끈한 언변으로 수행단을 맞이했다. 정녀들 중에서 가장 연장자라는 그녀의 낭랑한 목소리는 잡다한 소음 속에서도 모여든 군중의 귓가에 감겼다.

"그러나 중상모략하는 이들도 적지 않았습니다. 음제께서는 차마 말로 다할 수 없는 고통을 겪으셨습니다. 생명체라곤 살지 않는 사흐라까지 가서서 마침내 그들의 시험을 이겨내셨으나 끝내 죽임을 당하고 말았습니다. 하지만 위대하신 음제께서는 다시 돌아오겠다고 약속하셨습니다."

음제의 신화가 흘러나오자 장내는 더욱 숙연해지더니 탄성과 흐느낌이 곳곳에서 흘러나왔다. 많은 이들이 발굽을 구르며 안타까움을 내비치는 바람에 먼지구름이 피어올랐다. 그녀의 연설이 계속될수록 청중의 수는 점점 더 불어났고 알 수 없는 열기가 개활지를 뒤덮었다. 형은 여전히 무덤덤했고 쿠오나는 미간을 찡그리며 머리를 절레절레 흔들었다. 청중의 열기 때문인지 초로의 그녀는 발그레해진 뺨의 홍조를 가라앉히려 잠시 숨을 골랐다.

"위대하신 음제께서는 처음 그분이 오셨던 빛나는 산, 킬리만자로에서 다시 돌아오실 것이라 말씀하셨습니다. 그 약속, 반드시 우리에게 다시 돌아오겠다는 그 약속을 받들기 위해 수행단은 모든 정성을 들여야 하는 것입니다."

터져나오는 환호와 발굴림에 그녀의 말은 자주 끊겼다. 모여 있는 청중의 태도로 보건대 음제는 우리가 생각하던 통치자가 아니라 목숨을 바쳐 지켜야 할 그 무엇이었다. 음제의 신성에 대한 경배는 남녀노소 구분이 없었다.

"킬리만자로의 은밀한 곳에 감춰진 향기의 바위를 찾아내는 응융부가 새로운 음제가 되는 것입니다. 새 음제가 되는 데는 나이의 많고 적음과, 남녀의 차별과, 신분의 높낮이가 아무런 상관이 없습니다. 여기에 계신 누구라도 새로운 음제가 될 수 있습니다. 평원의 모든 것을 주관하셔서 산 자들은 자연의 순리를 따르게 하고, 죽은 자들은 다시 살아 있는 것들의 양식이 되게 하는 권능이 오로지 그분의 것입니다, 여러분!"

청중의 열기는 최고조에 올랐다. 모두가 내지르는 환호에 귀가 먹먹했다. 너나 할 것 없이 향기의 바위에 올라 사자후를 토하는 음제 같았다. 얼핏 보면 제각각으로 생겨먹은 숱한 음제들이 평원의 가장 낮은 자들에게 일일이 임하고 있었다. 맹목과 야릇한 열망이 저마다의 얼굴 위에 서렸다.

"그 역사적인 순간을 위해, 종족의 희망을 위해 헌신할 여러분들께 축복이 가득하기를!"

여인이 물러간 뒤에도 한동안 자리를 뜨는 이들이 드물었다. 빼곡히 들어찬 군중을 헤치고 우리가 계곡을 빠져나오는 데까지 제법 시간이 걸렸다. 누사와 내가 가장 뒤에 처졌다.

"수행단이 저렇게 많을 리는 없을 텐데……."

내가 한숨처럼 중얼거렸다.

"그렇지. 거동이 불편한 어른들도 많았으니까. 그래도 따라나선다면 안 막을 거야."

"설마, 저들을 모두 데리고 그 먼 길을 간다고?"

"데리고 가는 게 아니라 그냥 내버려두겠지. 진짜 수행단은 따로 준비할 거야. 우리가 마라강을 건널 때도 그랬으니까. 아스카리와 놈의 경호대가 보이지 않는 것도 그런 까닭이겠지."

목소리는 부드러웠으나 말씨는 또박또박한 누사였다. 자신감이 가득한 말투, 나는 왠지 그런 누사가 낯설었다. 영민한 쿠오나가 그 영민함만큼이나 감각적이라면 누사는 웬만한 일에는 흔들리지 않는 진중함이 미덕이었다. 매사에 가능하면 여지를 남겨두는 그 진중함이 울퉁불퉁한 자신감으로 삐져나오는 것 같아 마음 한구석이 덜컹, 했던 거다.

10장

음차위 할망구

1

거리는 기껏 스무 걸음, 힘껏 도약하면 서너 걸음일 거다. 시원하게 위로 치올라간 녀석의 뿔에는 검정색 고리 무늬가 줄줄이 매달려 있다. 십여 마리의 암컷과 새끼들을 거느린, 제법 큰 쿠로(kuro: 워터벅) 수컷이다. 저놈 때문에 오후의 불볕을 견디며 덤불 속에서 꼬박 한 시간을 기다렸다. 감질나는 거리를 두고 알짱대는 바람에 이러지도 저러지도 못하고 마른침을 삼켜야 했다.

바람이 나의 사타구니와 갈기를 훑고 불어갔으나 녀석은 알아채지 못했다. 암컷들 앞에서 우쭐대느라 설사 내가 체취를 풍겼어도 마찬가지였을 테다. 숨을 가다듬으며 가만히 발톱을 내밀었다. 온몸이 빳빳하게 날이 섰다.

녀석이 길게 휘어진 뿔을 뽐내며 막 돌아설 때 나는 튀어나갔다. 한껏 뒤로 젖힌 귓가에 바람이 소용돌이치며 쇳소리를 냈다. 두 번째 도약을 할 때도 녀석은 한가하게 꼬리를 휘두르며 파리 떼를 쫓고 있었다. 마지막 도약으로 내 발톱이 등을 스칠 때에야 녀석은 위험을 알아차렸다. 어지럽게 발걸음을 내디뎠으나 이미 늦었다. 나의 발톱은 녀석의 어깻죽지에 단단히 박혔고 송곳니는 정확하게 목젖을 꿰뚫었다. 땅바닥에 나뒹구는 동안 녀석은 비명 한번 지르지 못했다. 녀석의 숨결이 찢어질 때 마주 보던 암컷과 새끼들의 경악하는 표정이 잔상처럼 남았다.

내가 세 번 도약하는 동안 녀석은 단 두 발짝만 움직였을 뿐이다. 나의 사냥 기술은 하루가 다르게 원숙해졌다. 은밀한 잠복과 끈질긴 기다림으로 그들의 목숨을 취했다. 아무도 잡목과 덤불이 밀집한 곳에 내가 웅크리고 있을 줄은 생각하지 못했다. 다른 사자들처럼 떼를 지어 먹잇감을 몰아가며 최대 속도로 달리는 게 아니라 극한의 도약으로 뒤를 덮쳤으므로 녀석들은 내 얼굴을 볼 수 없었다. 냄새조차 없었으므로 숨이 끊어지는 순간에도 내가 누구인지 알지 못했다. '키불리(kivuli: 유령)'라는 별명이 붙은 것도 그래서였다.

나는 녀석의 숨이 완전히 끊어진 걸 확인하고서 물고 있던 목줄을 놓고 한숨을 돌렸다. 감을 새도 없었던 녀석의 두 눈은 여전히 공포에 질려 있었다. 내 송곳니가 뚫어놓은 구멍으로 핏물이 배어났을 뿐 녀석의 몸통은 금방이라도 튀어 달아날 수도 있을 만큼 깨끗했다.

어머니의 가죽만 남겨두고 길을 나선 지 석 달, 이제는 점박이 두셋쯤 달려들어도 잡은 먹이를 뺏기지 않을 자신이 생겼다. 덩치는 아버지만큼 커졌고 힘은 넘쳐흐를 지경이었다. 나처럼 홀로 떠도는 수사자들과 몇 차례 싸움도 벌였지만 싱겁게 끝났다. 그중에는 정말 주먹 한 방에 어이없이 죽어버린 녀석도 있었는데 속사정이 좀 있었다.

좀 어린 친구였는데 너무 배가 고파 눈이 뒤집혔는지 내가 잡은 먹이를 가로채려 했다. 내가 남겨줄 테니 기다리라고 해도 막무가내였다. 사실, 그때 나는 별로 배고프지 않은 데다 잡은 놈도 작아서 그냥 던져줄 생각도 있었다. 그런데 철딱서니 없는 녀석이 워낙 소란을 피우는 통에 그냥 양보하기에는 쳐다보는 주위의 눈이 너무 많았다. 내가 돌아설 명분이 없어진 거다. 얼굴 없는 유령이 쩢내 나는 어린것에게 먹이를 빼앗겼다는 소문이 돌아다니는 건 견딜 수 없었다. 성깔을 부리며 달려드는 녀석에게 앞발로 정말 딱 한 방을 먹였을 뿐인데, 저쪽으로 나가떨어진 걸 보니 눈이며 코며 입가에 피가 흥건했다. 결국 하룻밤을 넘기지 못하고 점박이들에게 몸통을 뜯기는 치욕스러운 죽음을 맞았다. 녀석도 명색은 사자였으니 기왕에 비장한 최후였으면 좋았겠지만 사정이 그렇지 못했다는 것쯤은 저도 알았을 터다. 누구나 그랬던 것처럼 몸은 굶주린 이에게 주고 혼백은 저만치 허공에 떠올라 지나온 삶을 곰곰이 되짚었을 게다.

어쨌거나 나는 지금 응고롱고로로 가는 중이다. 한 달이면 넉넉하고도 남을 길을 빙빙 돌아가며 늦추고 있었다. 사냥을 핑계로 그저 며칠을 쏘다니거나 그마저도 심드렁해져서 한곳에 오래 머물기도 했다. 굳이 어머니의 유언을 따라야 할까 싶어서다. 어머니를 추모하는 마음이 옅어져서 그런 건 아니었다. 추모라는 게 안타깝고 그립고, 그래서 혼자라는 게 외롭게 느껴지는, 그런 거라면 나는 아직도 어머니의 그늘 아래 있다. 어머니가 가르친 대로 먹잇감을 고르고 보여준 대로 세상을 살아가는 중이다. 사냥하고, 먹고, 자고, 또 사냥해서 먹고…….

그래서 하는 말이다. 이렇게 살아가는 게 나의 일생이라면, 아니 그럴 수밖에 없다면 굳이 아버지의 흔적을 좇아야 할 이유가 없지 않나 해서다. 제대로 실천하지 못해서 그렇지 지금의 내 모든 행동은 철저하게 아버지를 기준으로한 것이다. 싸움은 물론 평소 행동거지도 아버지를 염두에 두었다. 그늘에서 쉬거나 잠을 잘 때도 함부로 벌러덩 드러눕지 않았다. 엎드려 길게 뻗은 앞다리에 턱을 괴고 있던, 커다란 바윗덩이였던 아버지를 떠올리며 따라 했다. 뿐이랴, 아버지의 그 형형하고도 웅숭깊은 눈빛을 흉내 내려다 눈가가 짓무르기도 했고, 웅장하던 포효를 연습하다 들켜 점박이들과 패싸움을 벌이며 도망친 적도 있었다.

아아 그러나, 열서너 마리나 되는 그것들에게 쫓길 때를 생각하면 낯이 화끈거린다. 들불이 내 꼬리에 옮겨붙었어도 그런 꼴로 달아나지는 않았을 거다. 정말, 심정이 개떡이었다. 거대한 물소의 등줄기를 한 번에 분질러놓던 아버지는 고사하고 천덕꾸러기 자칼만도 못한 꼬락서니였던 거다. 머릿속에 그리는 아버지와 다급한 현장에서 아버지의 흉내를 내는 건 하늘과 땅만큼의 차이였다.

처음 아버지를 만나던 날, 아버지는 내게 세 가지를 약속했다. 내가 가장 용감한 사자가 될 것이고, 그렇게 되도록 어머니가 보살필 것이고, 아버지가 언제나 내 곁에 있을 거라고 말이다. 지금 내 처지를 보면 모든 게 맹탕이다. 나는 비루한 수컷 중의 하나이고, 어머니는 제정신을 놓은 채 떠돌다 돌아가셨고, 그러기 훨씬 전에 아버지는 내 곁을 떠났다. 나더러 더 이상 뭘 어쩌란 말인가.

그렇게 점박이들에게 쫓기고 나뒹구느라 상처와 먼지로 범벅이 된 채 흙탕물을 허겁지겁 들이켜던 나는 마치 물벼락을 맞은 것처럼 한 가지를 깨달았다. 아버지는 아버지고 나는 나라는 사실이었다. 내가 아버지처럼 위대해야할 이유가 없었다. 아버지처럼 이 평원을 쥐락펴락할 능력도, 그럴 생각도 없었다. 어떤 어려움이 닥쳐도 당신의 아들이라는 걸 잊지 말라고 하셨으니 그거야 얼마든지 기억하면 될 일이었다. 내가 아버지 흉내만 내지 않으면 그 어떤 어려움도 닥칠 거 같지 않았다. 그냥 주어진 대로 사냥하고 먹고 자고 싸워서 가정을 이루고 자식을 낳고⋯⋯.

그렇게 이 평원의 법칙을 따라 충실하게 살면 되지 않겠는가 말이다. 비가 퍼붓던 타카티푸 정상에서 어머니를 감쌌던 푸른 빛무리로 대정령인 아버지의 존재는 입증된 셈이었다. 아직 혈육에게 더 가르치고 물려주실 게 남아 있을까? 실재하지 않는 두 분이 살아 있는 혈육을 염려하는 것 자체가 말이 되나? 그러니 그걸 내가 고스란히 감당하겠다는 것도 이상하지 않은가⋯⋯?

부글부글 끓어오르는 머리를 흔들고 나서 나는 먹는 일에 집중했다. 녀석의 부드러운 뱃가죽을 물어 당기자 힘없이 뱃구레가 터지며 주르륵, 창자가 흘러나왔다. 나는 주둥이를 깊숙이 들이밀어 부드러운 간을 뜯어냈다. 입안 가득 진득한 핏물이 차오르며 그동안의 갈증을 순식간에 풀어주었다. 이 맛, 내가 살아 있음을 각성시키는 이 환장할 맛이야말로 현실인 것이다. 먹잇감을 살피고, 그것들이 우는 소리와 바스락거리는 움직임을 듣고, 바람에 실려오는 생명의 냄새를 맡고, 발톱과 이빨로 목숨을 취하는 것이야말로 내가 존재하는 모든 증거이다. 이것 외에 무엇이 더 필요하단 말인가!

2

헉! 숨이 막혔다. 이런 세상이 있었다니…….

산꼭대기에 올라 아래를 내려다보며 나는 입을 다물지 못했다. 악어의 이빨처럼 가지런하게 솟아오른 산들이 거대한 초원을 감싸고 있었다. 초원은 얼마나 넓은지 그 끝이 아슴푸레했다. 곳곳에 점처럼 흩어져 꾸물대는 건 모두 들짐승들이었다. 상상 너머의 세계, 말로만 듣던 '거대한 구멍'이었다.

나는 먹먹한 심정으로 꼼짝 않고 앉아 있었다. 결국 오고야 말았다. 어머니가 가죽만 남기고 세상을 떠난 뒤 응고롱고로에 가야겠다고 작정한 뒤로 석 달, 무수한 한숨과 멈칫대던 발걸음으로 다시 두 달이 넘게 걸렸다. 세렝게티에서 사라졌던 발굽 달린 것들이 하나둘씩 돌아오는 걸 보고서야 산을 오르기 시작했던 거다.

따지고 보면 작정이랄 것도 없었다. 달리 할 일이 없어서다. 허구한 날 발굽 달린 것들을 잡아먹고 그늘에서 늘어지게 자고 일어나 어슬렁거리며 돌아다니는 게 신물이 나서다. 가족을 꾸리는 생각도 해보았다. 그러나 아직은 혼자서 할 수 있는 상황이 아니었다. 샘이나 연못을 끼고 있는 자리는 보통 둘에서 셋의 한창 힘 좋은 어른들이 차지하고 있어서 혼자서는 무리였다. 가족을 지키는 데 목숨을 거는 그들은 떠돌이 수컷들과는 차원이 다른 싸움꾼이었다. 그렇다고 젊은 놈들 중에 아무나 골라서 함께 쳐들어가고 싶지도 않았다. '어둠의 제왕'이었던 아버지의 아들이 근본도 모르는 것들과 작당을 하는 짓거리는 피하고 싶었던 거다.

그렇게 마음먹고 보니 정말 할 일이 없었다. 나도 모르게 눈길이 지평선의 동쪽으로 향하곤 했다. 아카시아 촘촘한 가시에 꿰여 파란 안광을 흩뿌리며 유언을 남기던 어머니의 모습이 자주 눈에 밟혔다. 그럴 때마다 말라붙은 목젖이 칼칼해졌다. 나는 몇 번이고 한숨을 물었다. 아아, 젠장······!

3

등 뒤에서 바람이 들이친다 싶자 눈앞이 순식간에 자욱해졌다. 안개는 차츰 짙어져 눅눅하게 전신을 감싸더니 털끝마다 이슬 같은 물방울을 매달아 놓았다. 한 아름씩은 될 만한 갈색 나무등치들과 푸르죽죽한 이파리들과 풀줄기에도 물방울이 맺혔다. 그러다 마치 빗물처럼 점점이 떨어져 내렸다. 바람이 안개를 만들고 안개가 빗물로 내리는 마술 같은 광경에 나는 얼이 빠졌다. 눈앞을 분간할 수 없어 귓바퀴와 코끝에 온 신경을 모았다. 이름 모를 새들이 재잘대는 소리 외에 주위는 적막했다.

겨우 정신을 수습한 나는 금세 또 망연해졌다. 늙은 독수리 하나를 찾기에 응고롱고로는 너무 넓어서다. 유언을 말할 때 어머니가 온전한 정신이었는지 더럭 의심이 갔다. 세렝게티에서 독수리의 깃털 하나를 찾는 게 더 나을 성싶었다. 안개 때문에 늙은 독수리가 지척에 있어도 분간할 수 없을 테니.

우선 안개부터 벗어나려 산등성이를 내려가기 시작했다. 숲속은 빽빽하게 자리한 나무들 때문에 어디가 어딘지 구분하기도 어려웠다. 평원에서는 한 번도 본 적 없는 울창한 숲이었다. 다른 짐승들이 만들어놓았을 오솔길을 찾아 조심조심 내리막을 따라갔다. 이윽고 세찬 바람이 잠시 숨을 죽이자 안개가 옅어지고 앞이 열렸다. 나뭇잎 사이를 뚫고 들어온 가느다란 햇살이 숲 바닥에 점을 찍듯 널렸다. 나는 부르르 몸을 떨어 물기를 털어냈다. 그때 난데없이 머리 위에서 말소리가 들렸다.

"저기 뭐꼬? 또랑에 자빠진 사자 새끼라?"

높지막하니 굵은 나뭇가지가 뻗어 나온 곳에 대머리 독수리 하나가 앉아서 나를 내려다보고 있었다. 눈이 마주쳤다. 저놈들은 머리통이 작아서 좀처럼 표정을 읽을 수가 없다. 그저 전해지는 느낌으로 짐작할 뿐인데 놈은 지금, 분명히 비아냥대고 있는 거다.

"어른 말도 몬 알아 처묵는 거 보믄 사자 새끼가 아인갑네. 니는 누꼬?"

나는 거리를 가늠했다. 나무둥치까지는 한두 걸음 정도, 그다음 도약해서 서너 걸음 기어오르면 독수리까지 닿을 수 있는 높이였다. 둥치는 적당한 굵기여서 부둥켜안고 발톱으로 찍으며 오르기는 어렵지 않을 거 같았다. 그렇지만 이 기괴하고 낯선 곳에서 기껏해야 썩은 사체나 훔쳐 먹는 천한 것과 드잡이를 하고 싶지는 않았으므로 무시했다. 내처 발걸음을 옮기려고 몸을 돌리는데 다시 놈이 말을 걸었다.

"참 싸가지 없는 놈이네. 어르신네가 묻는다 아이가. 뭐를 빌어 묵을라꼬 여그까지 왔냐꼬?"

노쇠한 성대에서 갈라져 나오는 탁음, 할망구의 음성이었다. 피가 거꾸로 솟구쳤고 온몸의 털이 빳빳하게 일어섰다. 터무니없이 시비를 걸어오는 것들은 가능하면 본때를 보여주어야 한다. 더러워서 피한다지만 누군가 치워야 할 쓰레기라면 기꺼이 감당하는 것도 이 평원을 위해서 좋은 일일 게다. 한두 번도 아니고 세 번씩이나 이죽거렸다면 당연히 그만한 대가는 치러야 할 터.

저 할망구를 족치겠다고 마음먹는 동시에 나는 허공을 갈랐다. 숨 한 번 깊이 고르는 사이에 내 몸은 두 번의 도약을 거쳐 나무둥치를 타고 올라 늙은 할망구가 앉은 가지에 이르렀다. 단단히 박아 넣은 뒷발톱에 힘을 주며 감싸 안았던 나무둥치에서 앞발을 떼고 공중으로 몸을 날렸다. 가지의 중간에 앉아 있던 할망구를 향해 도약한 것이다.

꺄~악!

외마디 비명을 지르며 입을 딱 벌리는 할망구의 새까만 동공이 바로 코앞에 다가왔다. 벗겨진 대머리 위에서 덮치고 있었으므로 할망구가 날아오르기는 불가능했다. 사자를 능멸한 대가를 톡톡히 치를 판이었다. 그런데 주름져 축 늘어진 할망구의 가느다란 목줄기에 앞발톱이 닿으려는 순간 할망구의 몸이 난데없이 밑으로 푹 꺼지는 게 아닌가.

할망구는 날갯짓이 여의치 않다는 걸 직감하고서 나뭇가지를 잡고 몸을 뒤로 핑그르르 돌려 물구나무를 서면서 나의 발톱을 피했다. 그러고선 잡았던 나뭇가지를 놓고 땅으로 떨어져 내리다 바닥쯤에서 겨우 날개를 펼쳐 몸을 가누었다. 생각지도 못한 임기응변이었다. 그 바람에 나의 앞발은 뭉툭한 바람소리를 내며 허방을 갈랐고 몸통은 텅 빈 나뭇가지를 덮쳐 부러뜨리고는 밑으로 떨어졌다. 그 틈에 할망구는 가까스로 날아올라 몸을 피했다.

"저, 저기 참말로! 무신 사자 새끼가 잔나비맨쿠로 저 난리고? 하이고, 까딱 했으믄 내가 뒈질 뻔했다 아이가. 자힐리가 아들놈 하나를 보낸다더만 뭔 잔나비 새끼를 보냈노? 저게 참말로 미쳐서 저카는 거제……."

부드러운 풀밭을 한 바퀴 굴러 충격을 줄인 뒤 일어서는 나를 보며 할망구는 숨넘어가는 소리를 던졌다. 아까보다 훨씬 높다란 가지에 걸터앉아 노래진 얼굴로 연신 눈을 깜빡였다.

4

밖에서 보기보다 동굴 안은 제법 넓었다. 습하기로는 바깥이나 별반 다르지 않았으나 그래도 안개가 비처럼 내리는 것은 피할 수 있어서 그나마 나았다. 할망구가 비는 피하자며 이곳으로 왔을 때 동굴 입구에서 나는 좀 머뭇거렸다. 뭔가 마뜩지 않았던 거다. 그건, 이를테면 모든 위험을 오롯이 혼자서 감당해야 하는 떠돌이 수사자의 직감 같은 거였다. 먼저 들어간 할망구가 찢어지는 목소리로 재촉하고서도 잠시 뜸을 들이고는 들어갔다. 설사 무슨 사달이 벌어지더라도 한 주먹감도 안 되는 할망구한테 당할 리는 없을 거라는 사리분별이 섰던 거다.

그러나 나는 곧 후회했다. 자리를 잡자마자 할망구는 구구절절 이야기보따리를 풀었는데 응요카(nyoka: 뱀) 수백 마리를 이어놓듯 끝이 없었다. 대부분 자신이 얼마나 영험한 음차위(mchawi: 주술사, 무당)인지 과시하는 내용이라 나는 금방 심드렁했다. 어머니와 아버지에 관한 내용도 이미 알고 있는 것뿐이어서 나는 쏟아지는 졸음에 그냥 몸을 맡겼다. 내가 할망구에 대해 더 알아야 할 것도, 알고 싶은 것도 없었다.

"을매나 더 이바구를 해야 니가 말귀를 알아듣겠노? 내만큼 영험한 음차위라야 니 같은 짐승을 델꼬 킬리만자로 갈 수 있다, 이 말이다. 뭔 말인지 알겠나? 근데 니 지금 머하노, 자나? 아이고야, 미치고 폴짝 뛰겄대이."

갈라지는 목소리, 지독한 사투리 호통에 겨우 고개를 들었다. 한숨이 절로 나왔다. 대체 이 할망구가 무슨 말을 하고 있는 거지……?

"모리겠나, 엉? 아이고야, 평생 했던 말보다 오늘 니한테 지껄인 게 더 많구마는. 머 이런 게 다 있노? 자힐리가 아들놈을 보낸 게 아이라 웬수를 보냈대이."

할망구가 또 어머니를 끄집어내는 바람에 나는 속에서 불끈 치미는 울화를 그냥 내뱉었다.

"그래서 내가 할망구하고 킬리만자로로 가야 한다는 거야?"

"이런 배라묵을 놈, 말하는 뽄새 봐라. 어데서 말을 탁탁 놓고 지랄이꼬? 죽은 니 애비보다 내가 더 오래 살았다꼬 몇 번이나 말했더노?"

기가 막혔다. 무당이든 뭐든 어디서 굴러먹다 온 뼈다귀 같은 노친네가 툭하면 세상 떠난 아버지와 어머니를 들먹이며 내 속을 긁었다. 아닌 밤중에 홍두깨라고, 어머니 유언을 끝내 뿌리칠 수 없어 찾아온 내게 할망구는 자기가 나를 킬리만자로까지 데려다주겠다는 거다. 그게 어머니의 유언이자 아버지의 부탁이라면서.

두 분의 임종을 모두 지켜본 건 나뿐이다. 저 할망구가 아버지의 주검에서 갈기 세 가닥을 물고 간 건 두 눈으로 보았다만, 아버지는 장자인 내게도 말한마디 남길 겨를도 없이 세상을 등졌다. 설사 할망구의 말대로 아버지가 부탁을 했다손 쳐도, 어둠의 제왕이 주름탱이 할망구한테 대체 뭘 부탁한단 말인가. 어머니의 경우도 그랬다. 그 비장한 유언을 저 할망구가 알 턱이 없었다. 가죽만 펄럭이는 어머니를 킬리만자로로 데려가는 건 불가능했으므로 내가 응고롱고로까지 왔던 거다. 그런데 20년도 더 살아서 웬만큼 다급한 일이 아니면 제대로 날지도 못할 저 늙어빠진 독수리더러 나를 데려다주라 했다고? 가죽과 깃털만 남은, 그래서 바람이 불면 들썩이는 깃털 밑으로 저승꽃이 만개한 할망구한테? 꿈같은 얘기가 아니라 내가 지금 한바탕 개꿈을 꾸고 있다는 게 맞는다.

"에이, 씨……. 그 말을 어떻게 믿어?"

"머를 몬 믿겠다는 말이고? 내가 지금 니 같은 얼라한테 사기라도 친다, 이 말이가? 이노묵 시키가 내를 뭘로 보고? 내가 니를 지켜준다카이!"

피식, 나도 모르게 헛웃음을 물었다. 누가 누구를 지킨다고? 누가 보더라도 내가 할망구의 시봉을 드는 일이었다. 그것도 저 험한 입에, 보나마나 성질도 더러울 게 틀림없는 할망구를, 얼마나 오래 걸릴지 모르는 킬리만자로까지 말이다.

"웃어? 안즉 마빡에 피도 덜 마른 놈이 감히 내를 비웃어? 이노묵 시키야. 내가 그래 만만해 보이나, 엉?"

말도 안 되는 소리에 대거리를 할 필요도 없었다. 문득 목도 말랐으므로 나는 몸을 돌려 동굴 바닥 옴팍한 구덩이에 고인 물을 홀짝홀짝 찍어 마시는 것으로 할망구를 외면했다. 그러자 할망구의 사투리 푸념이 장대비처럼 쏟아졌다.

"니가 타카티푸에서 어무이 임종 다 마쳤을 때부텀, 니는 한 번도 내 눈 밖으로 몬 벗어났다카이. 니가 어린놈을 두들겨 패서 반쯤 죽이뿐 거도 알고, 여그 오기 실타꼬 제자리 뺑뺑 돌믄서 온몸을 비비 꼰 거도 다 안다 말따. 내는 니 어무이 아부지 때매 맴이 쪼그라드는데 니가 그라고 있으이 내 속이 을매나 새까마이 탔는지 아나? 묵지도 몬하고 자지도 몬하고, 내가 안 미쳤뿐 게 참말로 용하제. 그랬는데, 뭐가 우째? 내 말을 몬 믿는다꼬? 어린놈이 참말로 싸가지하고는……."

뒤에서 혀를 끌끌 차는 소리가 등을 타고 넘어 생생하게 귓가에 매달렸는데 나는 멈칫, 했다. 그간에 있었던 일을 할망구가 어떻게 안단 말인가. 아까 할망구의 이야기보따리 중에 그런 대목이 있더라만, 혹시 귀신이 곡이라도 했던가? 그렇지 않고서야 마치 곁에서 지켜보기라도 한 것처럼 할망구가 짚어낼 수는 없지 않은가 말이다.

혀로 찍어 마시던 구덩이의 물이 입술을 열고 흘러내렸다. 지금 벌어지는 모든 상황이 찜찜해지기 시작했다. 동굴 안의 축축한 공기도, 방금 마신 물도, 저 망할놈의 할망구도 더 이상 참을 수 없었다. 하는 말이 옳아도 듣는 기분은 이미 개떡이었다. 할망구한테 붙잡혀 있느라 날이 어두워진 지도 한참이었다. 배가 고팠다. 나는 자리를 툴툴 털고 일어섰다.

"됐어. 나는 안 가. 아버지고 나발이고 킬리만자로에 안 갈 거야. 내 어머니와 무슨 약속을 했건 그건 할망구 사정이야."

정말 그랬다. 저 정신 사나운 할망구와 킬리만자로로 가는 짓만큼은 생각만으로도 머리통이 지끈거렸다. 정히 가야 한다면 나 혼자서 가도 될 일이었다. 킬리만자로가 내 손바닥처럼 환한 건 아니지만 일단 가보면 무슨 길이 보이지 않겠는가 말이다. 어머니의 간절한 염원에다 평원의 위대한 대정령이 되었다는 아버지가 그런 정도의 안배는 했으리라 싶은 것이다.

"나는 내 갈 데로 갈 테니 할망구는 하고 싶은 대로 해. 그 날개로 훨훨 날아서 킬리만자로로 가는 게 훨씬 빠를 거야."

나는 캄캄해진 동굴 입구를 향했다. 그런데 그때, 마치 벼락 치듯 한마디가 할망구의 입에서 터져 나왔다.

"이노묵 새끼! 그카다 뒈진닷!"

불호통과 찌르는 듯한 살기에 내가 움찔거렸나 싶었을 때 별안간 네 다리가 휘청, 흔들렸다. 빤히 보이던 동굴 입구가 흔들리기 시작했다. 뭔가 잘못되었다고 느꼈을 때는 왼쪽 어깨에 둔탁한 충격과 함께 왼뺨에 차갑고 눅눅한 바닥이 닿았다. 모로 쓰러진 시야에 할망구가 언뜻 들어왔다. 할망구는 내가 목을 축이던 옴팡한 구덩이를 훌쩍 건너뛰어 뒤뚱거리며 다가왔다. 그제 야 가슴을 치는 후회가 밀려들었다, 아아, 내가 당할 줄이야. 저놈의 구덩이, 그놈의 갈증…… 할망구는 푸른빛 안광을 흘리며 내 앞에 멈추었다.

"꼬라지 좋네. 사자 새끼놈하고 맞짱 떠보이 별꺼 아이라서 눈에 보이는 게 없제? 니 같은 얼라를 보고 머라 카는지 아나? 등신이라 칸대이, 등신. 잘 알 고 있거라, 이 등신아."

할망구는 이죽거리며 끝이 굽어진 부리로 내 코를 툭툭 쪼았고 나는 간신 히 버티고 있던 의식의 끈을 놓쳤다.

5

우리는 누구를 만나느냐에 따라 얼마든지 변할 수 있다. 암, 그렇고말고. 세 상 모든 일이 상대에 따라 달라지니까. 내가 가젤 새끼를 잡을 때와 물소를 노 릴 때가 아주 다른 것처럼 말이다. 그러니 지금 할망구를 목덜미에 태우고 언 덕배기를 내려가는 것도 그런 흔해 빠진 일 중의 하나일 뿐이다. 그래서 나의 갈기를 움켜쥔 할망구가 날카롭게 휘어진 왼쪽 발톱을 두드리면 왼쪽으로, 오 른쪽 발톱으로 찌르면 또 그쪽으로 움직였다. 자극의 강약에 따라 걷거나 달 렸다. 조금이라도 미적대거나 움찔할 때면 언어걸리는 할망구의 욕질은 덤이 었다. 강조하지만, 이건 자존심과는 하등 상관없는 문제다. 세상이 바뀌었으 므로 나도 그냥 변했던 거다. 더 정확히 말하자면……, 앞이 안 보이는 거다.

그날 내가 정신을 차린 건 할망구가 새된 목소리로 타박한 덕분이었다.

"고마 일나거라. 그마이 디비져 자믄 멀쩡한 넘도 송장 친다 말이따. 해가 중천이대이."

할망구의 툴툴대는 소리에 나는 허우적댔다. 일어서다 넘어지고 주저앉기를 몇 번이나 되풀이한 다음에야 겨우 몸을 수습했다. 그런데……. 젠장, 아무것도 보이지 않았다. 할망구는 해가 중천이라는데 간밤에 불개미들이 눈알을 다 파먹기라도 한 모양이었다. 앞발로 눈이 빠져라 비벼보았지만 사정은 마찬가지였다. 분명히 눈꺼풀은 깜빡이고 있는데 앞이 안 보였다. 사지가 벌벌 떨려왔다. 믿기지 않아서 한 걸음을 내디뎠다가 동굴 벽에 얼굴을 처박고서야 사태를 알아차렸다.

이런 개 같은 경우가 다 있나…….

면상이 갈라지는 듯한 통증은 차치하고 기가 막혀서 일어나지도 못하고 허우적대는 내게 할망구의 잔소리가 다시 퍼부어졌다.

"저게 안즉도 미쳤는갑네. 우짤라꼬 이카노, 엉? 그마이 했으믄 정신차리라 카이."

날개가 바람을 긋는 소리에 이어 사뿐사뿐 다가오는 발자국 소리가 들렸다. 자빠진 채 바르작대는 내 앞으로 다가와서 요모조모 살펴보던 할망구도 내가 앞이 안 보이는 걸 그제야 알았던 모양이다.

"니, 진짜로 당달봉사가 됐뿟나, 엉? 아이고야, 진짜로 그런갑네. 참말로 미치고 환장하겠대이. 이 등신을 델꼬 킬리만자로를……. 우짜노, 이 일을 우짜믄 좋노……."

미치고 환장하겠다는 할망구의 푸념이 찌르르, 가슴을 울렸다. 절벽에 간당간당 매달려 있는 내 모습이 순식간에 그려졌다. 여기 '거대한 구멍'에 들어서기 전까지 나는 그럭저럭 견딜 만한 삶을 살았다. 세상은 다채로웠고 나의 일상은 호기심과 권태가 적절하게 뒤섞여 있었다. 그런데 지금 나는 삶과 죽음의 경계에 아슬아슬하게 걸터앉은 형국이었다. 앞을 볼 수 없다는 것은 평원의 질서에서 배제된다는 의미였고 목숨도 더 이상 자기의 의지로 유지할 수 없다는 거였다.

　나의 변화는, 그래서 시작되었다. 이대로 미치고 환장해서 자빠져 있을 수만은 없는 노릇이었다. 튼실한 목덜미와 풍성한 갈기를 할망구에게 맡긴 것도 그래서였다. 할망구에 대한 적개심과 자존심을 접자 '등신'으로서의 성취는 빨라졌다. 첫날은 아주 힘들었지만 이틀이 지나자 꽤 익숙해졌고 사흘째부터는 할망구의 잔소리도 퍽이나 줄었다. 할망구의 사소한 기미도 알아채서 한마음으로 통할 수 있을 정도였다.

　"야가, 성질은 더러버도 요령은 있네. 영 돌대가리는 아인갑제? 여 좀 서봐라. 먹을 게 있나 이 할매가 휘이 둘러보고 오께."

　끙차, 늙은 할망구가 날개를 퍼덕이며 날아올랐다. 천근의 짐을 내려놓은 듯 긴 한숨이 새어나왔다. 나는 온 신경을 귀와 코끝에 모았다. 건듯 불어가는 한 줄기 바람에도 온몸의 털이 빳빳하게 일어섰다. 이루 다 말할 수 없는 두려움이, 죽음의 그림자가 바로 눈앞에서 일렁이고 있는 것 같았다.

　무슨 일이 벌어질지 모르니 나는 엉거주춤, 할망구가 어서 돌아오기만을 기다렸다. 세상에, 저 고약한 할망구를 기다리는 내 꼴이라니! 정말, 미치고 환장할 지경이었다.

6

　"마이 기다릿제. 우짠 일인지 요새는 먹을 기 참 귀하네. 괜찮은 놈으로 찾는다꼬 내가 을매나 애를 묵었는지 아나? 어여 가자, 내 새끼. 배가 마이 고프제?"

　어쩐 일로 할망구의 말투가 은근했다. 갈기를 움켜쥐는 손아귀도 거칠지 않았다. 그런데, 내 새끼라니…… 할망구의 느닷없는 말에 마음이 슬쩍 흔들리는 것 같았다. 오래전 어머니한테서나 느꼈던 감정의 일렁임이 그 한마디를 타고 넘어왔다. 내 처지가 곤궁하니 마음이 왕창 물러터진 모양이었다.

할망구가 지시하는 대로 나는 길을 잡았다. 잠시 풀밭을 지나 곧 자갈길로 접어들었다. 감이 잡혔다. 서너 번 가본 길이었다. 조금 더 걸어가면 파삭한 모래바닥을 지나 제법 굵은 돌들이 나뒹구는 곳에 도착할 것이다. 밥상에는 괜찮은 놈이 아니라 괜찮게 짓무른 무엇이 또 기다리고 있을 터였다. 독수리 앞에 싱싱한 고깃덩이가 기다릴 턱이 없으니.

서걱대는 모래바닥을 지나다 문득 들불에 쫓겨 정처 없이 나돌던 때가 떠올랐다. 불길에 타죽어 반쯤 익다 만 먹을거리를 두고 가족들이 아귀처럼 다투던 시절이었다. 어른들마저 고개를 절레절레 흔들며 피했던 먹이를 나는 으적으적 먹어치웠다. 다시는 떠올리고 싶지 않은 죽음의 밥상이었지만 나는 살아남았다. 그런 나를 처연한 눈빛으로 바라보던 어머니…….

어머니를 생각하자 나는 잠시 멈칫, 했다. 당신의 모습이 잘 기억나지 않았다. 휑한 한쪽 눈만 또렷해져서 자세히 보려면 얼굴 전체의 윤곽이 희미해지는 거였다. 몸을 버린 어머니의 영혼은 어떤 모습일까. 영혼조차 한쪽 동공이 비어 휑한 모습일까. 아니면 형형한 두 눈에 가득 적개심을 담고 있을까…….
어머니의 영혼은 벌써 킬리만자로에서 나를 기다리고 있는지도 모르겠다. 아버지를 보러 타카티푸에 올랐던 당신이었으니 나를 만나려고 킬리만자로의 아뜩한 정상에 오르지 말라는 법도 없었다.

"머하노? 죽은 어무이 생각은 나중에 하고 어여 묵자."

무슨 귀신처럼 머릿속을 읽어내는 할망구가 폴짝 뛰어내렸다. 이제는 기도 안 차서 나는 천천히 고개를 숙이고 주둥이를 내밀었다. 역한 냄새부터 먼저 밀려왔다. 육질이 녹아내린 것들로 그득한 밥상에서 나는 천천히 먹기 시작했다. 이번에도 나는 살아남을 것이다.

"니가 깨어난 기 우짜믄 니 어무이 덕택인지도 모린대이."

서걱대는 모래바닥에 주저앉아 트림을 하던 할망구가 밑도 끝도 없이 혼잣말을 했다. 소리로 보아 네댓 걸음 정도 떨어진 거리였다.

"……."

그게 무슨 말이냐고 묻고 싶었는데 트림이 멈추질 않았다. 할망구가 허구한 날 먹이는 이놈의 밥상을 물린 뒤에는 부글대는 속을 달래느라 애를 먹곤했는데 오늘따라 유난했다. 나중에는 속에서 헛물이 넘어오기도 했다. 썩은것들이 내 몸에 섞여드느라 요동쳤다.

"니가 마신 물 먹고 온전한 놈이 없었거덩. 그래도 니가 멀쩡한 거 보믄 자힐리가 지 아들을 지켜주는 거 아이겠나. 우짜든동 니를 델꼬 킬리만자로로 가야 한다꼬 말이라."

또 그 얘기, 어머니의 유언 타령이다. 아버지의 부탁도 부탁이지만 어머니 유언이 얼마나 절절한지 나도 알아야 한다는 거다. 자기도 새끼를 길러본 같은 암컷 처지에서 도저히 외면할 수 없다는, 킬리만자로는 이미 두세 번 가본 곳이라 자기는 별로 가고 싶지 않다는, 그래도 자힐리의 유언이라 반갑지는 않지만 나를 길동무 삼아 더 늙기 전에 마지막으로 한번 가볼 요량이었다 등등.

"내가 나이 묵었어도 성질이 몬돼서 말이 심할 때가 쪼매 있제. 글타꼬 니가 성깔 부리믄 우짜겠다는 말이꼬? 내한테 물어보지도 않고 물을 꼴깍꼴깍 마신 거는 다 니 탓이라. 하이고, 그나저나 니가 당달봉사가 됐으이 내가 머를 우째야 될지 모리겠따. 킬리만자로가 얼라덜 장난도 아이고……. 참말로 미치겠구마는."

정말 미치고 환장할 나는 그저 할망구의 푸념을 들어주는 수밖에 없었다.

할망구가 되풀이 세뇌시키지 않아도 어쨌거나 그 망할 놈의 킬리만자로는 가볼 작정이었다. 도대체 뭐가 있길래 나를 이토록 생고생시키는지 두 눈으로 보고야 말 참이었다.

다행히 할망구한테 내색은 않았지만 시간이 갈수록 나의 상태는 좋아졌다. 며칠 전부터 뿌옇게 빛이 스며들더니 하루가 다르게 눈앞이 밝아져서다. 아직 윤곽만 겨우 알아볼 정도지만 조금만 더 견디면 원래 상태로 돌아올 수도 있을 성싶었다. 그게 할망구의 말마따나 돌아가신 어머니의 절절한 소망 때문인지, 내가 마신 물이 처음에는 눈을 멀게 했다가 점점 약효가 떨어지는 것인지는 알 수 없었다. 어쨌든 동굴 웅덩이 물을 마시고 멀쩡한 놈이 없었다는 할망구의 말은 믿지 않기로 했다. 나처럼 그 물을 마셨다가 며칠 뒤 약 기운이 떨어져서 눈앞을 분간하게 되었다면 누구든 한시라도 그 동굴에서 지낼 턱이 없지 않은가 말이다.

아, 세상이 홀라당 뒤집어지더라도 시력을 되찾기만 한다면야 할망구 아니라 할망구 시어미라도 나는 참아줄 자신이 있었다. 내가 살아 있어야 세상도 의미가 있는 거다. 어머니도 살아생전에 말씀하시지 않았던가. 가족보다 더 중요한 게 자기 한목숨이라고 말이다.

8

막상 눈앞이 열리니 모든 게 낯설었다. 한밤중인 탓도 있으나 되찾은 시력으로는 처음 가는 길이어서다.

"어디로 가노? 이쪽이라……."

낮고 지친 목소리. 할망구가 왼쪽 발톱을 두드렸다. 차라리 눈을 감고 촉감에 의존하는 게 더 나았다. 그제야 앞이 보이지 않던 때의 익숙한 감각이 되살아났다. 적응하고 익숙해지는 게 항상 좋지는 않다는 걸 나는 비싼 대가를 치르고 배운 셈이다.

그렇지, 이쯤에서 나뭇등걸을 왼쪽으로 돌면 할망구가 다시 왼쪽 갈기를 잡아당기곤 했지. 이제 곧 풀밭이 나올 테고 그걸 지나면 자갈이 깔린 길을 걷게 되겠지…….

짐작대로 할망구는 풀밭과 자갈길을 지나 파삭한 모래가 깔린 곳으로 몰아갔다. 송곳니 사이로 진물처럼 흘러내리던 밥상이 그려졌다. 굶주렸던 시간들이, 무슨 일이 있더라도 살아남아야 한다는 기억들이 선연했다. 그런데, 여기가 대체 어디란 말인가…….

실눈을 뜨고 바라본 풍경은 낯설다 못해 괴기스럽기까지 했다. 빛살 하나 제대로 땅바닥에 이르지 못할 만큼 울창한 숲속이었다. 눈동자를 그러모아 조심스레 주위를 둘러보던 나는 그만 얼어붙고 말았다. 세상에……!

높다란 흙벽 아래 제법 널따란 공터가 펼쳐져 있었고 거기에는 처음 보는 암회색 물체들이 뒹굴고 있었다. 내 몸통 하나쯤 넉넉히 품고도 남을 늑골, 웬만한 나뭇등걸과 맞먹을 다리뼈, 커다란 바위처럼 널려 있는 두개골, 곳곳에 나란히 놓여 있는 두 개의 기다란 은회색 송곳니들…….

공터 가장자리 말라죽은 나무 꼭대기에 모여 있는 네 마리의 타이(tai: 독수리)가 귀를 찢을 듯 날카롭게 울어댔다. 마치 제의(祭儀)를 준비라도 하는 양 스산하기 짝이 없었다. 전설처럼 전해오던 '키로호 카부리(kiroho kaburi: 신령한 무덤)'의 음산한 풍경에 나는 숨을 멈추었다.

무슨 생각인지 할망구는 쓰러져 썩어가는 고목의 둥치 위로 자리를 옮겨 앉았고 나는 그 밑에 몸을 숨겼다. 다른 타이들은 그런 할망구를 힐끗 곁눈질 한 번 주었을 뿐 개의치 않았다. 주인 없는 제사상에 끼어든 불청객이지만 소란만 피우지 않는다면 참아주겠다는 분위기였다. 할망구는 한쪽에서 조용히 눈을 감은 채 숨만 골랐다. 작고 가녀린 어깨가 금방이라도 폭삭 무너질 것같이 위태로워 보였다.

얼마 지나지 않아 숲 한쪽이 바람도 없는데 술렁이더니 잔가지들이 툭툭 부러져 나갔다. 네 마리의 타이는 울음을 멈추고 가까운 바위 위로 날아내렸다. 이윽고 은도부(코끼리) 하나가 지친 몸을 이끌고 공터에 들어섰다. 숨이 멎을 만큼 어마어마하게 큰 수컷이었다. 전신에는 자잘한 상처가 수도 없었고 온몸에 금이 가듯 굵은 주름이 가득했다. 곧 몸을 버리고 떠날 참이어서 그런지 그의 거죽은 헐렁해져서 엉덩이며 무릎에서 흘러내린 피부가 발등을 덮었다. 일행인 듯싶은 몇몇이 뒤를 따르고 있었다.

거구의 은도부는 네 마리 독수리들이 다소곳이 앉아 있는 바위로 향했다. 마지막 기력을 짜내는지 한 걸음 옮기는 게 삶의 한 부분을 뭉텅뭉텅 내던지는 것처럼 힘들고 오래 걸렸다. 거친 숨과 피고름같이 검붉은 진땀을 토하며 이제는 거추장스러워 어쩌지도 못하는 뼈와 살을 등짐처럼 끌고 갔다. 마침내 그가 바위 근처에 이르렀을 때 능선을 넘어온 바람이 물안개를 흩어놓아 일대는 몽환처럼 흐릿해졌다.

이윽고 늙은 수컷이 한숨처럼 긴 울음과 함께 육중한 몸을 누이자 멀찍이서 지켜보던 장년의 은도부 셋이 종종걸음으로 다가왔다. 한눈에도 나이 든 자식들이었다. 그들은 그 큰 눈에 어룽어룽 눈물을 가득 담고서 조용히 죽음을 맞는 아비의 곁으로 다가왔다. 그 긴 코로 머리에서 발끝까지 꼼꼼히 냄새를 거둬들이며 아비의 마지막 생명을 기억했다. 심장이 마지막 남은 온기를 뿜어내듯 크게 꿈틀하는 것으로 마침내 아비 되는 이는 숨을 거두었다.

죽은 아비를 추도하는 낮고 묵직한 울음이 끝나자 정수리에 장식처럼 검붉은 깃털을 가진 타이가 훌쩍 날아 주검의 머리 위에 내렸다. 그러고는 주검의 구석구석을 쪼아대며 간간이 길고 날카롭게 휘어지는 울음을 섞었다. 서쪽으로 기운 보름달과 바람이 펼쳐놓은 흐릿한 물안개 아래서 기괴하기 짝이 없는, 마지막 의식이 집전되고 있었다.

대체 무슨 일이 벌어지고 있는가…….

마른침을 삼키던 나는 자신도 모르게 한 발짝 앞으로 나아갔다. 기척에 놀랐는지 돌무덤처럼 앉아 있던 할망구가 화들짝 놀라며 잔등에 뛰어올라 갈기를 움켜쥐었다. 다급하게 짓누르는 품이 가만히 있으라는 윽박이었다. 그 기척에 등을 돌리고 있던 세 마리 타이가 일제히 뒤를 돌아보았다. 여섯 개의 푸른 안광이 나를 향해 쏟아졌다.

9

"은도부의 눈알을 먹인 게 이 아이였느냐?"

다른 타이들과 달리 불그스름한 안광을 흩뿌리며 내 앞에 선 이는 나이를 종잡을 수 없어도 분명 여자였다. 검붉은 머리 깃을 지닌 그미는 범접 못 할 위엄이 서렸으나 몹시 지치고 쇠잔한 목소리였다.

"이 아이가, 네 영혼이 꺾여져도 후회하지 않을 만큼 소중했더냐? 아무리 모씸바와 자힐리의 부탁이라도 우리를 버리고 떠날 만큼……, 그랬더냐?"

목소리에 물기가 스며들고 있었다. 감정을 억누르지만 회한과 슬픔이 음절마다 배어 있었다. 도무지 무슨 영문인지 몰랐지만 나는 그미의 눈을 차마 마주하지 못하고서 머리를 숙였다.

"너는 더 이상 선택받은 음차위(주술사, 무당)가 아니다. 날짐승이 제대로 날 수도 없으니 이제는 타이라고 부를 수도 없겠지. 네가 그토록 원했던 자유

로움이 뭔지 나는 아직도 모르겠다. 몸을 버리고, 영혼마저 소멸하면서까지 바라는 게 과연 무엇인지……."

그녀의 눈 주위에 가득했던 붉은 기운들이 눈물처럼 후두둑 흘러내렸다. 내 갈기를 부여잡은 할망구의 손아귀가 가늘게 떨리고 있었다.

"너는 네 길을 가겠지만 나와 너의 아우들은 여전히 우리의 자리를 지킬 것이다. 그것이 비록 영계(靈界)와 육계(肉界)의 틈바구니에서 끝없이 자신을 소진해야 하는 형벌이라도 말이다. 우리가 슬퍼하는 건 네가 우리 곁을 떠나기 때문만은 아니다. 그 모진 세월을 견뎌서 이제는 서로가 버팀목이 될 거라 여겼는데 그 믿음이 깨졌다는 사실이 견딜 수가 없어 그렇다. 이렇게 구멍 뚫린 마음으로 우린들 편할 수 있겠느냐."

"……."

할망구는 한마디 대꾸도 하지 않았다. 가만히 고개를 주억거리며 그녀가 쏟아놓는 말들을 귓가에 갈무리했다.

"이제야 말한다만, 삶을 자신의 의지만으로 꾸려나갈 수 있다는 너의 확신이 가소롭기도 하고 두렵기도 했다.이제 너는 너만의 길을 가겠지만 우리가 함께였던 지난날은, 그래도 영원히 기억되었으면 좋겠다. ……. 너는 정말 좋은 제자였고 딸이었다. 우리는 여전히 너를 사랑한다. 그러니……, 잘 가거라."

말을 마치고서 그녀는 천천히 돌아섰다. 그러고는 한 줄기 선홍색 빛 가루를 흘리며 서쪽 하늘로 멀어져 갔다. 엉거주춤하니 남아 있던 타이들도 곧 그 뒤를 따랐다. 내 갈기를 쥐고 앉아 어느새 희부윰하게 밝아오는 새벽하늘을 바라보고 있을 할망구의 망연한 모습이 눈에 어리는 듯했다.

눈이 먼 뒤로 지금까지 할망구가 차려준 밥상이, 송곳니 사이로 진물처럼 흘러내리던 밥상이 은도부의 눈알이었다니……. 마음 한편이 속절없이 허물어지면서 뜨거운 기운이 목젖에 맺혔다. 아무 지켜봐 주는 이도 없는 무덤, '카부리'에서 필사적으로 은도부의 눈알을 파내는 할망구의 모습이 그려졌다. 그러고 보니 시력을 되찾은 뒤의 할망구는 처음 보았을 때보다 반절이나 몸피가 줄어들어 있었다. 잔등에 올라탄 할망구는 깃털 하나 얹은 것처럼 가벼웠고 너무 작아져서 한 손아귀에 그러쥐고도 남을 것만 같았다.

왜, 대체 무엇 때문에 할망구는……?

온갖 상념이 머릿속을 채우는데 갈기를 다잡고 있는 할망구의 손아귀가 와들와들 떨리더니 내 정수리에 눈물방울이 두두둑, 떨어졌다. 이어서 오래 참았다가 앙다문 부리를 비집고 새어나오는 신음 같은 울음소리. 할망구는 속에서 터져 나오는 온갖 감정을 짓누르느라 몸을 쿨럭이며 울음을 삼키고 있었다.

나는 먼동이 터오는 쪽을 바라보고 가만히 앉아 있었다. 저기 하늘과 지평선이 맞닿을 아스라한 어디쯤 킬리만자로가 있을 터였다. 언덕만 한 덩치들이 썩어가는데도 신령한 무덤에서는 어떤 냄새도 풍기지 않았다.

11장

행군

1

"네가 진정으로 원하는 게 무엇이냐? 음제의 죽음이냐? 아니면 아스카리를 죽이는 것이냐?"

느리고 낮으나 작고 다부진 체구만큼이나 분명하게 딱딱 끊어내는 말투. 밤은 깊을 대로 깊어 둔덕에는 별빛만 가득했다. 그 별빛에 기대어 희미한 세 개의 그림자가 드리워 있었다. 형과 나, 그리고 이복형이었다. 마라강을 건널 때 아스카리의 아비 곁에 단정하게 서 있던 이, 오랜 인연으로 이어진 듯한 느낌을 주던 그였다.

"설사 그런 사달이 벌어진다 하더라도 세상은 조금도 변하지 않을 것이야. 숱한 생명들의 삶과 죽음이 한 치의 빈틈도 없이 얽혀 돌아가는 이 평원의 질서를 너도 알 만한 나이가 되지 않았느냐?"

질문이 아니라 힐난이었다. 형은 묵묵히 듣기만 했고 나는 형의 뒤에서 주변을 살폈다. 이복형이 데리고 온 여남은 명의 응융부들이 우리 형제를 둘러싸고 사주 경계를 서고 있었다. 행동이 가지런하고 동작에 절도가 있어서 누구인지 금방 짐작할 수 있을 정도였다.

"굽이쳐 흐르는 마라강을 보아라. 그 유장한 강물의 어느 한 굽이를 허문다고 해서 강물이 흐름을 바꾸겠느냐? 따지고 보면 음제도 아스카리도 마라강의 강물 한 방울일 뿐이야. 우리 모두가 그런 존재인 것이지. 태어나고 자라서 늙거나 병들어 죽는 것이야. 이 세상은 누가 태어나고 죽는 것에 조금도 개의치 않아."

"무슨 말씀인지 모르겠습니다만, 저와 친구들은 강물 한 방울처럼 허망한 우리 응응부들의 운명을 바꾸고 싶을 뿐입니다. 늘 허겁지겁 먹고, 서로 다투다 헉헉대며 쫓기고, 변변한 저항도 못 하고 결국은 잡아먹히는 운명 말입니다."

"쯧쯧. 운명이라고 했느냐? 그래서 너는 세렝게티에 응응부들의 천국이라도 만들겠다는 거냐? 모두가 배부르고 안락한 천국을? 네가 살고 있는 세렝게티를 봐라. 살아 있는 모든 것들이 죽은 자들 덕분에 살고 있다. 이웃들이 죽어준 덕분에 네가 살아 있고 저 포악한 사냥꾼들도 살아가는 거다. 아무도 죽지 않으면 어느 누구도 감히 살아갈 수 없는 게 평원의 질서 아니더냐. 이치가 이러한데 네가 바꾸겠다는 운명은 도대체 무엇을 말하는 것이냐? 태곳적부터 내려온 평원의 질서를 뒤엎기라도 하겠다는 거냐? 그 엄청난 희생은 누가 감당한다는 거냐?"

"세렝게티를 우리들의 천국으로 만들겠다는 게 아닙니다. 음제의 세렝게티, 아스카리의 세렝게티, 또는 그들의 가호 속에 안락하게 살아가는 이들만의 세렝게티가 아니라 우리들의 세렝게티를 만들고 싶을 뿐입니다."

휘유~! 이복형은 어이없다는 듯 높고 길게 한숨을 토해냈다. 한 번의 만남으로, 이런 식의 문답으로는 형의 생각을 돌릴 수 없다는 것을 알아서였다. 답답한 건 형과 나도 마찬가지였다. 이복형은 아스카리와 결코 뗄 수 없는 관계에 있었다. 처한 위치와 높이가 다르면 보는 시야도 보이는 풍경도 다른 법이다.

"나는 너희가 좀 더 깊고 넓게 세상을 보았으면 해서 하는 말이다. 우리 종족 수백만이 세렝게티의 으뜸으로 자리 잡은 데는 아직 어린 너희의 상상을 뛰어넘는 체계와 운용이 있기 때문이다. 아스카리 하나쯤은 아무것도 아니야. 그 주변에는 아스카리보다 뛰어난 인물들이 무수히 있어. 그들이 세렝게티를 몰라서 잠자코 있는 게 아니라는 걸 알아야 해.”

“형님처럼 말씀입니까?”

잠자코 자기 생각만을 말하던 형이 반발했다. 어두워서 이복형의 얼굴을 다 살필 수는 없었지만 한동안 무거운 침묵이 이어졌다. 이윽고 어떻게 마음을 다잡았는지 이복형의 목소리가 조금 높아졌다.

“현실에 대한 분노도 좋고 새로운 삶을 향한 갈망도 좋다만, 내가 너희를 찾은 것은 타고난 재주를 부리기 전에 우리 종족의 위대함을 깨달았으면 해서다. 세렝게티나 마라 평원에만 우리 종족이 있는 게 아니다. 가까이는 올도이니오 랭가이(oldoinyo lengai: 신의 산)부터 멀리는 사흐라(sahra: 불모지)에 이르기까지 우리 종족이 번성을 누리는 데는 다 그만한 내력이 있기 때문이야. 그러니 겸손과 진중함을 잊고 네가 원하는 천국 때문에 평원의 동족들을 지옥으로 몰아가는 짓은 말리고 싶다. 세상을 탓하기 전에 네 근본부터 두텁게 하라는 것이야! 이건 네 어머니의 간곡한 부탁이기도 하다.”

이복형은 말을 끝내자마자 휭하니 등을 돌렸다. 주변을 에워싸고 있던 경호대가 바람에 쏠리는 풀줄기처럼 일사불란하게 이복형 주위로 몰려들었다. 형과 나는 덤덤하게 돌아선 이복형에게 목례를 올렸다. 그러나 한마음처럼 안으로 삭인 그 뒷말은 이랬을 터다.

“저희의 노력을 방해한다면 음제나 아스카리뿐만 아니라 누구라도 우리는 목숨을 걸고 싸울 것입니다.”

별빛을 받으며 돌아오는 길에 형과 나는 동시에 크게 심호흡을 했다. 무거운 짐을 내려놓기라도 한 듯 속이 후련했다. 그동안 머릿속을 짓누르던 갈등과 막연한 두려움이 말끔하게 씻긴 느낌이었다. 무엇보다 형의 단호한 태도가 좋았다. 누사와 쿠오나의 논쟁에서 주저하던 형이 아니었다.

친구들이 있는 곳으로 발걸음을 재촉하면서 나는 이복형이 남긴 말, '살아 있는 모든 것들이 죽은 자들 덕분에 살고 있다'는 대목을 곱씹었다. 그랬다, 우리는 모두 죽은 자들에게 목숨을 빚지고 있다. 그들의 죽음이 아니었다면 지금의 내 삶도 장담할 수 없다. 그래서 더욱더 함부로 죽지 않으려 노력하는 거다. 어이없이 죽어간 이들을 추모하고 기억하려 애쓰는 것도 그래서이다. 마라강에서 서로 짓밟고 짓밟히며 죽어가는 짓을 더 이상 되풀이하지 않으려 애쓰는 것이야말로 우리의 운명을 바꾸는 첫걸음이라는 걸 이제야 나는 알겠다.

그런 상념들을 나름대로 갈무리하느라 머릿속이 번잡해졌을 때, 빠른 걸음으로 앞서가던 형이 문득 걸음을 멈추는 바람에 나는 형의 엉덩이에 코를 박았다. 불과 열몇 걸음 앞, 키만큼 웃자란 수풀 사이로 응융부들이 떼 지어 달리고 있었다. 그들은 일정한 거리를 두고 두 개의 무리로 나뉘어 있었는데 어두운 별빛 아래에서 정체를 확인할 수는 없었다. 마침 형과 나는 어깨 높이의 바위들이 듬성듬성한 곳을 지나는 중이어서 얼른 몸을 숨기고 숨을 죽였다.

두 무리는 질서정연하면서도 은밀하고 신속하게 움직여서 형과 나는 몹시 놀랐다. 불과 열 걸음의, 지척에 이르도록 전혀 낌새를 알아차리지 못했던 것이다. 그들은 곧장 넓은 개활지에 이른 다음 우리 부족이 밤을 보내는 곳으로 달려갔다. 마치 그림자가 물속으로 스며드는 것처럼 지극히 평온했고 자연스러워 보였다. 아직 먼동이 트기까지 한참 남은 첫새벽이었다.

저들은 또 누구란 말인가…….

2

이복형을 만나고 돌아온 다음 날 오후에 수행단은 출발했다. 아스카리를 호위하는 경호대가 주축이었고 다른 부족들은 겨우 구색을 갖추는 수준이었다. 우리 부족도 어머니가 일러준 것처럼 부족장의 큰아들을 포함해서 경호원 여남은을 보냈을 뿐이었다.

숫자는 이백을 조금 넘겼지만 그래도 아스카리와 경호대의 위세는 대단했다. 마라강을 단숨에 건너던 위용은 그대로였다. 아니 마라 평원의 기름진 풀이 그들을 더욱 강건하게 만든 듯했다. 그들은 뿔과 가슴팍, 앞무릎에 잿빛 회반죽을 잔뜩 묻혀서 다른 무리들과 스스로를 구분했는데 호송단의 절반 이상이 암회색의 물결이었다.

"뭐, 아스카리의 아비가 대단한 거야. 외방의 동족들까지 합류시킨 걸 보라고. 그래서 저 경호대놈들이 사흐라와 올도이니오 랭가이를 다녀오느라 한동안 눈에 안 띈 거지. 어떻게든 아들놈을 음제로 만들려는 노력이 눈물겨울 정도야."

대오를 정렬하고 행군을 시작하는 아스카리와 경호대를 바라보며 쿠오나가 절반의 감탄과 절반의 빈정거림을 섞었다. 쿠오나의 말처럼 낯선 외방의 두 무리가 수행단에 합류한 게 이채로웠다. 사흐라와 올도이니오 랭가이에서 왔다는, 첫새벽에 형과 내가 숨어서 지켜보는 앞에서 은밀하게 마라 평원으로 들어온 이들이었다. 이들은 각각 스물 내외의 응용부들로 구성되어 있었다. 어쨌거나 호송단의 규모는 마라 평원이 들썩일 정도로 수선스러웠던 것에 비하면 초라할 만큼 적었다.

"젠장, 정말 모르겠네. 아스카리의 경호대가 절반 넘게 남아 있잖아. 왜 아스카리에게 경호대를 더 붙여주지 않지? 마라 평원에서 더 꿍꿍이를 부릴 게 남았나?"

수행단을 배웅 나온 바바 아스카리와 그 뒤에 도열해 있는 건장한 수컷들을 바라보며 쿠오나는 연신 고개를 갸우뚱했다. 영문을 모르기는 우리 모두가 마찬가지여서 미간에 주름이 잡힐 정도로 궁리를 거듭했지만 해석을 달지 못했다.

　그런데 막상 수행단이 출발하자 뜻밖의 상황이 벌어졌다. 수행단에 이름도 올리지 못한 응융부들이 뒤를 따르기 시작한 것이다. 처음엔 몇이 어영부영 모이더니 곧 우기의 강물처럼 불어나기 시작했다. 그들은 누가 먼저랄 것도 없이 꾸역꾸역 모여들었다. 호송단에 들진 못했어도 음제가 되겠다는 열망에 취한 중장년들이 드물게 보였지만 대부분 연로한 이들이었다. 그런데 아무도 그들을 말리지 않았다. 경호대도 부족장들도 가타부타 말없이 내버려두었다. 험한 여정을 생각하면 저들과 함께 킬리만자로로 간다는 것은 누가 보더라도 불가능했는데 말이다. 수행단을 소집했던 자리에서 누사가 예측했던 그대로였다.

　우리는 엉거주춤했다. 아스카리가 지휘하는 수행단의 꽁무니에 바짝 따라붙는 게 맞는지 아니면 저 군중들에 뒤섞여 킬리만자로로 가는 게 나은지 결정하기가 애매했던 거다. 형과 쿠오나는 난처한 표정이 역력했는데 먼저 누사가 뒤처진 군중들 사이를 조용히 비집고 들어갔다.

　저만치 앞서가는 수행단 본진 앞길에 구름의 틈새로 빛줄기들이 내려와 환한 기둥처럼 도열해 있었다. 그 바람에 평원 전체가 얼룩덜룩하니 수를 놓은 것처럼 변했다. 왜 이곳이 얼룩덜룩하다는 뜻의 마사이마라 평원인지 한눈에 알 수 있는 장관이었다.

3

　"이건 아니지. 이러면 안 돼. 너무 많잖아, 너무! 앞으로 저들을 어떻게 감당하려는 거야?"

쿠오나가 볼멘소리로 짜증을 부렸다. 수행단이 출발한 지 사흘째 되는 날 아침이었다. 그런데도 우리는 아직 마라 평원을 벗어나지 못했던 거다. 무슨 까닭인지 아스카리가 이끄는 수행단 본진도 속도를 내지 않는 게 그나마 다행이었다.

"그러게. 거, 참……. 곧 초원을 벗어나면 길도 험하다는데 저들을 어떡하지? 벌써 아프다는 소리가 많던데. 앞으로는 더 위험할 텐데……."

응야티도 걱정스러운 눈길로 이제 막 잠에서 깨어 수선스럽기 짝이 없는 군중들을 돌아보며 말했다. 제각각 모여든 그들은 그야말로 오합지졸이었다. 대열에서 함부로 이탈하거나 심지어 다시 집으로 돌아가는 이들도 있었다. 그러니 이들은 만만한 먹잇감이었다. 떠돌이 사자들이나 영역을 가진 하이에나와 들개 들이 이들을 노렸다.

쿠오나는 찌푸린 눈살로 그들과 함께 있는 누사와 음강가를 바라보았다. 첫날 그 무리에 뒤섞였던 누사는 지금까지 그들과 밤낮을 함께했다. 노약자들이 많아 길 떠난 지 하루나 이틀 사이에도 아픈 이가 늘자 음강가도 합류한 상태였다. 게다가 무슨 영문인지 외방의 두 무리도 본진을 따라가지 않고 그들과 함께 머물러 있었다.

"올도이니오 랭가이의 흰 꼬리 형제들과 사흐라에서 오신 검은 뿔 형제들께서는 빨리 본진으로 합류하시라는 아스카리님의 분부입니다. 형제들 때문에 킬리만자로로 가는 길이 지체된다고 하셨습니다."

맑고 청아하지만 왠지 초조한 목소리가 아침 공기를 흔들었다. 나는 한눈에 그녀를 알아보았다. 망각의 풀밭에서 아스카리가 형의 핏물이 흐르는 주둥이를 가슴팍에 문대던 정녀였다. 서늘한 기품의 그녀가 오늘은 미간에 주름이 깊었고 표정도 어두웠다.

"아니, 그게 무슨 소리요? 여기 따라나선 이들은 어떡하고 본진만 가겠다는 거요?"

눈이 부리부리하고 몸피 튼실한 중년이었다. 우렁우렁한 그의 목소리에 수선스럽던 분위기가 금방 조용해졌다. 숨을 고른 중년이 말을 덧붙였다.

"출발한 지 겨우 사흘인데 뭐가 그리 급해서 서두는 거요? 하루 이틀 더 빨리 간다고 해서 킬리만자로가 더 반기는 것도 아니니 서둘 필요 없어요. 어차피 멀고 고단한 길입니다. 다 같이 함께 가야지요."

중년의 꼬리가 목소리에 장단을 맞추듯 춤을 추었다. 꼬리의 중간부터 끝까지 하얀 털로 복슬복슬했다. 신의 산, 올도이니오 랭가이에서 온 흰 꼬리 형제들이었다.

"저희도 그렇게 생각합니다요. 본진만 가겠다면 처음부터 저들을 말렸어야지 이제 와서 그러면 부모 형제들을 버리는 것이나 마찬가지입니다. 우리 사흐라의 검은 뿔 형제들은 그렇게 배우지 않았어요."

축 처진 눈꼬리가 온순한 인상의 다른 중년이었다. 비쩍 마른 몸피에 갈색이 짙어 검정에 가까운 몸통, 휘어지지 않고 직선으로 뻗은 새까만 뿔은 강인한 생명력의 증거처럼 보였다.

"걱정 마시라고 아스카리에게 전하슈. 킬리만자로를 가장 잘 아는 분들이 흰 꼬리 형제들인데 여기 형제들 중에는 이미 킬리만자로에 올랐던 분들도 계십니다. 그분들이 어련히 알아서 안내하시지 않겠어요?"

이번에는 검은 뿔 형제들 중에서 초로에 접어든 어르신 한 분이 정녀 앞으로 나서며 말을 이었다. 듣고 보니 그랬다. 올도이니오 랭가이는 세렝게티에서 킬리만자로로 가는 경로에 있었다. 킬리만자로에 더 가까워서 근방의 지리에 밝았다. 아스카리의 경호대가 황무지와 다름없는 긴 여정에 두 형제 무리를 참여시킨 이유를 알 것 같았다.

"죄송합니다만, 저는 그렇게 깊은 뜻을 헤아릴 위치가 아닙니다. 두 형제님 여러분을 한시바삐 모시고 오라는 아스카리님의 분부입니다. 어서 가시지요."

완곡한 거절에도 불구하고 정녀는 다급했다. 그러자 그 어르신의 목소리가 딱딱해졌다.

"아스카리가 우리를 부른 뜻을 안다고 했잖소. 그러니 조금 더 인정을 베풀면 좋겠다고, 새 한 마리 키우는 사흐라의 검은 뿔 영감탱이가 그러더라고 전하시오."

말끝이 매서웠다. 어르신은 휙, 등을 돌렸고 정녀는 더 이상 어쩌지 못하고 돌아갔다. 나는 그 어르신의 곧고 새까만 뿔 한쪽에 올라탄 작은 독수리에 주목했다. 볼 때마다 신기했고 궁금증이 일었다. 평원에서 흔히 보는 덩치 큰 타이(독수리)가 아니라 그 절반쯤 되는 낯선 놈인데, 나중에 들으니 키팡가(kipanga: 매)라고 했다. 녀석은 흔들리는 뿔 위에서 대수롭지 않다는 듯 날갯짓으로 균형을 잡았다. 세상에, 날짐승을 길들인 응율부라니…… 대체 저놈을 어디에 쓰려고 이 먼 길을 나섰나 싶었던 거다.

정녀가 돌아가고 오합지졸들은 다시 어제와 다름없는 하루를 시작했다. 좋은 풀을 찾아 풀밭을 쏘다녔고 자주 소란스럽다가 배를 채우고서야 생각났다는 듯 어기적대며 본진의 뒤를 따랐다. 다만, 정녀의 재촉이 그래도 약발이 먹혔는지 오합지졸들의 속도가 조금 빨라졌다. 이제는 제법 통솔력을 갖춘 흰 꼬리 형제와 검은 뿔 형제들이 서둔 덕분이었다.

그날 저녁 무렵, 우리는 마라 평원을 벗어나는 야트막한 구릉에 올라 누가 먼저랄 것도 없이 뒤를 돌아보았다. 하늘과 대지를 온통 붉게 물들이는 거대한 황혼 아래 확 트인 평원이 한눈에 들어왔다. 우리가 발붙이고 있는 이 대지가 평평한 게 아니라 둥그스름하다는 걸 한눈에 알 수 있는 이 광경을 어쩌면 다시는 볼 수 없을지도 몰랐다. 우리 중 누가 다시 이곳으로 돌아와 오늘을 추억하며 사라진 친구들을 호명할지, 먼 훗날 우리는 오늘을 가리켜 무엇이라 설명할지 상상할 수 없었다.

"그만 출발하자."

찢긴 낙엽 같은 귀를 쫑긋 세우며 형이 말할 때까지 우리는 오랫동안 그렇게 뒤를 돌아보았다. 검은 뿔 형제들을 뒤따르는 응야티를 따라 우리도 발걸음을 서둘렀다.

4

마라 평원을 벗어나자 바리디와 내가 분주했다. 서둘렀어도 군중들 대부분은 노약자들이어서 날이 갈수록 수행단 본진과의 간격이 벌어진 거다. 종종 검은 뿔 어르신이 키팡가를 날려 보내 거리를 가늠했지만 아무래도 그 정도로는 부족했다. 누사와 응야티는 군중들 속에서 나올 기미가 없었으므로 발이 빠른 바리디와 막내인 내가 본진의 동태를 눈으로 확인할 필요가 있었다.

그렇게 일주일이 지났다. 이제는 본진의 꽁무니를 확인하고 숨 돌릴 틈 없이 달려와도 반나절이 넘게 걸릴 만큼 멀어졌다. 쿠오나는 절박했다.

"이거 봐봐, 호다루. 더 지체하다가는 죽도 밥도 안 돼. 저들은 외방의 형제들에게 맡기고 우리는 본진을 따라잡아야 한다고. 아스카리 근처에 있어야 뭐라도 해볼 수 있잖아. 아, 미치겠네. 우리가 저 오합지졸들을 위해서 킬리만자로로 가는 게 아니야."

쿠오나는 아스카리가 분명히 착각하고 있을 거라 주장했다. 망각의 풀밭에서 벌어졌던 일을 우리가 전혀 기억하지 못할 거라 생각한다는 거였다. 그래서 우리가 티를 내지만 않는다면 본진에 합류한들 아스카리가 대놓고 경계하지는 않을 거라고 했다. 오합지졸들에게는 할 만큼 했으니 이제 우리의 목적에 충실하자는 것이다.

"저들이 진심으로 원하는 것은 우리나 외방 형제들의 어설픈 위로가 아니라 함께 킬리만자로로 가는 거야."

쿠오나의 찌푸린 눈살을 가볍게 피하면서 응대한 건 누사였다. 열흘 넘게 그들과 동고동락한 누사의 말투는 확신에 차 있었다.

"가는 도중에 수명이 다하는 거야 어쩔 수 없지만 저들의 마지막 소망을 돕는 게 우리가 할 일이야. 같이 걸어주기만 하면 돼. 이웃이라면 누구라도 할 수 있는 일이지. 종족의 운명을 바꾸겠다고 나선 우리가 저들의 작은 소망조차 받아줄 수 없다는 건가?"

"아이고 참, 누사. 그건 단순한 생각이야. 저들에게 정말 필요한 것은 아마도 망각의 풀일 거야. 자신들의 비루하기 짝이 없는 삶을 잊고 싶을 뿐이지. 꿈도 희망도 없이 살아온 저들의 마지막 허영심이 킬리만자로일 거야. 그래서 꾸역꾸역 길을 나선 거야. 아스카리가 저들을 말리지 않은 건 사냥꾼들로부터 본진을 보호할 희생양이 필요했을 뿐이야. 대신 잡아먹혀주는!"

쿠오나의 화난 음성이 밀려오는 저녁 어스름 속으로 퍼져나갔다.

"죽음까지도 이용당하면서 만년설의 산꼭대기에서 저들이 무엇을 얻을 수 있을까? 마음의 평안? 영혼의 자유? 들개가 풀 뜯는 소리일 뿐이야. 자신들이 왜 이런 취급을 받으며 살아가야 하는지 저들은 몰라. 아니 알고 싶어 하지도 않아. 그런데 저들과 함께 있어야 한다고?"

"좀 진정해, 쿠오나. 그분들을 잘 알지도 못하면서 그런 식으로 모두를 싸

잡아 비난하는 건 옳지 않아. 저들 모두가 다 비루하지도 않고 오합지졸도 아니야. 단지 나이가 많은 것뿐이야. 내가 겪어보니 알겠어."

누사만큼이나 저들과 함께 지냈던 응야티의 항변이었다. 팽팽한 논쟁 대신 우리 사이에 어색한 침묵이 자리했고 아무도 쉽게 입을 열 분위기가 아니었다. 다들 형을 쳐다보았는데 형은 굳은 표정으로 골똘한 생각에 잠겼다. 해가 완전히 지고 어둠이 두텁게 내려앉는 동안에도 형은 결정을 내리지 못했다.

그런데 그날 밤, 유난히 밝은 보름달이 차츰 하늘 한가운데로 옮겨 가는 한밤중에 소란이 일었다. 아스카리가 경호대와 함께 우리가 머무는 곳에 들이닥친 거다. 앞서 아스카리의 명령을 전했던 정녀가 길잡이 노릇을 했다. 그녀는 굳은 얼굴로 아스카리를 외방의 형제들 앞으로 안내했다. 곧 노기 서린 음성이 흘러나왔다.

"이 아스카리가 외방의 두 형제님들을 모신 이유를 다 아시면서 며칠째 이러면 곤란하지요. 평원의 노친네들 뒤치다꺼리 핑계는 그만하시고 이제 앞장을 서셔야 합니다. 내가 오래 참는 성격이 아니라는 거, 직접 보셔야 알겠습니까?"

아스카리와 서른이 넘는 경호대가 지켜보는 가운데 흰 꼬리 형제들과 검은 뿔 형제들은 마지못해 서로 머리를 맞대고 생각을 주고받았다. 의견이 분분했고 누군가는 항의도 했으나 선잠을 깬 이들이 술렁이는 통에 아스카리와 외방의 형제들 간에 오가는 내용을 우리는 알지 못했다.

그들의 논의는 제법 길었으나 결국 올도이니오 랭가이와 사흐라에서 온 형제들은 각자 대열을 정비하더니 앞으로 나섰다. 아스카리의 얼굴이 펴졌고 경호대가 이들을 둘러싸고 왔던 길을 되짚어 움직이기 시작했다. 우리는 이 모든 광경을 멀리서 지켜볼 수밖에 없었다.

"이런 젠장, 공연히 미적대다 다시 올 수 없는 기회를 놓치는구나. 킬리만자로는 고사하고 저 늙고 병든 이들까지 떠안아야 하는구나. 아아…….”

쿠오나의 허허로운 장탄식이 둔중하게 우리의 귓전을 때렸다. 휘황한 달무리는 밤하늘을 한껏 도려낸 듯했고 그 주위에는 은가루처럼 흩뿌려진 별들이 자잘하게 반짝였다. 거기에다 수시로 길게 빗금을 긋는 별똥별이 더해지자 주위는 더할 수 없이 몽환적이었는데 외방의 형제들은 아스카리를 따라 북쪽으로 향하고 있었다. 그런데 갑자기 오합지졸 가운데서 누군가가 앞으로 썩 나서며 큰소리로 외쳤다.

“거기 섰거라, 이놈들아! 같은 동족이면서 늙고 병든 이들을 버리고 어딜 간다는 거냐? 이러고도 네놈들이 음제가 될 수 있을 거 같으냐? 당장 마라 평원으로 돌아가 지금의 일을 모든 부족에게 전하고 말 테다.”

발길을 재촉하려던 아스카리와 경호대도, 외방의 형제들도 난데없는 호통에 걸음을 멈추고 뒤돌아섰다. 목젖이 찢어질 듯 부르짖은 이는 놀랍게도 누사였다.

5

“이노옴, 저분이 누구인지 알고나 소란을 피우는 게냐? 어떤 놈인지 모르겠다만, 너 따위가 길을 막을 분이 아니다. 내 뿔에 당하기 전에 어서 잘못을 빌고 썩 물러가라.”

경호대의 으뜸인 듯한 큰 덩치가 누사 앞을 가로막았고 경호대원 예닐곱이 길목을 차단했다. 아스카리는 그 뒤에서 가소롭다는 듯 빙글 웃음을 물었다.

“아스카리가 어떤 분인지 잘 알지요. 코흘리개 어린아이들을 제물로 삼아야 마라강을 건널 수 있는 분이지요. 뿐입니까, 망각의 풀밭에서 약에 취해 몸도 못 가누는 동족의 귀를 썹어놓고는 그걸 자랑이랍시고 떠벌리고 다니는 용렬한 위인이지요.”

한층 높인 누사의 목소리가 쩌렁하니 주위를 울렸다. 순식간에 침묵이 주변을 뒤덮었다. 흠칫, 숨이 멎은 것은 아스카리뿐만 아니었다. 흰 꼬리와 검은 뿔 형제들은 믿지 못하겠다는 듯 뜨악한 표정이었고 경호대원 일부도 술렁였다. 누구보다 놀란 이는 멀찍이 떨어져 있던 정녀였다. 맥이 풀린 듯 비틀대더니 그 자리에 털썩 주저앉았다. 마라강을 건너온 호송단 아이들의 기억을 지우는 게 그녀의 임무였기 때문이다.

아스카리의 표정이 일그러졌다. 누사를 노려보는 눈길에 묻어나는 살의가 이만치 떨어진 곳에서도 느껴질 정도였다. 상황이 심상치 않았으므로 우리는 슬금슬금 누사가 버티고 선 쪽으로 움직였다.

"참 고약한 놈일세. 어딘지 낯이 익다 했더니 온갖 거짓말로 힘없고 약한 동족들을 현혹하고 음제를 비방하던 놈들 중 한 놈이구나."

아스카리의 음성이 떨렸다. 외방의 두 형제 무리가 있어서 가까스로 냉정을 유지하는 듯했다. 위기를 모면하려는 아스카리가 시선을 틀어 좌중을 훑은 뒤 천천히 입을 열었다.

"용기는 가상하다만, 방금 네놈이 내뱉은 거짓말은 그냥 넘길 수가 없다. 외방의 형제들이 나를 뭐라고 여기겠느냐. 얘들아, 저 미친놈의 버르장머리를 당장 고쳐야겠다."

아스카리의 말이 끝나기 무섭게 대장 격인 큰 덩치가 뿔을 앞으로 내밀었다. 길을 막고 있던 예닐곱의 경호대원도 콧김을 내뿜으며 돌진할 채비를 갖추었다. 그러자 술렁이는 군중들 틈에서 형이 불쑥 나서며 큰 덩치에게 말을 던졌다.

"한밤중에 애먼 부하들 욕보이지 말고 당신과 나 둘이서 끝장을 보시지요. 외방의 형제분들도 계시니 길게 다투어봤자 서로가 볼썽사납기만 할 테니 말이오."

형의 출현에 뜨악했던 아스카리는 평정을 찾으려 애썼다. 경호대의 큰 덩치가 그런 아스카리에게 눈길을 모으고 있었다. 아스카리가 난감하고 어색한 웃음을 흘리며 고개를 끄덕이자 큰 덩치와 형의 결투가 정해졌다. 놈은 누사를 향하던 뿔을 형에게로 돌렸고 형은 열 걸음 정도의 거리를 두고 자리를 잡았다. 큰 덩치가 발굽으로 땅을 긁어댔고 달빛 아래 먼지 냄새가 흐릿하게 퍼져나갔다.

놈은 형이 미처 뿔을 겨누기도 전에 먼저 돌진했다. 단숨에 열 걸음을 건너뛰어 깔아뭉갤 듯 형을 덮쳤다. 연이어 바오바브 열매가 바위에 부딪혀 쪼개지는 소리가 크게 들렸고 누군가의 육중한 몸이 땅바닥에 처박혔다. 그러나 자욱한 흙먼지가 시야를 가렸다.

"아아, 참! 이런 젠장맞을⋯⋯."

교교한 달빛 아래 쿠오나가 탄식을 쏟아냈다. 뭐라 말을 붙이기도 어려울 만큼 그의 얼굴은 어두웠다.

6

"다들 아시겠지만 수행단이 우리를 두고 가버렸습니다. 저 앞에 보이는 언덕을 넘으면 그 뒤로는 척박한 황무지여서 씸바와 피시들도 살지 못하는 곳입니다. 사냥꾼들의 먹잇감으로 이용했던 우리의 역할도 이제 끝났습니다."

또, 누사였다. 아침 햇살을 정면으로 받으며 누사는 덤덤한 표정으로 오합지졸들에게 선택을 요구했다.

"우리가 수행단을 따라잡기는 불가능합니다. 그래서 이제 우리는 결정해야 합니다. 우리끼리 모든 지혜와 용기를 모아 위대한 음제를 맞으러 킬리만자로로 갈 것이냐, 아니면 왔던 길을 되돌아갈 것이냐!"

누사의 말에 귀를 기울이고 있던 이들이 술렁대기 시작했다. 여정을 계속하는 것도, 다시 마라 평원으로 돌아가는 것도 난감한 상황이었다.

"나는 이만 돌아가는 게 좋다고 보오. 길을 잘 안다는 흰 꼬리 형제들도 수행단을 따라 가버린 마당에 그 멀고 험한 길을 어떻게 가냔 말이오. 남은 건 저처럼 병들고 피로한 늙은이들뿐이외다. 내 손으로 새로운 음제를 맞이하고 싶었지만 여기까지 온 것만으로도 할 만큼은 한 거 같으니."

"돌아가는 것도 어렵기는 마찬가지입니다요. 지금까지 보름 동안 얼마나 많은 이웃이 사냥꾼들의 먹이가 되었는지 보지 않았습니까?"

한동안 대안 없는 주장만 이어졌다. 계속 가자는 이들과 돌아가자는 이들의 수가 엇비슷했다. 시간이 흐를수록 서로 감정만 격해져서 한숨과 고성에다 눈물까지 중구난방이었다. 그러다 초로의 아주머니가 조용히 앞으로 나섰다.

"저는 지금까지 15년 동안 한 해도 거르지 않고 자식을 생산했고 지아비를 섬기며 살아왔습니다. 음제의 말씀과 평원의 법칙에 충실했습니다. 그동안 넷이나 되는 남편과 열다섯의 아이들을 다 잃었습니다. 그러나 이토록 거친 세상과 제 삶을 후회해본 적은 별로 없었습니다. 제가 이해할 수 없는 일은 운명이라 생각하며 살아왔습니다."

조곤조곤 들려오는 쉰 목소리에 소란은 멈추었고 모두 그녀를 향해 귀를 열었다. 그녀는 살짝 숨을 고르고 말을 이었다.

"이제는 더 이상 자식을 낳을 수도 새로 남편을 맞을 수도 없게 되었습니다. 그렇게 모든 의무에서 벗어나고서야 어느 날 문득, 마치 벼락을 맞은 것처럼 저 자신이 누구인지 궁금해졌습니다. 오래 고민하며 방황했습니다만, 누구도 제 마음을 보아주지 않았습니다. 경륜과 덕망 높은 어른들조차 저의 얘기를 비웃었습니다. 어쩌면 그게 당연한지도 모르겠습니다. 가족과 친척들, 이웃과 더 많은 이들의 관계 속에서만 제가 있다는 걸 저도 잘 알고 있으니까요.

그러나 그런 관계를 벗어나 오로지 저 자신만을 바라볼 수 있다면, 그렇다면 혹시나 제 본래의 모습을 잠시라도 볼 수 있지 않을까 생각했습니다. 제가 왜 살아왔는지, 제가 부여받은 생명의 목적이 무엇인지 너무나 궁금했기 때문입니다. 늙어가면서 저의 역할이나 비중이 점점 줄어드는 게 오히려 다행스러웠습니다. 잊힌다는 건 다른 이들과의 관계에서 벗어난다는 의미도 있으니까요. 모든 걸 훌훌 벗어던지고 떠나게 되기를 얼마나 고대했는지 모릅니다."

어렵고 힘든 얘기를 그녀는 술술 풀어놓았다. 나이 든 아주머니들의 훌쩍이는 소리가 간간이 들리기 시작했다. 초로의 여인은 이제 형과 정면으로 시선을 마주하며 말을 이었다.

"그래서 저는 여기까지 오게 되었습니다. 그동안 저와 같은 마음으로 이 길을 함께 걸어가는 친구들이 정말 많다는 걸 알았습니다. 몸은 고달팠지만 지난 보름 동안 저는 행복했습니다. 스스로를 마주하는 이 기쁨을 위해 평생을 그렇게 노심초사했나 생각했습니다. 그러나 지금은 불길한 예감을 억누르며 이 자리에 서 있습니다. 왔던 길을 다시 돌아가야 할지도 모르기 때문입니다."

여인은 목이 메는지 잠시 말을 멈추고는 길게 숨을 들이켰다. 그러고는 한 발짝, 형에게 다가섰다.

"그래서 제가 세상에 태어난 뒤 처음으로 모르는 이에게 부탁을 한 번 드려볼까 합니다. 어쩌면 저는 킬리만자로에 도착하기도 전에 죽을지 모릅니다. 그렇더라도 제 삶의 마지막을, 처음 느껴보는 이 기쁨으로 매듭짓고 싶습니다. 그럴 수 있도록 그대와 친구들이 조금만 도와주시면 안 되겠습니까? 젊고 용기로 가득한 그대 삶의 한 부분을 버림받은 우리를 위해 조금 남겨주면……, 안 되겠습니까?"

말을 마치고 무릎을 꿇은 그녀를 보며 목젖이 뜨거워진 건 나만이 아니었다. 옆에 있던 음강가도 큰 두 눈망울에 물기가 그렁그렁했다. 누사는 눈이 마주치자 겸연쩍은 듯 고개를 돌렸다. 여기저기서 훌쩍이는 소리가 아침 햇살을 타고 조용히 퍼져나갔다. 빛깔은 조금씩 달라도 저마다의 간절한 마음이 가슴과 가슴으로 이어지는 것 같았다. 청명한 동쪽 하늘 끄트머리, 아스라이 떠오른 킬리만자로의 빛나는 이마를 잠시 바라보던 형이 아주머니에게 다가가 어깨 위에 이마를 얹었다.

"그리하겠으니 그만 일어서십시오. 어른이 어린것에게 이러는 것도 흉잡힐 일이 됩니다."

킬리만자로로 가기를 원하던 이들 사이에 작은 함성이 일었다. 그 틈을 비집고 검은 뿔 어르신이 형에게 다가갔다. 모두가 아스카리를 따라간 뒤에 홀로 남은 사흐라의 형제였다.

"어쩌면 저 녀석이 흰 꼬리 형제의 몫을 해낼 수도 있겠다는 생각이 드네. 날짐승이지만 내 말귀는 제법 알아들으니까 말일세."

어르신이 턱짓으로 가리킨 건 쓰러져 있는 덩치 큰 웅융부의 뱃구레를 열고 잘게 찢은 내장을 먹어치우고 있는 키팡가였다.

7

해가 중천을 지나 서쪽으로 조금씩 기울 때에야 군중들은 언덕길을 오르기 시작했다. 용케 사냥꾼들의 송곳니와 발톱을 피해 살아남은 이가 3백에 가까웠으므로 대열을 정돈하고 출발 준비를 마치는 데만 반나절이 넘게 걸렸다. 기력이 있는 장년들 위주로 편제를 짜느라 형과 친구들은 정신없이 바빴다. 앞날의 불안감은 여전했어도 제법 규모를 갖춘 무리여서 다들 표정이 밝았다. 쿠오나만 제외하면.

"뭐, 간단해. 누사의 계략에 다들 꼼짝없이 걸려든 거야. 아스카리가 우리가 누구인지 알게 된 이상 킬리만자로는 아무 의미도 없어."

죽은 지 여러 시간이 지나서 뻣뻣해진 아스카리 경호대의 큰 덩치를 한쪽으로 치우러 가면서 쿠오나는 끙끙 앓았다. 누사한테 된통 당했다고 생각하니 몹시 분한 모양이었다.

"어쩌긴 뭘 어째? 어서 마라 평원으로 돌아가서 아스카리가 돌아올 때를 대비해야지. 저 오합지졸들과 여기서 머뭇거릴 때가 아니야."

쿠오나는 속이 타들어가는 표정으로 말을 줄였다. 그의 머릿속은 짐작하고도 남았다. 한사코 수행단 참여를 반대하던 누사가 결국 오합지졸들을 내세워 우리의 발목을 잡은 거였다. 그것도 당사자인 아스카리에게 망각의 풀밭에서의 악행을 폭로하는 방식이었으니 수행단의 여정 중에 그를 죽이려던 쿠오나의 계획은 물거품이 된 셈이다.

"이제 아스카리가 우리를 없애는 건 시간문제야. 경호대 절반만 들이닥쳐도 우린 버티지 못해. 일단 목숨을 부지하고 뒷날을 도모해야 하는데, 대체 호다루가 무슨 생각을 하는지……."

그래서 저렇게 벌게진 눈으로 자꾸 형을 바라보는 것이다. 이제 우리만의 대장이 아니라 3백에 가까운 무리들의 대장이 된 형이었으니까.

나는 죽은 큰 덩치의 엉덩이에, 쿠오나는 어깻죽지에 뿔을 대고 용을 썼다. 작은 매 키팡가가 뜯어 먹긴 했어도 사체는 엄청 무거웠다. 이런 놈을 단 일격에 죽음으로 몰아넣었으니 오합지졸들이 형을 숭상하는 것도 당연했다.

어젯밤, 미처 자세를 잡기도 전에 돌진해오는 놈을 맞아 형은 뿔을 곧추세우면서 충돌하기 직전에 오른쪽으로 슬쩍 반걸음을 비켜섰다. 처음부터 형은 자신보다 덩치가 큰 상대를 정면으로 맞받아칠 생각이 없었던 거다. 반면에 그 덩치는 싸움에 나름 이력이 붙은 데다 아스카리와 부하들이 지켜보는 상황이라 그 한 방으로 승부를 결정지으려 작정한 터였다.

전력으로 달린 탓에 놈의 뿔은 아슬아슬하게 형을 지나쳤는데 바로 그 순간 형의 뿔이 놈의 왼쪽 눈두덩 위를 찔렀다. 게다가 덩치는 형에게 앞발을 채여 고꾸라지면서 마침 땅바닥에서 삐죽하게 솟은 돌에 정통으로 이마를 짓찧고 말았다. 풀썩, 먼지구름이 뿌옇게 일었고 그것으로 싸움은 끝났다.

난투의 현장을 가렸던 먼지가 가라앉자 을씨년스러운 싸움판의 정경이 드러났다. 덩치는 왼눈과 왼쪽 뿔이 뽑힌 채 그 구멍으로부터 선혈을 낭자하게 쏟아내며 버둥거렸다. 형은 덤덤한 얼굴로 아스카리를 주시했다. 싸늘한 눈초리로 큰 덩치와 형을 번갈아 쏘아보던 아스카리는 곧 발길을 돌렸다. 나머지 경호대와 외방의 형제들이 달빛 아래 그 뒤를 따라 서둘러 달려갔다. 낭패한 기색으로 현장을 훑어보던 정녀도 형과 눈을 마주치고는 서둘러 어둠 속으로 사라졌다.

어깨를 축 늘어뜨린 채 걸어가는 쿠오나의 뒷모습을 보면서 나도 심사가 복잡해졌다. 언제부턴가 쿠오나는 예전의 명민하고 냉철했던 자신을 조금씩 허물어뜨리는 것만 같아서다. 자주 감정적이고 고집을 부렸으며 다른 친구의 말을 무시하곤 했다. 요 며칠 사이에 자신과 누사의 주장이 완전히 뒤바뀌었다는 걸 알고나 있는지 모를 정도로 말이다.

예전의 자신을 잃어버린 쿠오나, 이제는 의논도 없이 자신의 생각을 밀어붙이는 누사, 그리고 중요한 순간마다 결정하지 못하는 형……. 그렇게 우리는 조금씩 낯선 모습을 드러내면서 킬리만자로로 가고 있었다.

나는 먹먹한 심정으로 동쪽 하늘을 올려다보았다. 신의 산, 킬리만자로에서 우리를 기다리고 있는 게 대체 무엇인지 가늠이 되지 않았다. 또 우리가 무엇이 되어 다시 돌아올지도…….

12장
해를 좇아 동쪽으로

1

'거대한 구멍', 응고롱고로를 벗어나기까지 시간이 제법 걸렸다. 음차위 할망구가 들러야 할 곳이 꽤 많아서다. 이름 모를 바위며 동굴, 기묘하게 자란 나무등치까지 잠시라도 깃들였던 곳은 찾아서 알아듣지 못할 주문을 흩뿌리고야 일어났다. 어머니와 타카티푸로 갈 때처럼, 할망구도 그랬다.

"이거, 인자부터 니가 징기고 있거라. 니 아부지 꺼라 내가 갖고 있을 필요는 없다 아이가."

마지막으로 할망구가 오래 기거했던 동굴에 들렀을 때 할망구는 아버지의 갈기에서 뽑았던 터럭 세 개를 내밀었다. 푸른 기운에 휩싸인 할망구가 이미 살이 물러진 아버지의 갈기를 들쑤시던 일, 지켜보던 어머니의 눈가에 맺히던 눈물……. 그날 광경이 여전히 선연해서 나도 모르게 그만 울컥했다.

"그만한 일로 무슨 눈물이꼬. 모씸바 아들이 맴이 그리 약해가꼬 세렝게티를 다스리겠더나?"

허걱, 짧은 탄식이 툭 튀어나왔다. 눈꼬리에 어룽지던 눈물기가 금세 피식, 헛웃음으로 바뀌었다. 할망구가 뭔가 단단히 착각하고 있어서다. '어둠의 제왕'이 되는 일 따위는 꿈에도 생각해본 적이 없으니 말이다. 세렝게티를 다스린다고? 내가, 왜? 아버지에 대한 존경심이야 차고 넘치지만 나는 그저 먹을 만큼만 사냥하고 살다가 적절한 때에 죽고 싶을 뿐이다. 용감하고 장엄했으나 아버지의 죽음까지 그대로 따르고 싶지는 않아서다. 길고 가늘게, 속되고 구차스럽더라도 세렝게티가 부여한 질서 안에서 목숨을 잇고 싶어서다.

할망구가 건네준 아버지의 갈기는 그냥 긴 터럭이었다. 둥지 바닥에 오래 깔고 지낸 모양으로 빛도 바랬고 서로 얽혀 있으니 진짜 아버지의 것인지 분간하기도 어려웠다. 나는 별 감흥 없이 그것을 날름 집어삼켰다. 무슨 꿍꿍인지 지켜보던 할망구가 활짝 핀 꽃처럼 웃으며 다가왔다.

"아이고 잘했대이. 인자 슬슬 킬리만자로로 가보자. 니도 마이 기다릿제?"

목덜미에 홀짝 올라타서 갈기를 움켜쥐는 할망구는 여전히 깃털처럼 가벼웠다. 그래도 어머니와는 느낌이 달랐다. 세상의 모든 것과 작별하던 어머니는 깃털처럼 가볍고 발랄했었는데 할망구는 깃털 같으면서도 마음 한편이 무거워져서다. 아버지가 기다리고 있다는 확신 때문에 어머니는 멈춰 설 때마다 등짐을 하나씩 내려놓듯 마음과 몸이 가벼워졌을 테고, 아무 기다리는 이 없을 할망구는 세상 모든 것이 꾸역꾸역 쏟아내는 무거운 짐들을 모두 주워 담고 가려 해서 이토록 마음이 무거워지는지도……

2

토실토실 살이 오른 영양 하나가 코앞에서 풀을 뜯느라 정신 줄을 놓고 있는데도 할망구는 움켜쥔 갈기를 죄다 뽑을 듯 잡아당기며 사냥을 말렸다. 할망구와 포식하고도 남을 만큼 녀석은 살집이 좋았다. 게다가 제대로 된 밥상을 차린 지가 도대체 얼마였던가 말이다. 하지만 나는 입맛을 다시며 포복해 있던 덤불에서 일어섰다. 놀라 달아나는 녀석의 먹음직스러운 엉덩이가 잔영처럼 오래 남았다. 무슨 까닭이 있겠거니 짐짓 눙치고 할망구가 이끄는 대로 발걸음을 맡겼다.

"어여 가자. 배고파 몬 살겠다."

할망구는 먹음직스러운 엉덩이가 있던 곳에서 빠른 걸음으로 좋이 반 시간은 걸리는 곳으로 나를 데려갔다. 잡목들이 얼기설기 우거진 덤불 속에 깊은 상처를 입은 응융부 하나가 마지막 숨을 몰아쉬는 중이었다. 물어뜯기고 할퀸 자국이 한두 군데가 아닌 데다 터진 뱃구레 밖으로 내장이 밀려나와 있었다. 연신 입맛을 다시는 예닐곱 마리의 하이에나들과 그보다 훨씬 더 많은 응융부들이 대치하는 중이었고 머리 위로 대머리 독수리들이 새까맣게 떠 있었다.

무슨 작정이었는지 나는 스스럼없이 그들이 대치하고 있는 가운데로 나섰다. 그리고 문득, 몸속 저 깊은 곳으로부터 끓어오르는 기운을 토하기 시작했다. 스스로도 믿기지 않는 웅장한 포효가 일대를 뒤흔들었다. 둘러선 응융부와 하이에나들만큼이나 자신도 놀랄 정도의 포효였다. 처음에 어리둥절하던 하이에나들은 두려운 표정으로 쭈뼛쭈뼛 뒤로 물러났고 그들과 맞섰던 응융부들은 거친 숨을 안으로 삼켰다. 내가 한 번 더 울부짖자 하이에나들은 사타구니에 꼬리를 말아 넣고 도망쳤고 응융부들은 귀신에 홀린 듯 길을 열었다. 잔칫상을 기대하며 하늘을 휘돌던 타이들도 조용히 땅으로 내려앉았다.

나는 마땅히 그래야 하는 것처럼 천천히 쓰러져 있는 응융부에게 다가갔다. 벌어진 입 밖으로 나온 혓바닥이며 거무스름하게 변한 이빨, 듬성한 수염이며 금이 가고 갈라진 발굽으로 미루어 더 이상 초원에 머무를 수 없을 정도로 늙은 암컷이었다.

늙은 암컷과 눈이 마주쳤을 때, 나는 그녀가 지금까지 이끌어온 목숨의 그림자가 훤히 보이는 듯했다. 그녀의 자궁에서 생명을 부여받은 아들딸과 또 그들의 아들과 딸, 손자와 손녀들로 이어지는, 그 아득하고 강렬하며 도저한 생명의 연속 같은 것을……. 까마득한 손주에 손주의 삶을 지키려 더 이상 소용없는 몸을 기꺼이 던지는 강인한 본능에 머리가 저절로 숙어졌다.

　나는 사냥을 시작한 이래 처음으로 경외의 눈길로 먹잇감을 바라보았다. 그러고는 그녀의 상처를 정성껏 핥았다. 이윽고 그녀의 눈가에 안도하는 빛이 서린 뒤에야 가늘고 메마른 목덜미에 조심스럽게 송곳니를 들이밀었다. 투둑, 그녀의 목뼈가 부러졌고 환영처럼 비치던 그녀 삶의 그림자도 스르륵 안개처럼 흩어졌다.

　나는 천천히 그녀의 몸을 먹었다. 아직 열기가 고스란히 남아 있는 심장을 입에 물었을 때에야 저편에 밀쳐두었던 기억이 섬광처럼 떠올랐다. 내가 젖을 떼고 막 고기를 먹기 시작했을 때 하이에나들에게 물어 뜯겨 반쯤 목숨을 놓고 쓰러져 있는 커다란 응웅부 수컷 하나, 그리고 그의 목울대를 힘들이지 않고 가볍게 꺾었던 아버지를. 그때 아버지도 상대의 상처를 경외심으로 어루만져 주었는지는 분명치 않다. 하지만 마치 비밀스러운 얘기를 주고받듯 몇 번이나 그 수컷 응웅부와 눈길을 마주하던 아버지의 모습은 또렷하게 기억에 남아 있었다. 수컷 응웅부의 동료들과 네 개의 발굽으로 간신히 몸을 가누며 어찌할 줄 모르던 그 자식들까지도.

　적당히 배를 채운 내가 먹이에서 한 걸음 물러서자 그때까지 미동도 않고 갈기를 움켜쥐고 있던 할망구가 땅으로 내려섰다. 먹이의 주위를 한 바퀴 돌려 무슨 주문인가를 읊조리고는 천천히 다가갔다. 나는 할망구가 주린 배를 채우는 동안 그 곁을 지켰다.

3

　내는 얼라 때 세렝게티가 진짜 완벽한 줄 알았대이. 해 지믄 달 뜨고 날이 너무 가물었다 싶으믄 영락없이 비가 퍼붓고, 쪼매 굶었다 싶으믄 어데선가 발굽 달린 것들이 지천으로 몰려들고 말이따. 진짜로 무슨 어마무시한 힘이 평원의 모든 것을 착착 돌아가도록 한다꼬 생각했제. 우리는 그 안에서 묵고 자고 새끼 낳고 늙어서 죽으믄 되는 기라. 모든 기 이래 딱 정해져 있으믄 고민할 게 읎제. 어매가 물어다 주는 걸 먹으믄서 내려다본 세상은 그랬다카이.

그런데 말이라, 내도 하늘을 날게 되고 지 목숨은 지가 챙기야 되믄서 자꾸만 딴 생각이 드는 기라. 오라비와 언니들하고 어매를 따라 사냥꾼들이 남긴 밥으로 배를 채우믄서 더 그랬제. 어느 날엔가, 반쯤 뜯어 먹히고 남은 푼다밀리아(얼룩말)의 갈비살을 뜯으믄서, 도대체 이놈은 무슨 사연으로 내 앞에 떡하니 죽어 자빠져 있는지 영문을 모리겠더라꼬. 저 앞에 얼쩡거리는 다 늙어빠진 수컷은 달릴 힘도 없어 보이는데 왜 하필 이 젊고 팔팔한 암컷이 오늘 밥상에 올라왔는지 너무 궁금한 기라. 내도 참 별스럽제, 그쟈?

그라다가 한번은 옆집 아지매 따라 멀리 마라강까지 날아갔다 아이가. 날이 가물기 시작할 때였제. 우리 영역을 벗어나는 게 쪼매 불안했는데 고맘 때쯤에는 괜찮다 카더라. 먹을 게 많으믄 영역 지킬라꼬 싸울 필요가 엄따는 거를 금장 알았제. 세렝게티의 발굽 달린 것들이 몽땅 마라강을 건너고 있었는 기라. 니도 그거 봤더나? 참말로 엄청나대이.

세렝게티에 응윰부들이 많다는 거는 진즉에 알고 있었지만도, 세상에 그것들이 그리도 많은 줄은 첨 봤다 아이가. 그것들이 강을 건너는데, 맘바들이 보는 앞에서 저거들끼리 밟고 밟히고……. 내는 그 많은 것들이 속절없이 죽어 자빠지는 거를 도무지 이해할 수 없었다카이. 저그들이 알아서 사냥꾼들의 밥상에 오르는 기라. 그 많은 목숨들이 한날한시에 그거서 그 모양으로 죽어라꼬 딱 정해졌다는 게 말이 안 된다 아이가.

세렝게티가 어마무시한 힘에 따라 착착 돌아가는 게 아이라는 생각이 첨 들었제. 내 작은 대갈통으로는 설명하지 못할 뭔가가 있다는 거, 한 생명이 나고 살아가고 죽는 거는 해가 지고 달이 뜨는 것과는 다른 무엇이 작용할 거라는 확신이 들었제. 그거는 이 세렝게티 너머에, 어느 누구도 가보지 못한 곳에 있을 거라고 생각했다카이. 더 이상 날아갈 수 없는 바로 거기에 비밀의 문이 있을 거라꼬 말이따. 내는 무신 일이 있어도 죽기 전에 꼭 그거를 한 번 볼라꼬 작정했제. 참말로 내도 진짜 별스럽제, 그쟈?

내는 그날부터 더 멀리, 더 높이 날아볼라꼬 애를 썼대이. 우리 식구들은 묵을라꼬 나는데 내는 날라꼬 묵었단 말이라. 나중에는 우리 부족의 대장이 된 오래비보다 더 마이 묵고 더 높이 날 수 있었다 아이가. 그라고는 떠날 준비를 했제. 오라비와 언니들이 조카들을 두셋씩 쑥쑥 낳을 때도 막내인 내는 그랬는기라.

해가 뜨는 쪽으로 갈라꼬 방향은 진즉에 정했제. 주아(태양)가 몸을 일으키는 곳에 분명히 뭔가가 있다고 믿었는기라. 만상을 비추는 주아의 힘보다 더 큰 거는 없다 아이가.

잠든 식구들한테 눈인사만 하고 떠날라꼬 날개를 피는데 어매하고 눈이 딱 마주쳤제. 내 낌새를 알고 며칠째 잠도 안 자고 지켜보던 어매가 늙어서 앙상해진 날갯죽지로 내를 품었제. 어매의 주름투성이 가슴이 그렇게나 콰당콰당 뛰는 건 처음 들었대이.

"가다가 힘들믄 언제든지 돌아오너라. 내는 언제라도 니를 기다린대이……."

내 꼬랑지 깃털을 잡는 거 같은 어매 눈길을 뒤로하고 날아올랐제. 막 타오르는 주아를 가슴에 안으며 날았는 기라. 평원의 누구보다 높이 오른 허공에서 멀리 킬리만자로의 허연 이마빡이 보이더라꼬.

킬리만자로를 향해 갈수록 초원은 줄어들었고 풍경은 황폐했다. 한낮에는 그늘을 찾아 숨을 헐떡였고 해질 무렵이면 대지를 덮는 서늘한 기운에 몸서리를 쳤다. 밤에는 바위며 자갈에 이슬이 맺혔다. 물웅덩이 대신 그것들로 갈증을 달랬다. 먹는 날보다 굶주리는 날이 훨씬 많아졌다.

"인자부터 킬리만자로가 시작된다고 보면 된대이. 어따, 여그까지 오니라고 고생했다. 쪼매만 더 가믄 지금보다는 훨씬 나을 기라. 영험한 산은 홀로 우뚝 서 있는 법이 아이라서 글타."

할망구 말마따나 킬리만자로의 주능선에 들어서자 풍경은 사뭇 달라졌다. 킬리만자로는 저 혼자 우뚝하지 않고 형제나 자식 같은 준령들을 거느렸다. 눈대중만으로도 사방 수백 리에 걸쳐 생명들을 먹이고 살찌우는 거 같았다. 나는 근 열흘 만에 작은 혹멧돼지 한 마리로 주린 배를 채웠다.

"'빛나는 산'은 누구나 올 수 있지만도 아무나 들이지는 않는대이. 인자부터는 먹는 것도 숨 쉬는 것도 정갈해야 한다꼬. 마음을 단디 묵어야 된다, 이 말이따."

먹고 마시는 건 어떻게 좀 나아졌어도 조금만 더 가면 쉬울 거라던 할망구의 말은 엉터리였다. 평원에서 속도를 내기에 적합한 썸바들의 몸은 오르막과 내리막이 반복되는 산비탈이 몹시도 힘이 들었던 거다. 끝없이 이어지는 산마루와 골짜기를 지나며 혀를 빼물어야 했다.

"거 참, 이상타. 여그가 아인데……, 길을 헷갈린 갑따. 돌아가야겠대이. 옛날에는 내가 날아댕기믄서 봐서 그런 갑네. 내가 니한테 업혀서 유람하드끼 킬리만자로에 올지는 몰랐제. 미안타……."

한숨이 목에 걸린 가래처럼 컥컥, 뱉어져도 선택의 여지가 없었으므로 나는 끙끙대며 발길을 돌렸다. 갈기를 움켜쥔 할망구의 가랑잎 같은 몸이 은도부 새끼라도 짚어진 것 같았다.

"니 바하리(bahari: 바다)라꼬 들어봤더나?"

또 그 얘기다. 응고롱고로에서 내 눈이 침침할 때 할망구가 몇 번이나 했던 얘기, 세상의 물이 모두 모여 있다는 곳. 거기서 일어난 바람이 모여 도루바(dhoruba: 폭풍)가 되고 응고롱고로로 달려와 안개비를 뿌린다고, 귀에 못이 박히도록 했던 이야기를, 그때도 처음처럼 하고 또 했었다. 도루바와 안개비, 언덕보다 더 큰 물고기와 그보다 더 큰 독수리가 줄줄이 뒤따라 나왔다. 그래서 언제부턴가는 바하리, 라는 말만 들어도 귓가에 물소리가 출렁거렸다.

"글치. 그 바하리 안에 은도부 수백 마리를 합친 거맨쿠로 덩치 큰 물고기가 산다카이. 숨을 한 번 뿜으믄 구름이 맹글어지고 꼬랑지로 물을 치믄 그 물방울이 응고롱고로까지 날아오제."

나는 슬몃 한숨을 내쉬었다. 할망구 특유의 허풍이 또 시작되는 모양이었다. 짧은 해는 기우는데 지친 눈꺼풀이 자꾸 앞을 가렸다.

"더 놀라운 것도 있대이. 그 물고기를 잡아묵을라꼬 하늘을 빙빙 돌매 호시탐탐 노리는 독수리 말이따. 이거는 그 물고기보다 훨씬 더 크다 카더라. 을매나 큰지 날개를 피믄 응고롱고로를 다 덮고, 한 번 날았다카믄 그 물고기를 잡아묵기 전까지는 일 년 내도록 하늘에 떠댕긴다 카대. 진짜로 대단하제?"

할망구는 여전히 몽롱한 눈길로 자신의 말에 취해갔다. 저렇게 천진난만하게 허풍을 떨어대는 할망구가 소싯적에는 세상의 끝을 직접 눈으로 보겠다고 구만 리 장천을 날아올랐다는 게 믿기지 않았다. 먹기 위해 날지 않고 날기 위해 먹었다는 그 말도 지어낸 게 아니었을까…….

"니는, 내 말이 몽땅 뻥으로 들리제? 일마야, 니가 뭐라 캐도 내는 바하리를 봤다 말이따. 숨이 턱, 막히더라카이. 암만 높이 올라가도 끝이 안 보이는 기

라. 세상의 끝이 없다는 걸 한순간에 알았단 말이라.”

할망구가 호통처럼 바하리 얘기를 하는 바람에 끄덕끄덕 졸던 나는 겨우 정신을 수습했다. 해가 이슥하니 기울고 있었다. 밤이슬을 피하려면 어디 바위 밑이라도 찾아야 했다.

나는 할망구를 다시 목잔등에 올렸다. 그리고 할망구가 갈기를 움켜쥘 때 나는 퍼뜩 깨달았다. 할망구는 바하리를 본 적이 없을 거라는, 온갖 풍문과 자신의 갈망을 뒤섞어서 자신만의 바하리를 만들었을 거라는……. 그래서 할망구는 아마 자신이 만든 그 바하리로 날아갈 거라는…….

몇 걸음 내딛기도 전에 가파른 비탈이 앞을 막아섰고 나는 삐져나오는 한숨을 간신히 달랬다. 그렇게 할망구와 나는 킬리만자로의 주능선에 들어섰다. 하늘로 우뚝 솟은 봉우리와 그만큼 깊은 골짜기들이 시야에 가득했다.

5

내가 옛날에 딸내미 하나 있었다는 거를 말했더나? 킬리만자로를 첨 보고는 기가 질리가꼬 포기했을 때였제. 기운 차려서 다음에 꼭 넘을라꼬 집에도 안 가고 세렝게티 끄트머리에 살았다 아이가. 적당한 나무가 없어서 낭떠러지 바위틈에 둥지를 만들었제.

비 내리는 우기 때는 배를 채우고 날이 가물기 시작하믄 훨훨 날아 빛나는 산으로 갔제. 그런데 두 번째도 세 번째도 그거를 몬 넘었제. 그카다가 덜컥 얼라를 품었대이. 내가 지쳐 잠들었는데 혼자 돌아댕기는 건달 놈이 내 둥지를 덮쳤는기라. 두 눈 뻔히 뜨고도 당했제. 진짜로 발꼬락 하나 움직일 힘도 없었다카이.

날건달 놈이 싸질렀어도 얼라는 내 얼라 아이라? 알을 깨고 나왔는데 딸이 을매나 이쁘고 고맙든지 눈물이 왈칵 쏟아지대. 부모 형제 다 내삐렸는데도 낯선 객지에서 내 피붙이가 있다는 게 꿈만 같은 기라. 킬리만자로고 나발이고 얼라 키우는 재미에 홀랑 빠져 살았제. 온종일 잠시 앉을 틈도 없이 먹을 거 찾아댕기는데도 고생이라는 생각은 안 들더라카이.

그런데 한 달, 두 달, 일 년이 지나도 야가 날갯짓을 안 하는 기라. 참말로 이상타 해서 한번은 산 쥐를 하나 잡아서 줘봤는데 잡지를 몬하고 더듬거리기만 하대. 가슴이 철렁했제. 애미 날갯짓을 몬 봤으이 지가 난다는 게 뭔지 우째 알겠더노, 그쟈? 또 날개를 퍼덕거리믄 몸이야 들썩들썩해도 앞이 안 보이는데 어데로 날겠노, 그쟈? 하늘이 무너지는 게 이런 거라 싶더라꼬. 내 없으믄 야가 우째 살겠노 싶어가꼬 더 열심히 먹을 거를 찾았제. 근데 날짐승이 몬 날믄 먹는 게 온통 살이 된대이. 내 얼라는 두 살도 안 돼서 몸통이 내보다 더 컸다 말이라.

니 어무이 자힐리를 만난 게 아마도 그쯤 되지 싶다. 먹성 좋은 딸내미 먹이는 데 허리가 휘어질 만큼 힘들 때였제. 원래 거거는 잡아묵을 게 별로 없던 데라니 오매도 비쩍 말라가꼬 꼬라지가 영 말이 아이랐제. 승질 더러분 날건달 같은 수컷하고 사니라꼬 니 오매도 고생이 말도 몬했다카이.

그런데 무신 인연이 겹쳤는지 모리겠다만, 언제부턴가 자힐리가 어렵게 잡은 고기를 내한테 꼭 남겨주더라꼬. 지도 배가 고플 낀데 지 식구들이 더 묵을라카는 거 말리가믄서 그랬다카이. 당달봉사 딸내미를 두고 내가 밥 얻으러 멀리 몬 가는 거를 우째 알았는지 참말로……. 지도 눈이 하나밖에 없으믄서……. 그때 생각하믄 지금도 눈물이 날라칸대이. 하이고, 참말로…….

우쨌든 고마웠제. 진짜로 눈물이 날 만큼 고맙더라꼬. 내가 할 수만 있으믄 저 암사자 대신 죽어줄 수도 있겠더라꼬. 웃기제? 사자하고 독수리하고 삶이 이래 엮어지는 게 내도 믿을 수 없더라카이.

그래 몇 달이 지났단 말이라. 그날도 니 오매가 주는 괴기 물고 집에 왔는데 내 얼라가 안 보이는 기라. 두 살이 됐으이 얼라는 아이지만도 앞이 안 보이든 얼라보다 몬하다 아이가. 가슴이 을매나 콩닥거리는지 미치겠등마는. 기겁을 하고 밖으로 나가서 찾았제. 그런데 안 보이더라꼬. 온 동네 다 들리라꼬 펑펑 울믄서 날아댕깄는데 저녁이 다 돼서야 딸년을 찾았제. 언 놈들이 뜯어 묵었는지 머리하고 날개하고 발톱하고만 남았더라꼬. 앞도 안 보이는 게 우째 그리도 멀리 왔는지, 하이고야⋯⋯. 꺽꺽, 한참을 울었는데 날이 저물대.

보름달이 낭창하이 떠가꼬 딸내미 머리를 비추는데 그제야 딸이 살아 있을 때 툭툭 내뱉던 말이 생각나는 기라. 눈앞이 환해졌으믄 좋겠다꼬, 두 날개로 날아보고 싶다꼬, 지도 세상이 어떤지 딱 한 번만 봤으믄 좋겠다꼬⋯⋯.

하아, 보이지도 않는 눈을 끔벅거리는 딸한테 내가 뭔 말을 하겠더노. 다 괘안타꼬, 살다 보믄 두 눈 다 뜨고도 앞이 캄캄하다꼬, 날아봤자 금방 땅에 내리온다꼬, 세상은 눈에 보이는 기 다가 아이라 마음으로 보는 기 더 중하다꼬, 눈을 뜨나 감으나 세상은 똑같다꼬, 귀신 씨나락 까묵는 소리만 했다 말이라. 저도 앞을 몬 본다는 걸 아는 딸내미한테 그기 말이 되는 소리였겠나?

내 얼라가 딱 죽고 나이 그간에 내가 했던 말이 다 가시처럼 얼라한테 박혔는 것만 같았대이. 볼 거 못 볼 거 다 보고 살았던 내가 앞이 안 보이는 딸내미 속을 우째 알겠노 그쟈? 우짜든동 내 새끼 하루하루 살아가기만 하믄 되는 거라꼬, 날아서 세상을 보는 게 뭣이 중요하냐꼬, 내가 속으로 다잡고 살아왔던 날들이 진짜 허망해지는 기라. 태어나고 죽는 거야 세상이 정한 거지만도, 죽은 게 내 속으로 낳은 새끼라 참말로 뒷감당이 안 되더라카이⋯⋯.

멫 날 메칠을 꼼짝도 몬 하고 둥지에 처박혀 있었제. 생각할수록 내 주둥아리를 돌에다 콱 짓찧고 싶더란 말이따. 그래도 죽지는 몬하고 메칠을 뒈진 년처럼 있다가 밖으로 나왔제. 배가 고파서 진짜로 죽을 거 같더란 말이따.

그런데 둥지 밑에 언제 왔는지 니 어무이가 떡하니 앉아 있더라꼬. 반쯤 뜯어 묵은 혹멧돼지 새끼 하나를 갖고 왔더라카이. 하나밖에 없는 눈에 눈물이 그렁그렁하믄서 말이따. 하이고야…….

내는 염치 불고하고 자힐리 앞으로 내려가서 괴기를 뜯었제. 묵다가 울다가 맨땅에 주둥이를 처박다가, 미친년 맨쿠로……. 그라고는 자힐리하고 말을 텄제. 머, 그때는 내도 니 오매도 세상에 더 바라는 게 엄꼬, 두려울 꺼도 없었으이 그랬제. 니 오매가 속으로 낳은 지 새끼를 잃었뿐 게 몇 번이나 된다는 거를 그런 뒤에 알았제. 머 그랬다는 말이따. 아이고, 말하고 보이 참말로 오래 살았대이, 징글징글하게 마이 살았대이. 먼저 간 니 어무이, 자힐리는 우째 지내는동 모리겠네. 쪼매 보고 싶기도 하고…….

6

저녁 무렵, 오늘의 마지막 능선을 오르는 일은 몹시 힘들었다. 비탈면에 코를 처박다시피 하고서 걷다가 이상한 낌새에 고개를 들었더니 낯선 독수리 하나가 저만치서 비탈면을 활강하고 있었다. 평원에서 보던 타이들과 비슷했으나 크기가 절반 정도였다.

"저거는 세렝게티 독수리 아이라. 어데서 왔는지 모리겠네. 여그는 저것들이 묵고 살 기 벨로 없는데……."

세상 모든 걸 다 안다는 할망구도 처음 보는 녀석은 높이 뜬 채로 나와 할망구의 머리 위에서 잠시 머물렀다. 다 늙은 독수리를 무등 태운 사자가 신기했을 테다. 날 수 없는 할망구는 자꾸 고개를 갸웃거렸다. 왠지 찜찜한 모양이었다. 할망구는 한참을 구시렁거렸다.

"참말로 모리겠대이. 생긴 거는 키팡가 같은데 저게 이 높은 데까지 와 올라왔는공?"

나는 자리를 털고 일어났다. 이 찬바람 부는 비탈에서 밤을 맞을 수는 없어서다. 일단 눈앞의 능선을 넘어야 했다. 운 좋게 주린 배를 채울 수 있길 고대하면서 나는 능선을 올랐다. 그랬더니……, 별안간 눈앞이 탁 트이면서 만년설에 덮인 킬리만자로의 빛나는 이마가 저만치 선명하게 다가왔다. 오늘따라 유난한 노을의 붉은빛을 등에 업은 할망구와 나는 잠시 넋을 놓았다.

"와, 왔대이……."

할망구는 말을 더듬었고 나는 가슴이 먹먹해졌다. 이토록 장대한 풍경 앞에 위압당하지 않을 존재가 어디 있겠는가, 어느 누군들 저 빛나는 산의 품에 티끌 같은 자신의 생명을 의탁하려 하지 않겠는가, 그 안에 깃들여 육신의 탈을 벗고 싶지 않겠는가, 그리하여 현실에서 육신의 생명은 끝나더라도 영원히 살아남는 존재를 꿈꾸지 않겠는가……. 아버지 모씸바가 대정령이 되어 킬리만자로에 들었다는 어머니 자힐리의 말이, 음차위 할망구의 믿음이 어쩌면 사실일지도 모른다는 생각이 처음으로 들 만큼 킬리만자로는 장엄했다.

나의 두서없는 상념을 자른 건 역시 할망구였다.

"자, 가자. 저 산은 보라꼬 있는 게 아이고 올라가라꼬 있는 거제. 그라고 요 근처에서 배를 채우는 기 좋겠대이. 산에 들어가믄 사냥은 안 된다 말이따."

내 머릿속을 읽었는지 별안간 먹는 타령을 하는 할망구가 잠깐 어머니와 겹쳐졌다. 타카티푸에 도착했을 때의 혼몽한 어머니처럼. 피식, 나도 모르게 새어 나오는 헛웃음이 무안해서 얼른 고개를 돌렸다. 이 황량한 비탈 어디서 먹을거리를 구한단 말인가. 가망 없는 기대를 접으며 나는 지친 다리를 접고 주저앉았다. 숨을 고르며 뒤를 돌아보니 지금까지 걸어온 길이 저녁 어스름 속에 까마득했다. 갈비뼈가 드러나 앙상한 몸통이며 푸석해진 갈기와 털을 혓바닥으로 쓸며 나는 슬쩍 한숨을 내쉬었다. 이 무망한 여정의 끝이 보이는 거 같아서였다.

"쉿!"

이윽고 노을도 지고 구름도 낮게 내려앉아 킬리만자로의 빛나는 이마도 가려진 뒤였다. 바람과 밤이슬을 피할 만한 곳을 가늠하며 내가 막 몸을 일으키는데, 할망구가 움켜쥐고 있던 갈기를 왈칵 잡아당기며 쉿소리를 냈다. 저만치 희끄무레한 물체가 이쪽을 향해 천천히 다가오는 게 보였다. 놀랍게도, 이 한밤중에 혹멧돼지 한 마리가 털레털레 이쪽으로 걸어오고 있었다. 더구나 녀석은 단 한 번의 도약으로 충분할 거리까지 와서는 등을 내보였다. 그냥 곱게 잡아 잡쉬달라는 몸짓이었다. 하도 어이가 없어서 오히려 내가 망설였다. 그러자 할망구의 발톱이 목덜미를 찔러댔다. 나는 곧장 공중으로 몸을 날렸다. 사냥이라 말하기도 뭣한 일이었다.

잡아놓고 보니 녀석은 꽤 살집이 두툼했다. 배를 찢고 내장을 훑어내면서, 늑골 부위에 찰지게 붙어 있는 살을 뜯으면서, 마지막으로 뒷다리의 듬직한 허벅지 살을 발라내면서도 나는 궁금증을 참을 수 없었다. 이 척박한 황야에서 녀석은 도대체 뭘 먹고 이렇게 살이 올랐는지 의심이 들었던 거다.

"킬리만자로가 준 선물인갑따. 마, 그리 생각하재이. 인자 배도 부르이 어디 잘 데를 찾아봐야제."

갈빗살과 등골의 골수를 꼼꼼히 뜯은 할망구가 트림까지 끄윽, 해대며 말했다. 그러고 보니 둘이서 혹멧돼지 한 마리를 살점 하나 남기지 않고 먹어치웠다.

널린 바위가 지천이었으므로 나와 할망구는 가장 큰 바위 밑 가장 으슥한 곳으로 기어들어 갔다. 한낮의 온기가 땅바닥과 바위틈 사이에 고스란히 남아 있었다. 우리는 누가 먼저랄 것도 없이 이내 코를 골았다.

13장
세상의 끝, 킬리만자로

1

완만해도 끝없는 오르막이었다. 날씨는 변덕스러워서 금방이라도 비가 퍼부을 것처럼 먹장구름이 몰려왔다가 이내 등가죽을 태울 듯 햇살이 내리꽂혔다. 건조한 바람이 오래 몰아쳤고 밤에는 허연 콧김이 뿜어졌다. 춥다는 의미가 마치 가시덤불을 뒤집어쓴 것과 같다는 것임을 매일 확인하는 밤이었다.

"이제 킬리만자로의 주능선에 들어선 거 같습니다. 저길 보세요."

입술이 갈라지도록 비탈을 올라 길목을 돌자 문득 시야가 트였고 바람이 감아올린 매캐한 먼지 사이로 멀리 킬리만자로의 정상이 흐릿하게 다가왔다. 두꺼운 구름에 가려 은백색으로 빛나는 이마를 볼 수는 없었다. 그러나 저녁 무렵의 옅은 석양에 비친, 암갈색으로 우뚝 서 있는 그 위압감에 모두 할 말을 잊었다. 저도 모르게 눈물을 비친 아주머니들이 많았다. 드디어 왔다는 안도감과 기묘한 불안감이 뒤섞였다.

뒤처진 군중들의 행군에 큰 역할을 한 것은 사흐라에서 온 어르신과 키팡가였다. 매일 두세 번씩 하늘로 날아오른 키팡가는 수행단 본진까지의 거리와 우리가 갈 길을 짚어주었다. 무엇보다 먹을 풀과 마실 물이 어디쯤 있는지 안내했다. 모두의 생사가 키팡가의 눈과 날개에 달려 있었다.

"허 참. 하늘이 무너져도 솟아날 구멍은 있다더니 그래도 죽으란 법은 없네

그려."

그러나 문제는 속도였다. 이날도 키팡가가 하루면 될 거라는 길을 우리는 꼬박 이틀이나 걸려 도착한 참이었다. 먹을 풀과 물이 있다는 곳을 찾아가는 절박한 길 이었는데도 그랬다. 도저히 더 걸을 수 없는 이들은 대열에서 빠져나와 길가의 바 위 그늘이나 후미진 길목에서 마지막 숨을 몰아쉬었다. 친지나 이웃이 살아남은 이들은 그나마 다행스러운 임종이었고 그렇지 않은 이들은 우두머리인 형과 누 사, 무리 중에서 가장 연장자가 그들의 생사가 나뉘는 순간을 함께했다.

키팡가가 찾아낸 풀밭에 도착한 것은 밤이 이슥해서였다. 모두가 배불리 먹을 수는 없었지만 웬만큼 굶주림은 면할 수 있는 풀밭이었다. 며칠 전의 지 나가는 비에도 작은 웅덩이 몇 개가 남아 있어서 다들 한시름 놓았다.

"사흐라에도 간혹 이런 곳이 있지. 밤새 위대한 손이 돌본 것처럼 말이야. 이런 행운이 세 번만 더 우리에게 와주었으면 좋겠군."

검은 뿔 어르신이 풀밭의 처음과 끝을 눈대중하며 혼잣말을 했다. 다들 초 췌한 몰골이었는데 그의 뿔을 잡고 날개를 퍼덕이며 균형을 잡는 키팡가는 여전히 튼실했다. 매서운 눈빛은 더 형형했고 깃털도 윤기가 더했다. 매일 죽 어나가는 노약자들이 키팡가를 살찌웠다.

한밤중에야 언덕을 넘어오던 삭풍이 멎고 구름이 걷히자 거짓말처럼 중천 에 뜬 보름달이 나타났다. 티 하나 없이 맑은 밤하늘이라 달빛에 눈이 부셨다. 모두 약속이나 한 듯 비탈에 듬성듬성한 키 높이의 바위들 틈으로 숨어들었다.

"저기요, 바람이 안으로 들어오지 않도록 더 바짝 붙어야 합니다."

누사가 앞장서서 일행들을 한곳에 모았다. 그나마 건장한 치들이 둘러싸도 록 했고 그 안에 늙고 지친 이들과 아주머니들이 모여 있도록 대열을 짰다. 한 자리에 돋아난 풀잎처럼 조밀하게 모인 일행은 초라하기 그지없었다. 언제까지 이렇게 행군을 계속할지 한숨이 나올 지경이었다. 그런데 그때, 숙영지 부근으로 순찰을 나갔던 바리디의 다급한 발굽 소리가 들렸다.

"누가 이쪽으로 오고 있어. 한둘이 아니야. 어떡하지?"

서로의 체온을 나누며 한뎃잠을 청하던 군중들이 술렁였다. 당황스럽기는 형과 친구들도 마찬가지였다. 허둥대는 형과 쿠오나를 대신해 누사가 또 나섰다.

"웅야티와 내가 누군지 확인하면서 시간을 끌어볼게. 호다루와 쿠오나가 뒤를 좀 수습해줘."

당장은 그게 최선이었다. 누사를 따라 웅야티가 큰 몸집을 후르르 떨며 나섰고 그제야 형과 쿠오나가 대열의 앞에 있던 중장년의 수컷들을 불러 횡대로 세웠다. 간간이 스쳐 가는 바람뿐 누구 하나 숨소리도 크게 내지 못했다. 영민한 쿠오나도, 용맹한 형도 열악한 현실에서는 어쩔 도리가 없는 모양이었다.

불길한 예감과는 달리 돌아오는 누사와 웅야티의 발걸음이 가벼웠다. 한 무리의 웅융부들이 그 뒤를 따라오는 게 달빛 아래 환히 보였다. 웅야티가 큰 소리로 외쳤다.

"다들 안심하셔요. 부족장의 아드님과 경호원들입니다. 우리를 도우러 왔답니다."

여기저기서 안도의 한숨이 새어나왔다. 굳어 있던 형의 얼굴은 풀어졌고 찌푸려 있던 쿠오나는 반색을 했다.

"오오, 대장 어머니가 말씀하셨던 그분이지? 부족장님을 대신해서 왔다는 큰아드님? 이제야 우리를 찾아주셨구나!"

쿠오나의 목소리가 터무니없게 커서 모두 놀랐다. 감격한 쿠오나가 그들을 맞으러 달려가는 걸 나는 의아한 눈길로 좇았다.

"아버지께서 당부하셨는데 늦게 찾아뵙습니다. 저는 음쿠우(mkuu: 족장)

라고 합니다."

어둠 속에서 훤칠한 키의 사내가 앞으로 나서며 인사를 건넸다. 굵직한 음성이 밤하늘을 조용히 울렸다. 그는 형보다 세 살이 많았고 자식을 둘이나 둔 어른이었다. 행동거지에 군더더기가 없었고 몸가짐도 단정했다. 데리고 온 수하들의 공손한 태도로 미루어 평소의 언행과 권위가 어땠는지 짐작할 수 있었다. 다들 반기는 가운데서도 마라 평원을 떠난 이래 이마의 주름이 펴질 날 없었던 쿠오나의 얼굴이 정말 환해졌다. 초점 잃었던 눈이 서쪽으로 기울고 있는 보름달만큼이나 형형하게 빛났다.

나는 음쿠우 일행의 뒤에서 서늘한 표정으로 서 있는 낯익은 얼굴을 거듭 확인했다. 저 여인이 어떻게 여기에 왔는지 짐작하기 어려워서다. 망각의 풀밭에서 애잔한 눈길로 형을 내려다보던, 아스카리 주둥이에 낭자했던 형의 피를 앞가슴으로 받았던 정녀였다. 외방의 형제들에게 아스카리의 명령을 전하던 그녀가 음쿠우를 따라 우리에게로 온 거다.

형보다 한 살이 더 많다는 그녀의 이름은 웅요타(nyota: 별)였다.

2

처음부터 호다루와 쿠오나는 수행단에 참여하기로 마음먹고 있었어. 다만 내가 그토록 반대할 줄은 몰랐겠지. 호다루가 결정을 미룬 건 시간이 필요해서였어. 그러다 마침 응두구의 어머니가 호다루를 찾아와서 아스카리에 관한 정보를 전해주었지. 기다리고 기다리던, 수행단에 참여할 명분이 생긴 거야.

그런데 하필 그 시점에, 네 어머니가 찾아오는 그런 계책은 누가 생각해냈을까? 그렇지, 쿠오나가 아니면 그런 꾀를 낼 수 없지. 쿠오나는 대장인 호다루가 킬리만자로로 가겠다고 결심하면 나도 안 따라갈 수 없을 거라고 생각했고 그

판단은 정확했어. 마라 평원에서 나 혼자 할 수 있는 일이라곤 없으니까.

내가 킬리만자로로 가는 건 호다루와 쿠오나가 얼마나 큰 착각에 빠져 있는지 알려주고 싶어서야. 한 가지 목표에는 한 가지 방법뿐이라는 그 옹고집, 복잡하고 미묘하기 이를 데 없는 세상일을 머리로만 재단하는 그 자만심을 깨트리고 싶었어. 아스카리를 죽여서 우리의 운명을 바꾸려면 얼마나 많은 생명을 볼모로 잡아야 가능한지를 호다루도 쿠오나도 모르고 있어. 또 아스카리를 죽인다고 그 꿈이 당장 이루어지지 않는다는 것도!

내가 오합지졸들과 함께 지내면서 행군을 늦추고, 아스카리에게 망각의 풀밭을 얘기하는 것만으로도 쿠오나의 계획은 깨졌지. 그래서 우리가 누구인지 아스카리가 알게 되었을 때부터 쿠오나는 평원으로 돌아가야 한다고 주장했어. 나와 처음 논쟁하던 때와는 정반대의 입장이 된 거지. 결국 온갖 화려한 변설에도 불구하고 쿠오나가 킬리만자로로 가자고 한 이유는 단 하나, 아스카리를 죽이는 것뿐이었어. 우리 종족의 운명을 바꾸겠다는 목적이 아스카리의 목숨으로 대체된 거야. 그건 복수 이상도 이하도 아니지. 아스카리를 죽이는 것과 우리의 운명을 바꾸는 것 사이에 어떤 연관성이 있지, 응두구?

내가 보기에 호다루와 쿠오나는 미망(迷妄)에 사로잡혀 있어. 아주 위험하지. 음쿠우가 합류했으니 앞으로는 더욱 그럴 거야. 쿠오나가 음쿠우에게 감격하는 건 부족장의 장자라는, 당장 도움이 될 뿐만 아니라 나중에 평원에 돌아갔을 때도 든든한 배경이 될 수 있는 이가 제 발로 찾아왔기 때문이지. 쿠오나는 이제부터 아스카리를 잡으러 더욱 킬리만자로로 깊이 들어갈 거야. 미망이란, 눈앞의 현실이 아니라 머릿속에 그려놓은 그림을 따라가는 것이니까.

내가 응두구한테 이따위 얘기를 주절주절 늘어놓는 건 시간이 별로 없어서야. 우리는 돌이킬 수 없는 지경까지 온 거 같아. 두 가지 가능성이 남겠지.

우리가 가까스로 아스카리를 죽이거나, 혹은 그 반대이거나. 하지만 어느 경우든 우리가 무사히 다시 세렝게티로 돌아가기는 어려워. 평원에는 아스카리의 경호대 절반 이상이 그대로 남아 있어. 우리는 아스카리 하나를 감당하기도 벅찬 상태야. 아들을 죽인 우리를 바바 아스카리가 그냥 두지는 않을 테고……

3

검은 뿔 어르신의 얼굴이 몹시 어두웠다. 며칠째 아스카리의 행적을 찾을 수 없어서다. 부지런히 키팡가를 하늘로 날려 보냈지만 아무런 소식도 물고 오지 못했다.

"뭐, 키팡가가 아스카리를 마지막으로 보았던 곳으로 가야지요. 어떻게 할지는 그다음에 생각하시고요."

쿠오나가 심드렁하게 제안했고 다른 방법이 없었다. 한 번 가본 길이었으므로 음쿠우와 그 일행들이 앞장섰다.

"외방의 형제들이 합류하면서부터 강행군이었습니다. 호다루가 경호대의 대장을 한 뿔에 죽인 다음부터 아스카리는 잠시도 가만 있지 못하더군요. 특히 킬리만자로 부근을 잘 아는 흰 꼬리 형제들을 얼마나 들들 볶는지 옆에서 보던 우리가 다 민망할 지경이었습니다."

음쿠우가 본진의 상황을 설명하자 다급했던 아스카리의 정황이 눈앞에 그려졌다. 음쿠우는 그동안 지켜본 아스카리에 대해 덧붙였다.

"아스카리는 자신이 음제가 될 거라고 확신하고 있어요. 행군 중에 부상당하거나 뒤처진 이들은 그냥 버리고 갔습니다. 다른 부족의 용사들은 물론이고 외방의 형제들이나 경호대도 예외가 아니었어요. 견디다 못해 도망친 형제들이 한둘이 아닙니다. 아마 지금쯤은 아주 충성하는 경호대 몇이 남았을 겁니다. 이런 상태에서 아스카리가 만약 향기의 바위를 찾는다면 가장 잔혹한 음제가 될 겁니다. 우리가 그걸 막아야 합니다."

적진의 상황을 파악하자 이제는 우리가 서둘렀다. 마치 아스카리가 덫에라도 갇혀 있는 듯 쿠오나가 앞뒤로 분주하게 움직이며 노약자들을 닦달했다. 그러나 음쿠우 일행이 한나절 걸려 왔던 길을 우리는 다시 이틀이나 걸려 도착했다. 속을 끓이는 쿠오나의 눈매는 더욱 매서워졌고 말투에도 가시가 삐쭉 돋았다.

"젠장맞을! 만에 하나, 아스카리가 향기의 바위를 찾기라도 하면 어떡할 거야? 그러니, 무슨 수를 써서라도 그 전에 일을 마무리해야 돼."

쿠오나는 친구들에게 당연하다는 듯 다짐을 주었다. 누사가 뜨악한 표정이 되어 한마디 하려다 그예 입을 다물었다. 그러고는 체념한 듯 친구들 틈에서 몸을 뺐다. 행군에 지친 군중들을 향해 털레털레 걸어가는 그의 뒷모습에 눈이 아렸다. 이미 기력이 다해서 넋이 나간 듯한 그들을 위해 누사는 아무것도 해줄 게 없었다. 아스카리를 죽이러 가는 마당에, 음제를 맞이하는 과정을 통해 자신을 찾고 싶다는 그네들의 소망이 가당키나 하겠는가.

아무도 누사를 제지하지 않았다. 그동안 우리와 누사 사이에 거미줄처럼 가늘게 연결되어 있던 무엇이 툭, 끊어지는 기분이었다. 논의 중에 자리를 뜬 누사의 등 뒤로 매운 눈길을 주던 쿠오나가 말을 이었다.

"늦었지만 이제라도 편제를 다시 짜야 해. 추격대라도 만들어서 아스카리를 따라붙는 거야. 더 미적댔다가는 아스카리가 무슨 작당을 할지 몰라."

"저도 쿠오나와 같은 생각입니다. 아스카리가 리하 음왐바(향기의 바위)를 찾았다고 억지를 부리면 아니라고 부정할 수가 없지 않겠습니까?"

음쿠우가 쿠오나를 거들었다. 지난 이틀 동안 음쿠우는 쿠오나와 한 몸처럼 움직였다. 주로 쿠오나가 말했고 음쿠우는 귀 기울여 들으면서 며칠을 걸어왔던 거다.

아스카리의 경호대가 뿔뿔이 흩어졌고 놈이 음제가 되는 걸 막아야 한다는 목표가 명확했으므로 결정도 빨랐다. 쿠오나가 논의를 정리했다. 형과 친구들, 그리고 음쿠우와 그 일행들이 추격대 역할을 맡았다. 음강가는 형과 쿠오나의 만류에도 끝내 고집을 꺾지 않고 기어이 추격대에 합류했다. 나와 누사, 그리고 연로하신 검은 뿔 어르신과 응요타는 뒤처져서 따르기로 했다. 기운이 펄펄한 키팡가가 추격대의 뒤를 따르며 상황을 살피기로 한 것이다.

"날이 저물고 있으니 오늘은 여기서 숙영하고 내일 일찍 출발합시다."

의논을 마치고 추운 밤을 견디기 위해 대오를 정비하고 있을 때 응요타가 조용히 형에게 다가갔다.

"저는 어릴 때부터 아스카리를 지켜보았습니다. 아스카리의 눈 밖에 나서 무사한 경우를 본 적이 없습니다. 호다루님도 망각의 풀밭에서 모진 고초를 겪으셨지요. 아마 수행단에서 아스카리와 경호대 외에 살아서 세렝게티로 돌아갈 음융부는 거의 없을 겁니다. 제가 음쿠우님을 따라 도망친 것도 그래서였어요."

응요타가 덧붙이지 않았더라도 우리로서는 다른 방책이 없었다. 내내 아스카리의 꽁무니만 쫓아다닐 수도 없는 노릇이었으니 당장 뭐라도 해야 할 판이었다.

"아스카리는 향기의 바위를 찾아서 음제가 되는 것보다 호다루님을 먼저 죽이려 할 거예요. 그러고도 남을 위인입니다. 포악하고 제멋대로이지만 잔꾀에도 밝으니 조심 또 조심하셔야 합니다."

표현은 단정했으나 응요타의 음성은 간곡했다. 그 마음이 형 곁에 서 있던 내 가슴까지 밀려들었다. 쓰러진 형을 내려다보던 애잔한 눈길이 금방 떠올랐다. 형은 별말 없이 고개를 끄덕였다. 더 보탤 말이 있는 듯 응요타의 입술이 움찔움찔하다 끝내 맞물렸다.

검은 뿔 어르신이 혀를 끌끌 차며 영문을 모르겠다는 표정으로 형을 찾아왔다. 한동안 보이지 않던 키팡가가 그의 곧게 뻗은 뿔 위에서 위태롭게 균형을 잡았다.

"이 녀석이 조금 전에 돌아와서는 한다는 소리가……."

어르신은 여전히 못 미더운지 헛기침을 하면서 주저했다. 주인인 어르신도 긴가민가할 만큼 키팡가가 전한 소식은 놀라웠다.

"여기서 반나절이 채 안 되는 곳에서 산비탈을 오르는 사자와 독수리를 보았다는 거야. 다 늙어빠진 독수리가 젊은 사자의 갈기를 잡고 킬리만자로로 들어가더라네. 이게 대체 무슨 변괴냐고, 응?"

모두가 얼떨떨했다. 누구도 그 변괴를 설명할 수가 없었다. 먹을 것도 없는 이 척박한 곳을 사자가, 그것도 독수리를 목덜미에 태우고 왔다는 얘기를 어떻게 믿겠는가. 다들 멍한 눈길로 키팡가의 퍼덕이는 날개를 바라보았다. 어르신이 툭 던진 변괴라는 말이 불길한 앞날의 전조처럼 여겨져서 다들 입을 다물었다.

4

"얼른 가세요. 우리 때문에 그대들이 지체하는 게 더 힘들었답니다."

이른 아침, 밤새 굳은 몸을 풀고서도 쉬 떠날 수 없어 머뭇대는 이들의 등을 떠민 건 초로의 여인이었다. 형에게 킬리만자로로 인도해달라고 간절하게 요청했던 그녀는 몰라볼 만큼 앙상한 몸피에 피로가 역력했다.

"젊은 그대 덕분에 여기까지 온 것만으로도 행복합니다. 그대들과 함께 가다 숨을 놓으면 더 좋겠지만 그건 제 욕심이지요. 이만하면 제가 살아온 평생도 아주 나쁜 건 아니었어요. 좋은 이웃들과 지내온 시간들이 더없이 소중했습니다. 그걸 깨닫게 해주어서 정말 고마워요. 헤어지기 전에 그대를……, 한 번 안아도 될까요?"

형과 긴 목을 엇갈리게 걸고 한쪽 어깨를 맞닿은 그녀의 눈에서 길게 눈물이 흘렀다. 우리는 그녀와 눈을 마주할 수 없어서 고개를 돌렸다. 추격대로 떠나는 자들은 더 이상 짐이 되지 않겠다는 이들과 일일이 작별을 고했다. 주변을 서성이는 쿠오나의 초조한 얼굴이 눈에 밟혔다.

"별일이야 있겠냐만 검은 뿔 어르신과 응요타를 잘 돌봐다오. 만약 우리에게 변고가 생기면 즉시 세렝게티로 돌아가거라. 우리가 못다 한 일은 괘념치 말고 네가 원하는 삶을 살거라."

형은 조금 비장한 듯했다. 나더러 원하는 삶을 살라는 말이 명치끝에 걸렸다. 한 번도 생각해보지 않은 삶의 방식이어서다. 형은 뭐라 물어볼 틈도 없이 발걸음을 옮겼다. 누사와는 목례만 주고받으며 지나쳤다. 검은 뿔 어르신이 형을 붙잡았다.

"그간 말을 꺼내기가 뭣해서 이제야 부탁이네만, 내 사흐라의 형제들이 어찌 되었나 모르겠구먼. 이보다 더한 사막에서도 견뎠으니 목숨이 위태로울 일은 없겠지만……. 만나게 되면 잘 보살펴주시게. 우리야 평원의 형제들 다툼에 끼어들 이유가 없지 않은가."

"여부가 있겠습니까. 어르신을 봐서라도 생채기 하나 없도록 하겠습니다. 염려 마십시오."

검은 뿔 어르신은 그래도 못 미더운 듯 말을 덧붙이려다 그만 입맛을 다시며 물러섰다. 형이 조금 떨어진 곳에서 기다리는 응요타에게 급히 뛰어갔기 때문이다. 어르신은 착잡한 마음을 달래려는 듯 하늘을 우러렀다. 오늘따라

한 오라기 구름도 없이 청명한 햇살이 눈부셨다.

형과 응요타가 귀엣말을 오래 나누는 바람에 추격대는 해가 제법 솟은 다음에야 출발했다. 추격대가 일으킨 먼지가 흔들리는 아지랑이에 묻혀 아스라이 멀어졌을 때에야 키팡가가 날아올랐다. 이제는 뒤에 남은 우리도 어떻게든 길을 나서야 했다.

오랜 여정에다 굶주린 이들이라 몹시 더뎠다. 지난밤에 잠든 그대로 속절없이 숨진 이들을 뒤늦게 발견하는 바람에 더욱 그랬다. 주검을 대충 수습할 때쯤 키팡가가 돌아왔고 해가 중천에 높이 걸린 다음에야 뒤에 남은 무리는 느릿느릿 발걸음을 옮겼다. 마라 평원을 떠날 때 수백이었던 수가 이제 서른이 채 안 되었다. 키팡가를 다루는 어르신과 내가 앞에 서고 누사와 응요타가 맨 뒤에서 또 뒤처지는 이들을 갈무리했다.

"저 능선만 넘으면 킬리만자로 입구라고 합니다. 당분간 비탈길도 없답니다. 조금만 더 힘을 내십시다."

검은 뿔 어르신이 숨을 몰아쉬며 다시 일행을 다독였다. 그러나 오후 내내 급경사를 오르는 탓에 누구 하나 귀에 담지 못했다. 누사와 나조차도 몇 걸음 걷고는 혀를 빼무는 처지여서다. 게다가 어스름을 기다렸다는 듯 몰아치는 샛바람은 작은 돌멩이를 날려버릴 정도였다. 숨 쉬기도 힘들 지경이었다.

"어르신, 아무래도 더 이상은 무리입니다. 누사와 제가 바람이라도 피할 곳을 찾아볼 테니 다른 분들을 모아주십시오."

응요타가 따라나서서 셋은 어둠이 내려앉는 근처를 뒤지기 시작했다. 비탈 여기저기에 큰 바윗돌은 많았으나 모두가 모일 공간은 없었다. 몇몇씩 나누어 바위 밑에서 바람을 피하는 수밖에 없었다. 그런데 일행들을 부르러 되돌아섰을 때 문득 바람이 잦아들었고 누사가 코를 쳐들었다.

"가만, 이 냄새……."

누사는 이내 발걸음을 돌리더니 비탈을 올랐다. 자신 키 높이의 바위를 끼고 돌던 누사가 어, 놀라는 소리를 흘렸다. 한달음에 달려간 나와 응요타의 발밑에 죽은 혹멧돼지 하나가 누워 있었다.

"사자와 독수리를 봤다는 키팡가의 말이 사실이었네."

혹멧돼지는 머리통과 뼈대만 남아 있었다. 사냥은 사자가 했을 테고 늑골 사이의 살점까지 말끔하게 발라진 것은 독수리가 뜯어 먹었을 터였다.

"그런데……, 사자의 냄새가 없어. 이만한 놈을 독수리 혼자서 사냥하고 먹어치울 수는 없는데 말이야."

영문을 모르겠다는 누사, 황망한 표정으로 서 있는 응요타와 달리 나는 섬광처럼 머릿속에 사자 하나가 떠올랐다. 모씸바의 아들, 콧등 왼쪽에 세 개의 눈부시게 하얀 반점을 가지고 있는 녀석, 아버지의 몸통을 뜯어 먹던 바로 그 녀석, 다씸바였다. 첫 대면부터가 비극적이었던, 그래서 어쩌면 평생을 서로 지켜볼 것만 같던 동갑내기 수사자 말이다.

막연하지만 나는 녀석이, 여기서 배를 채우고 능선을 넘었을 거라 확신했다. 그렇지 않고서야 어느 정신 나간 사자가 독수리를 등짝에 올리고 이 가파른 길을 오르겠는가. 내가 이 낯선 킬리만자로에 온 것처럼 다씸바 또한 피치 못할 사연을 짊어지고 오지 않았겠는가…….

5

한 몸처럼 뭉쳐 지내던 형과 친구들을 보낸 밤이어서 다들 꿈자리가 불편했던지 우리는 해가 한참 솟은 다음에야 잠자리에서 일어났다. 구름 한 점 없는 하늘에 바람은 여전히 매웠다. 다른 바위 밑에 웅크린 일행들을 깨우려 굳은 몸을 펴던 나는 뒤를 돌아보다 숨을 멈추었다. 눈앞의 능선 위로 킬리만자로의 웅장한 자태가 펼쳐졌던 것이다. 한달음에 닿을 것처럼 '빛나는 산'은 잡티 하나 없이 늠름해서 눈을 뗄 수 없었다.

"우리 늙은이들의 여정은 여기까지인 것 같아요. 우리는 그렇게 결정했답니다. 킬리만자로가 저렇게 지켜봐주는 곳까지 왔으니 더 바랄 게 없어요. 처음이자 마지막 여행을 도와주셔서 정말 고맙습니다."

더 이상 짐이 되지 않겠다며 형을 떠나보냈던 초로의 여인이 차분한 음성으로 말했다. 뒤편에 있던 그녀의 동료들도 고개를 끄덕였다. 다들 하나같이 평온한 얼굴이었다. 추위와 피로, 굶주림에 지친 이들의 어디에서 저런 안온함이 배어나오는지 믿기지 않았다.

다시 길을 나설 채비를 한 건 넷뿐이었다. 나와 응요타는 누사와 검은 뿔 어르신이 그들과 일일이 작별하는 걸 지켜보았다. 오래 그들과 부대끼며 걸어왔던 누사와 어르신의 어깨가 바람 맞는 잎사귀처럼 떨리곤 했다.

"나도 남을 걸 그랬나 싶구먼. 더 들어가면 킬리만자로의 진면목을 다시 못 볼 테니 말이여."

어르신은 그들을 두고 가는 게 걸리는지 자꾸만 뒤를 돌아보았다. 그네들과 연배가 비슷했기 때문만은 아니었다.

"나는 평생을 모래바람과 햇빛을 견디며 물과 풀을 찾아 정처 없이 떠돌며 살았지. 기회가 된다면 딱 한 번만이라도 사흐라에서 벗어나보고 싶었다네. 더 늙어서 발걸음이 무디어지기 전에 딴 세상을 보고 싶었던 게지. 아스카리의 경호대가 사흐라에 왔을 때 가장 먼저 따라가겠다고 나선 것도 그래서였네. 혼자서는 도저히 용기를 낼 수 없었으니까. 아마 저분들도 그런 마음이었을 거네."

능선을 넘기 전에 우리는 약속이나 한 듯 다시 뒤를 돌아보았다. 바위 밑에 웅크리고 있던 이들은 어느 틈에 다들 볕이 잘 드는 둔덕에 모여 킬리만자로를 우러르고 있었다. 저만치 가지런히 엎드린 그들의 암갈색 몸통은 주변에 흩어진 바위들과 썩 어울려서 마치 오래된 풍경처럼 자연스러웠다. 곧 자연으로 돌아갈 그들이어서 더욱 그런지도 몰랐다. 우리 넷은 누가 먼저랄 것도 없이 안도의 한숨을 뱉으며 능선을 넘었다.

키팡가가 알려준 대로 능선을 넘자 완만한 내리막이었다. 군데군데 모래가 섞인 바닥에는 눈에 익은 발자국도 남아 있었다. 공중에서 청명한 공기를 찢듯 날카로운 울음소리가 들린 것은 그때였다. 아침 일찍 날려 보낸 키팡가가 급히 돌아온 것이다.

"음? 아, 알았어. 여보게들 어서 서둘러야겠네. 아스카리가 나타났다는구먼. 멀지 않다고 해도 한나절은 부지런히 걸어야 할 곳이네. 어서 가세."

당황한 듯 어르신의 목소리가 떨렸다. 그 소리에 나는 비로소 현실감이 퍼뜩 들었다. 삶과 죽음의 경계는 킬리만자로의 풍경이 된 초로의 여인네들뿐만 아니라 우리에게도 닥치고 있었던 거다.

키팡가가 인도하는 길을 따라 얼마나 숨차게 발걸음을 재촉했는지 모르겠다. 해가 서쪽으로 뉘엿뉘엿할 즈음, 세 갈래로 나뉘는 갈림길에 막 이르렀을 때 멀리 뿌옇게 피어오른 먼지구름이 먼저 우리에게 다가왔다.

"흠흠, 이건 호다루의 냄새야. 그런데 그 뒤로 아스카리의 냄새도 따라오고 있어. 뭐지? 무슨 일이 벌어지고 있는 거야?"

누사의 당혹한 음성이 귓전을 두드렸다. 그러자 응요타가 쏜살같이 앞으로 달려나가 먼지구름 속으로 사라졌다. 뒤이어 고함과 비명이 뒤섞여 들리기 시작했다.

14장

대정령

☀☽

1

"여그가 제일 마음에 든대이. 이삼 일 뒤에 음왜지 음쿠브와(만월, 보름달)가 가장 환할 기라. 그날 밤이 좋겠대이."

밑에서 짓쳐 오르는 바람 때문에 몸을 가누기도 힘든 낭떠러지 앞에서 할망구의 얼굴에 생기가 돌았다. 만월에 가까운 달빛보다 그녀의 얼굴이 더 환해 보였다. 사흘째 먹지 못했는데도 그랬다.

"인자 다 됐으이 몸뚱이 하나 쉴 만한 데를 찾아봐야겠제?"

할망구는 달빛 아래서도 능숙하게 길을 찾았다. 어쩌면 할망구가 지금까지 기를 쓰고 넘으려 했던 킬리만자로에서의 종착지가 이곳이었는지도 몰랐다. 아무도 알아주지 않고 이해할 수도 없지만 혼자서 굳게 키워온 꿈, 이 세상의 끝에 있는 비밀의 문을 열어보고 싶다는 그 꿈을 향한 한 생명의 질주가 여기까지 닿았을지도…….

할망구가 찾아낸 작은 동굴은 놀랄 만큼 아늑했다. 벌써 날이 저무는 밖은 한기가 거죽을 뚫고 들어오는데, 동굴 석벽은 지열을 뿜어내느라 엷게 아지랑이가 스멀거렸다. 바짝 옥죄었던 근육과 관절이 저절로 풀어졌다. 몸이 풀어져서 그런지 마음도 생각도 금세 허물어진 듯 등에서 할망구를 내려놓자마자 나는 혼절하듯 잠에 떨어졌다.

2

자힐리가 얼라 때 피시들한테 쫓겨 가시덤불로 도망치다가 눈 하나 버린 얘기를 듣고부터 내 심장이 수시로 풀떡풀떡 뛰었제. 다른 목숨을 잡아묵고 살아야 하는 짐승이 눈알 하나로 우예 살아간다 말이꼬? 밴밴찮은 수컷들 멕이느라꼬 생고생하는 거며, 겨우 가진 새끼들마다 죽어나가는 거며…… 니 아부지를 만날라꼬 그렇게도 모진 고생을 지나왔는가 싶더라만, 그래도 여자의 일생치고는 너무 모질었다 아이라. 내는 그기 참말로 가슴 아팠는 기라.

니 아부지 모씸바가 여그 나타났을 때는 진짜 대단했대이. 해가 막 뜨는데 동쪽에서 털레털레 걸어오더라꼬. 그 뒤로 킬리만자로가 떡, 버티고 있는데 보고 있는 내 가슴이 벌렁벌렁했다 아이가. 내는 지금도 그 광경이 눈에 선하대이. 그라고 니 아부지를 딱, 보는 순간 느낌이 팍, 왔제. 아, 저 양반이 니 오매하고 짝지가 되겠구나…….

그때 자힐리는 처지가 진짜 말도 몬했대이. 식구들한테서 내쫓기매 반쯤 죽을 만큼 두들겨 맞았단 말이라. 몇 번이나 새끼덜 죽고 나서는 만정이 떨어져가꼬 발정난 집안 수컷들 다 뿌리치고 사냥도 안 나갔거등. 어리석고 빙충맞은 것들이 그런 자힐리를 그냥 내삐리둘 리가 없제. 그라고 니 오매도 젊어서 그랬는지 승질 하나는 대단했다카이. 고마 한 번 받아 주믄 되는데도…….

우쨌든, 암사자가 내쫓기믄 거개는 다 굶어죽는다 아이라. 자힐리는 반빙신이 될 정도였으이 우째 될지는 뻔했제. 그래가꼬 내가 모씸바 앞에 떡 나섰다 아이가. 내 샛바닥이 다 닳을 정도로 열변을 토했다 이 말이따. 뭐라 했냐꼬? 하도 오래돼서 다 까묵었지만도 니 어무이가 을매나 대단한 암사자인지, 자힐리를 델꼬 살믄 을매나 배부르고 등 따신지 생각나는 대로 줄줄 읊었제. 아, 그랬더마는…….

진짜로 너그 아부지가 단박에 내 말귀를 알아듣더라꼬. 꼼짝도 몬 하고 자빠져 있는 니 어무이를 딱, 보더이만 금세로 휘리릭 나가서는 웅기리(ngiri: 혹멧돼지) 한 마리를 턱, 물고 왔능기라. 하늘을 날아댕기는 내도 몬 찾던 거를 모씸바가 귀신같이 해냈다 말이따. 그라고는 자힐리가 묵기 좋도록 혹멧돼지를 다 찢어발겨 놓대. 니 어무이가 그거를 묵고는 기운을 차리더라꼬. 그런 거를 옆에서 보고 내는 니 아부지가 대정령일 거라 확신했대이.

대정령이 아이믄 어데서 그런 토실토실한 웅기리를 물고 왔겠노? 참말로 놀랠 일 아이라? 내가 그랬으이 자힐리는 오죽했겠나. 킬리만자로가 지한테 대정령을 내려보낸 거라꼬 철석같이 믿었제.

우쨌든, 모씸바는 자힐리를 먹이고 재우고 보살폈는데 그라고는 같이 세렝게티로 들어갔다카이. 참말로 남녀의 정분이라는 거는 알 수가 없능 기라. 그렇지만도 원체 뜻밖의 행운이라 내는 좋으면서도 한편으로는 조마조마했대이. 죽을 만큼 힘들었던 불행이 행운으로 된 것처럼 이 행운이 또 은제 하늘도 눈감는 불행이 될지 누가 알겠노 말이따. 그래가꼬 내는 자힐리가 모씸바를 따라 세렝게티로 성큼성큼 걸어가는 거 보고는 심장이 덜컹덜컹 했니라. 저게 우짤라꼬, 인자 우짤라꼬 저리도 몸이 가볍노…….

니 아부지가 세렝게티 한복판에 자리를 잡은 거는 순식간이었대이. 와 안 그렇겠노. 대정령이 씸바의 몸을 입고 내리왔으이 누가 막을 수 있겠노 말이따. 일단 터를 잡자 금방 식구가 불어났제. 이런저런 사연으로 떠돌던 외톨이 암컷들하고 니 어매 소식을 듣고 찾아온 예전 식구들도 모있다 아이가. 금방 열 명이 훌쩍 넘는 대식구가 되었제. 든든한 남편과 젊은 사냥꾼 암컷들, 마르지 않는 샘물이 있고 사냥감은 지천으로 널려 있으이 자힐리는 모든 게 꿈만 같았을 기라. 내가 멀리서 봐도 속이 꽉 차는데 지는 오죽했겠나.

내는 그쯤에서 자힐리를 떠나야겠다고 생각했니라. 타이(독수리)가 썸바들에 섞여 살 수는 없다 아이가. 나이 들어서 킬리만자로를 다시 넘을 수도 엄꼬 해서 응고롱고로로 갔제. 풍문으로 듣던 음차위 할매한테 가서 음차위를 맹글어 달라 했니라. 지 목숨 끊은 딸년 기도하매 늙어 죽을라꼬 말이라. 자힐리가 아들 하나 얻은 거는 내가 음차위 된 뒤에 소문으로 들었니라. 평생에 소원이었던 아들까지 얻었으이 그 심정이 어땠겠는지 짐작하고도 남제. 내가 말똥 같은 눈물을 흘리믄서 좋아했다카이. 그게 다썸바, 바로 니대이.

내가 음차위가 되고는 자힐리를 볼 일이 거의 없었제. 음차위한테 행복과 불행은 별로 구분이 안 되는 감정이라. 그저 자힐리 하나만 잘되기를 빌었제. 그런데 너무 행복한 일만 있어도 불안한 게 세상 모든 여자들의 마음인 거, 니는 이해가 안 되제? 지 속으로 새끼를 낳고 길러봐야 알게 된대이. 자힐리도 그랬고 응고롱고로에서 자힐리를 생각하는 나도 그랬니라.

니가 봤지만도, 니 아부지 모썸바가 물소를 잡다가 죽었다는 소식을 듣고는 내가 세렝게티로 내리갔다 아이라. 음차위 할매가 그리 말렸어도 어쩔 수 없었다카이. 옛날에 내 목숨을 살려준 자힐리한테 아무리 음차위지만 내도 최소한의 보답은 해야제. 그 때문에 내가 죽는다 카더라도 말이따.

이제사 하는 말이지만, 니 아부지 죽고 나서 자힐리는 세렝게티에서 살아가는 거를 고마 접겠다 카더라. 그래도 지가 죽기 전에 아들놈이 아부지 뒤를 이어달라꼬 내한테 신신당부를 했는 기라. 그래가꼬 니를 델꼬 여그까정 왔다카이. 니가 니 아부지 갈기털 세 가닥을 삼켰고 이제 킬리만자로까지 왔으이 자힐리도 맺혔던 한은 좀 풀리겠제. 뭔 말인지 알아듣겠나, 엉?

"……."

일마야 니 지금 머하노? 또 자나? 이 할망구가 샛바닥이 닳도록 얘기하는

데 또 디비 잔다는 말이가, 엉?

3

언제 눈을 떴는지 할망구는 무연한 눈길로 밖을 내다보고 있었다. 옅은 구름에 가려 뿌옇게 색이 바랜 해가 서쪽 하늘에 걸려 있었다. 내 기척에 할망구가 뒤를 돌아보았다.

"인자 깼더나? 뭔 잠을 이틀씩이나 죽은 거맨쿠로 디비 잤더노? 니는 참 속이 편해서 좋겠다."

이틀? 내 속이 편한지는 나도 모르겠다만 그래서 몸이 가뿐한 건가……. 내가 입이 찢어져라 하품을 물자 할망구가 뒤뚱거리며 다가왔다. 빈정대며 쌍심지를 켰던 표정이 덤덤하게 바뀌었다.

"내는 바하리로 갈란다. 이번에는 세상의 끝을 볼라꼬 가는 기 아이라. 끝없는 그 속으로 갈란다. 그래서 다시는 어떤 몸으로도 돌아오지 않을란다."

나는 묵묵히 고개를 끄덕이고는 허리를 굽혔다. 보름달이 뜨려면 한참 멀었지만 할망구가 떠나기 전에 킬리만자로의 풍경을 한 점이라도 더 보여주고 싶어서다. 할망구를 무등 태우고 동굴을 나오니 짧은 해가 어느새 뉘엿했다. 할망구는 아무런 말이 없는데 바람은 거셌고 발걸음이 저절로 무거웠다. 나도 모르게 발길이 주춤하자 할망구가 달랬다.

"날갯짓 몬하는 내한테는 더 좋은 날이라. 바람에 기대기만 해도 바하리까지는 단숨에 데리다줄라는 갑따."

멀리서 와자지껄한 고함 소리가 연달아 들린 것은 그때였다. 또 시작하려던 수다를 멈춘 걸 보면 할망구도 낌새를 알아차린 듯했다. 부르르 살이 떨리도록 불길한 예감, 나도 모르게 온몸의 털이 곤두서기 시작했다. 갈기를 움켜쥔 할망구의 발톱에도 힘이 들어갔다. 나는 황급히 발걸음을 돌렸다.

아아, 할망구와 내 입에서 동시에 탄식이 흘러나왔다. 발아래 좁은 협곡에 세렝게티에서나 보았던 응유부들이 잔뜩 들어차 있었던 거다. 삭풍이 몰아치는 킬리만자로에 저 발굽 달린 족속들이 떼를 지어 몰려든 광경은 도대체 상상할 수 없는 일이었다. 게다가 편을 나누어 뿔 달린 머리를 서로에게 겨누는 꼴은 더더욱 괴이했다.

협곡은 거대한 발굽이 찍힌 것처럼 움푹 파였는데 깊은 곳은 서너 길이나 되는 흙벽이 양쪽을 둘러싸고 있었다. 입구는 평평했으나 반대쪽 출구는 까마득한 낭떠러지였다. 나와 할망구는 낭떠러지 바로 앞 흙벽 위에서 이 괴이한 풍경을 찬찬히 훑어보고 있었다.

놈들은 두 패로 나뉘어 있었는데 그 숫자가 확연히 차이 났다. 합해서 열이채 되지 않은 작은 무리는 낭떠러지를 등진 채 몰려 있었고 지친 기색이 역력했다. 반면에 그들을 몰아세우는 응유부들은 숫자가 월등했고 기세도 등등했다. 협곡으로 들어오는 좁은 입구에도 널브러진 응유부들이 적지 않은 걸 보면 싸움이 제법 길었던 모양이다.

"새 음제라고 했느냐? 외방의 형제들을 도륙 내고 한 풀밭을 나누던 형제들까지 죽인 아스카리, 네놈이 음제라고? 간교하고 잔인한 피시(하이에나)들의 무리도 형제들에게는 그러지 않는다, 이놈아!"

한동안 말을 주고받던 두 패거리 간에 갑자기 노여운 목소리가 협곡을 쩌렁쩌렁 울렸다. 거무스름한 몸통에 앞으로 쭉 뻗은 검은 뿔을 지닌 초로의 늙은이가 앞으로 나서며 호통을 치고 있었다. 늙은이의 깡마른 몸통이 분노로 와들와들 떨렸다. 흔들리는 검은 뿔 위에서 날갯짓으로 균형을 맞추는 작은 매 한 마리가 눈에 들어왔다.

며칠 전, 마지막 능선을 오르던 나와 할망구를 지켜보던 녀석의 정체를 이제야 확인했다. 사자를 타고 가는 독수리도 있으니 매를 길들인 응융부가 없으란 법은 없다만……

문제는 갈기를 움켜쥔 할망구의 발톱도 부르르 떨리고 있다는 거였다. 지금까지의 경험으로 짐작하건대, 할망구의 감정이 요동친다는 거다. 무슨 영문인지 모르겠으나 설마, 나를 저 난장판으로 몰아넣기야 할까……

"저 영감탱이가 이제 죽을 때가 된 모양이구나. 얘들아!"

늙은이 면전에서 비웃음을 흘리던 건장한 응융부가 뒤로 물러섰다. 놈의 발목에 소복하게 매달려 있는 흰 털이 도드라져 보였다. 아스카리라 불리는 놈 대신 앞으로 나선 그의 졸개들은 고개를 숙여 뿔을 정면으로 내민 채 동료들과 어깨를 나란히 했다. 그러고는 구령에 맞춰 낭떠러지를 향해 다 같이 한 걸음씩 내딛기 시작했다. 그것은 마치 잘 다듬은 암벽 같아서 은도부(코끼리) 무리도 물러설 수밖에 없을 듯했다. 놈들은 서두르지 않았다. 그대로 밀고 가기만 해도 밀리고 있는 치들이 빠져나갈 구멍이 없었던 거다.

그즈음에서 할망구의 발톱에 힘이 들어가는 게 느껴졌다. 뛰어내리라는 신호가 처음에는 간헐적으로, 그러다 늙은 응융부가 낭떠러지의 턱밑까지 내몰리자 발톱이 살갗을 뚫고 들어오는 것 같았다. 벼랑으로 내몰리던 놈들이 일제히 몸을 돌려 암벽처럼 밀고 들어오는 놈들을 향해 돌진했을 때, 할망구는 비명처럼 한마디를 토해냈다.

"가즈아!"

더 이상 버틸 수가 없었다. 나는 크게 한 울음을 내뱉으며 흙벽을 단숨에 뛰어내렸다. 공교롭게도 내가 내려선 곳은 내몰던 놈들과 내몰리던 자들의 중간쯤이었다. 거친 콧김을 내뿜으며 구령에 맞춰 전진하던 암벽이 순식간에 얼어붙었다. 암벽을 향해 돌진하던 무리들도 숨을 멈추었다. 나는 본능적으로 송곳니를 최대한 드러내고 설골을 크게 울려 위협하면서 양쪽 패거리들이 대치하고 있는 한가운데로 성큼성큼 걸어 들어갔다. 내몰던 무리들이 주춤주춤 몇 걸음 물러섰다.

나는 그제야 내몰리는 놈들을 찬찬히 살폈다. 낯익은 얼굴 몇이 눈에 들어왔다. 어머니가 전력을 다해 두 번이나 덮쳤는데도 도망친 어린 웅웅부들이었다. 그들을 가리키며 언젠가 어머니가 한숨처럼 내뱉던 말도 기억했다.

"우리보다 한 걸음이 빨라서 두 번이나 살아난 놈들을 잊지 말아라. 단지 한 걸음을 앞서기 위해서 놈들이 얼마나 노력했는지 알아야 한다. 세렝게티에서 거저 얻어지는 건 없다. 우리도 마찬가지다."

4

할망구는 앙상한 날개를 들어 올려 내 이마를 쓰다듬었다. 절벽을 타고 오르는 거센 바람에 금방이라도 먼지처럼 사라질 듯 위태로웠다.

"니, 아까 보이까네 영락없는 모썸바더래이. 하기사 그 피가 어데 가겠노?"

할망구는 떠나는 마당에도 여전히 대정령 타령이었다. 눈에 보이는 것보다 그 너머 어딘가에 초점을 맞추고 살아온 어른다웠다. 그래서 마침내 몸도 그 너머로 가려는 모양이었다.

"이만큼 컸으믄 됐대이. 그동안 내를 델꼬 다니느라 고생했다. 어디 함 안아보자."

할망구는 그 작은 몸뚱이로 내 품에 안겼다. 두 날개를 활짝 펼쳤어도 내 가슴팍을 겨우 가렸다.

"내는 고마 갈란다. 잘 있거래이."

할망구는 절벽 끝에서 겨우 몸을 지탱했다. 그러고는 슬쩍 뒤로 고개를 돌려 일별하고는 꿍차, 캄캄한 허공으로 몸을 던져 솟구치는 바람을 타고 금세 어둠 속으로 사라졌다. 모질고 어두웠던 과거를 감당했던 몸이 저토록 가볍게 날아갈 수 있다는 게 눈으로 보면서도 믿기지 않았다.

할망구가 사라졌다는 현실감이 들기까지는 제법 시간이 걸렸다. 어디에도 걸리지 않는 저 바람처럼, 어떤 무게도 느끼지 못할 먼지처럼 할망구는 킬리만자로를 떠나 바하리로 날아간 것이다.

보름달이 중천을 지나 서쪽으로 한참을 기울고서야 나는 산을 내려가기 시작했다. 뼛속으로 더욱 파고들며 몸통을 뒤흔드는 바람은 여전했다.

5

세렝게티로 돌아오는 길은 오래 걸렸다. 딱히 서둘러야 할 이유가 없었으므로 어림짐작으로 방향만 정한 채 발길 닿는 대로 몸을 맡겨서였다. 처음 걸어보는 낯선 길이었으나 편안했다. 사냥에 애면글면하지 않으니 몸피가 줄어드는 게 느껴졌지만 내버려두었다. 그래도 죽으란 법은 없는지 몸과 마음이 더 버틸 수 없을 때쯤이면 꼭 죽지 않을 만큼의 양식이 주어졌다. 딱 한 입거리의 들쥐나 탯줄에 목이 감겨 숨진 채 세상에 나온 흑멧돼지의 새끼 등등이었다.

그것들의 아직 덜 여문 뼈를 발라낼 때마다 할망구가 떠올랐다. 할망구와 함께했던 날들이, 마지막 사냥에서 흑멧돼지의 갈빗살을 뜯어내던 할망구가, 협곡에서 덩치 큰 웅융부 여남은 놈을 한꺼번에 해치운 나를 다독이던 할망구가, 절벽에서 몸을 날리기 직전 돌아보던 할망구의 얼굴이 두서없이 나타났다 사라졌다. 그런 날이면 발걸음을 멈추고 온종일 드러누운 채 하루나 이틀을 그냥 흘려보냈다.

나는 그렇게 세렝게티의 초입까지 걸어왔다. 평원이 가까울수록 대지는 생기가 돌았다. 내가 낯선 길을 헤매는 동안 우기가 끝났어도 음부아(비)가 내려준 은총은 여전했던 거다. 이름 모를 풀꽃들이 넘쳐났고 막 태어난 수많은 생명들의 기운이 이곳까지 흘렀다. 비로소 나는 현실감을 조금씩 찾았다. 특히 목을 축이려다 맑은 물에 비친 내 모습을 보고서 그랬다. 피골이 상접해서 씸바라 부르기도 뭣한 들짐승이 거기 있었던 거다.

그녀의 거친 목소리가 들린 건 그즈음이었다. 거리도 멀어서 처음에는 철없는 것들이 잡은 먹이를 두고 다투는 줄 알았다. 그러다 곧 어지러운 발자국 소리에 이어 비명이 귓전을 파고들었다. 금방이라도 피를 토할 것 같은 음색이 오래된 내 기억의 한 갈피를 열어젖히는 듯했다. 나는 소리가 들리는 쪽으로 몸을 돌렸다. 몇 걸음 옮기기도 전에 저만치 덤불로부터 한 마리 날짐승처럼 튀어나온 무엇이 바닥을 굴렀다. 난데없는 일이어서 나는 주춤 뒤로 물러섰다.

대여섯 걸음 앞에서 겨우 몸을 지탱한 그것은 오랜 굶주림과 피로로 피폐해진 암사자였다. 크고 작은 상처가 몸통을 뒤덮었는데 특히 앙상한 어깻죽지에는 찢긴 가죽 사이로 핏물이 배어나고 있었다. 돌연한 상황은 주로 위험하거나 성가신 일로 이어지기 마련이어서 나는 그녀와 덤불을 번갈아 살폈다. 아니나 다를까 곧이어 덤불이 풀썩 갈라지고 튼실한 몸통을 뒤흔들며 젊은 수컷 두 마리가 나타나는 걸 보고서야 그녀의 처지를 짐작했다. 나와 젊은 수컷들 사이에 자리한 그녀의 얼굴에 절망과 공포가 시커멓게 내려앉고 있었다.

두 녀석도 이내 상황을 파악했는지 번갈아 웅웅, 포효했다. 공연히 끼어들지 말고 꺼지라는 거였다. 성량과 음정으로 보아 세 살 즈음의, 힘이 뻗칠 대로 뻗쳐서 세상 무서울 게 없을 풋내기들이었다. 나도 웬만했으면 이 일에 말려들고 싶지 않았다. 그렇잖아도 몸과 마음이 휑하니 빈 듯해서 지쳐 있었기 때문이다. 그런데 발길을 돌리기 전에 그녀의 얼굴을 알아보고서 마음이 홱 뒤집혔다. 그녀와 눈이 마주친 찰나의 틈으로 오래된 기억의 갈피에 숨어 있던 얼굴이 또렷해졌기 때문이다. 뼈와 가죽만 남았어도 눈매와 입꼬리의 진모(震毛)는 지난 시간을 쏜살같이 거슬러 올랐다.

나는 곧장 몸을 솟구치며 두 수컷을 덮쳤다. 작정한 마당에 공연히 시간을 끌 필요가 없었다. 한 번의 도약으로 단숨에 열 걸음을 가로지른 내 발치에 뜨악해진 한 녀석의 면상이 맞춤하게 기다리고 있었다. 내 앞발이 바람 소리를 내며 허공을 갈랐다. 본때를 보여야 해서 한 올의 인정도 두지 않았다. 놈은 땅바닥을 대여섯 번이나 굴러 나가떨어졌다.

얼이 빠진 두 번째 녀석은 더 손쉬웠다. 마구 휘두르는 놈의 앞발을 피해 슬쩍 옆구리 쪽으로 다가섰다. 어깻죽지며 목덜미가 훤히 드러나 있었다. 내가 앞발로 놈의 어깨를 때리면서 목덜미를 문 것은 당연한 싸움의 기술이었다. 그런데 뭔가 이상했다. 투둑, 뼈마디 꺾이는 소리가 나나 싶더니 녀석은 금방 마지막 숨을 몰아쉬었다.

손쉽게 상황이 정리되자 오히려 놀란 것은 나였다. 처음 턱을 두들겨 맞은 녀석은 턱뼈가 거의 뭉개지다시피 했다. 두 번째 녀석은 탈골된 어깨뼈가 가죽 위로 불룩 솟아 있었고 목뼈는 완전히 부러져서 머리통이 직각으로 꺾여 있었다. 스스로도 믿기 힘든 괴력, 킬리만자로의 협곡에서 낭떠러지에 몰린 응융부들을 구출할 때의 그 힘이 그저 한순간의 용력이 아닌 모양이었다. 나는 숨이 끊어진 녀석들을 바라보다 고개를 절레절레 흔들었다.

초췌한 몰골의 그녀는 눈을 감은 채 혀를 빼물고 있었다. 내가 다가간 기척을 알아차렸을 텐데 그녀는 미동도 하지 않았다. 제 몸 하나 추스르는 것도 버거울 정도로 기진해서 모든 걸 체념한 듯했다.

그런 상태로 조금 시간이 흘렀다. 꽤 숨결이 가지런해진 그녀가 실눈을 뜨고 나를 쳐다보았다. 그믐달처럼 열린 눈은 곧 보름달처럼 커졌다. 그제야 그녀는 내가 누구인지 알아본 모양이었다. 안간힘으로 다가와 어깨에 얼굴을 기댄 그녀는 곧 혼절했다.

서쪽으로 기우는 해의 방향을 따라 앉은 자리를 조금씩 이동하면서 나는 그녀의 몸 위로 그림자를 만들었다. 옴짝달싹할 수 없는 그녀를 위해 내가 당장 해줄 수 있는 일이었다.

15장

절망

☀ ☆ ☽

1

아스카리와 경호대는 세 갈래 갈림길에서 가장 왼쪽 길로 우리를 몰아갔다. 우리는 속수무책으로 밀릴 수밖에 없었다. 저만치 협곡으로 들어가는 좁은 입구가 보였다. 음쿠우는 도망친 자들이 많다고 했지만 한눈에도 저들은 1백이 넘었고 우리는 다 합쳐야 열을 겨우 넘겼다. 도무지 상대가 되지 않는 대치였다.

"차라리 잘됐어. 적은 수로 버티려면 사방이 트인 곳보다 길목이 좁은 게 낫지."

쿠오나가 소리치며 재빠르게 협곡 쪽으로 달려갔다. 키팡가가 날개를 퍼덕이며 말리는 시늉을 했지만 기진맥진한 어르신이 미처 알아듣지 못했다. 워낙 상황이 다급해서 아무도 키팡가에게 눈을 줄 틈이 없었다. 쿠오나가 응야티를 불렀다.

"응야티, 입구에서 저놈들을 막으면서 시간을 좀 벌어봐. 나는 빠져나갈 데가 있는지 찾아볼게."

응야티가 끙, 신음을 내뱉으면서 앞장섰고 음쿠우가 이제 몇 남지 않은 부하들과 응야티를 거들었다. 쉬지 않고 달려오느라 기진맥진한 나와 일행들도 합세해서 협곡의 입구를 막아섰다. 그러나 상황은 절망적이었다. 저 많은 수의 경호대를 상대로 얼마나 버틸 수 있을지 알 수 없었다. 설사 퇴로를 찾아낸다 하더라도 누군가는 여기서 저들을 막으면서 목숨을 걸어야 했다.

"놈들은 숨어서 우리가 오기를 기다렸어. 아스카리가 우리 머릿속을 다 들여다보고 있었던 거야. 우리가 성급했어. 바리디와 내 부하 절반을 잃었네. 저놈들을 너무 얕잡아본 거야."

두 줄로 늘어서서 협곡의 입구를 막아섰을 때에야 음쿠우가 그간의 사정을 요약해서 들려주었다. 옆구리에 상처를 입은 음쿠우의 말이 자주 끊겼다. 낙담과 후회가 그의 얼굴에 가득했다. 그런데 뭔가 좀 이상했다. 아스카리의 횡포를 못 견뎌 도망친 경호대원이 즐비하다고 알려준 건 바로 음쿠우였다. 수행단 본진이 내부로부터 무너지고 있었기 때문에 우리가 추격대를 급조해서 따라붙은 거였다. 아스카리가 음제가 되는 건 막아야 한다고 나선 것도 음쿠우였다. 그랬는데, 아스카리를 잡을 수 있는 절호의 기회라고 판단한 게 성급했다고? 나는 영문을 모르겠어서 음쿠우를 빤히 쳐다보았는데, 그는 얼른 시선을 피했다. 고집을 부린 끝에 추격대로 따라갔다 목숨을 건진 음강가가 두 눈을 부릅뜨고서 그런 음쿠우를 노려보고 있었다.

불안한 정적이 협곡 주변을 감쌌다. 무슨 속셈인지 아스카리의 경호대는 먼발치에서 뜸을 들였다. 반면에 우리는 도무지 경황이 없었다. 바리디의 죽음을 슬퍼할 여유조차 없었던 거다. 그리고 보니 누구 하나 성한 몸이 없었다. 여기까지 밀려오는 동안에도 크고 작은 충돌이 적지 않아서다. 바리디와 함께 궂은일을 도맡았던 응야티의 부상이 가장 컸다. 서서 버티는 것도 힘에 겨운지 응야티는 흙벽에 기댄 채 눈을 감고 있었다. 음강가가 안타까운 발걸음으로 종종거렸지만 마실 물도 먹을 풀도 없는 곳에서 할 수 있는 게 없었다.

으아아!

그때 비명처럼 길고 어두운 탄식이 뒤에서 터져 나왔다. 돌아보니 쿠오나가 허공을 향해 울부짖고 있었다. 음강가와 응요타가 놀란 토끼처럼 달려갔다. 그리고는 발굽이 땅에 박힌 듯 꼼짝 못 했다. 응요타의 몸이 부르르 떨리는 게 멀리서도 확연히 보였다. 묻지 않아도 짐작이 갔다. 뒤로는 더 이상 달아날 길이 없었던 거다.

"응야티, 여기서 빠져나가야 해. 아스카리와 경호대 놈들이 밀어닥치기 전에 어서 나가!"

쿠오나가 소리치며 허둥지둥 입구로 달려왔지만 이미 늦었다. 저만치 아스카리와 경호대가 대열을 정돈하고서 천천히 다가왔다. 놈들이 서둘지 않은데는 그만한 이유가 있었던 거다.

"이렇게 다시 만나게 되었네, 호다루. 꼴이 말이 아니군."

아스카리 특유의 빈정대는 말투가 좁은 협곡에 조용히 퍼졌다. 마치 산책이라도 나온 듯 여유가 넘쳤다. 이쪽을 찬찬히 둘러보던 아스카리가 응요타에게 눈길을 멈췄다.

"오호라, 어디로 사라졌나 했더니 네년이 호다루한테 도망을 쳤구나. 망각의 풀밭에서 저놈을 감싸고 돌 때부터 알아봤어야 했는데 말이야."

아스카리와 눈이 마주친 응요타가 자신도 모르게 움찔, 한 걸음 뒤로 물러섰다. 아스카리의 꽉 다문 입술이 옆으로 길게 찢어졌다. 쌍심지를 켠 두 눈에 살기가 어렸다.

"네놈들에게 마지막 기회를 주겠다. 온갖 거짓말로 너희들을 속이고 선동했던 놈에게만 죄를 물을 것이야. 그러니 다른 놈들은 무릎 꿇고 용서를 빌어라. 그럼 죽이지는 않겠다."

서늘한 침묵이 흘렀다. 모두 굳은 얼굴로 아스카리를 노려보았는데 음쿠우는 두리번거리며 주변을 살폈다. 찌푸린 미간에 근심이 가득했다.

"선택의 여지는 없다, 호다루. 알겠지만 뒤는 절벽이야. 날개가 있다면 모를까 네놈들이 살아날 길은 없어.

네놈 하나 때문에 죄 없는 다른 놈들까지 죽어서야 되겠어? 특히 응요타를 생각한다면 말이야. 아니면 바리디라는 놈을 한 뿔에 없앤 나의 용맹한 경호대와 싸워보든지. 어떠냐, 호다루?"

뿌드득, 형이 어금니를 사리무는 소리가 들렸다. 경직된 근육이 꿈틀, 떨렸다. 옆에 서 있던 응요타가 말리듯 형의 어깨에 얼굴을 기댔다.

"이놈들, 새로 음제가 되신 아스카리님의 약속을 못 믿겠다는 거냐? 그리고도 네놈들이 살기를 바라느냐?"

아스카리의 곁에 시립하고 있던 물소만 한 덩치가 훈계를 늘어놓았다. 이글대는 눈길에 놈의 불같은 성격이 고스란히 담겨 있었다. 아스카리의 한마디면 당장이라도 우리를 짓밟을 기세였다. 그때 겨우 몸을 추스른 검은 뿔 어르신이 앞으로 나섰다.

"허, 우리더러 지금 그 말을 믿으란 거요? 왜 사흐라의 내 형제들은 하나도 보이지 않소? 스무 여남은이나 되는 흰 꼬리 형제들은 또 어디로 갔소이까? 당신들이 모두 데려가지 않았소?"

"……."

물소 같은 덩치가 갑자기 말문이 막히는지 뒤를 돌아보았다. 그리고 그때 느닷없이 음쿠우가 앞으로 나섰다. 그러자 살아남은 그의 부하들 셋이 주춤주춤 그 뒤를 따랐다.

"저는 새로 음제가 되신 아스카리님의 약속을 믿습니다. 세렝게티의 평화와 우리 종족의 번영을 이끄시는 음제님의 강림을 감축드립니다. 무지하고

몽매했던 저와 제 부하들의 죄에 대해 감히 용서를 청합니다."

음쿠우가 먼저 무릎을 꿇어 주둥이를 땅에 세 번 짓찧었다. 그의 부하들이 그대로 따라 했다.

2

해는 서쪽으로 완연히 기울었는데 처절한 비명 소리가 협곡을 채웠다. 뒤쪽 절벽을 타고 오르는 삭풍이 작은 회오리를 만들어 협곡을 휩쓸고 지나갔다. 비명과 신음 소리가 잦아들자 아스카리가 검은 뿔 어르신을 주목하며 빙글, 웃음을 흘렸다.

"사흐라와 랭가이 형제들이 어디로 갔냐고 영감이 물었었나? 한밤중에 도망치려는 걸 나의 용맹한 경호대가 본때를 보여주었다네. 영악한 놈들 몇은 아깝게도 놓쳤지만 말이야. 새로운 음제가 탄생했는데 도망을 간다? 그래서 남은 놈들이 더욱 용서가 안 되더군. 저놈들을 도저히 용서할 수 없는 것처럼 말이야."

아스카리가 자신의 뒤를 가리키자 대열을 유지하던 경호대가 갈라섰고 그 사이로 만신창이가 된 음쿠우와 부하들이 널브러져 있었다. 아스카리에게 용서를 빌고 경호대 안쪽으로 들어서자마자 벌어진 일이었다. 얼마나 뿔에 찔리고 밟혔는지 얼굴이며 몸통을 알아보기도 어려웠다. 분노한 어르신의 몸이 와들와들 떨렸다. 키팡가가 검은 뿔 위에서 춤을 추듯 겨우 균형을 잡았다.

"저런 짓을 하고도 네놈이 음제라고? 간교하고 잔인한 피시(하이에나) 무리도 형제들에게는 그러지 않는다, 이눔아!"

금방이라도 폭발할 것 같은 어르신을 제치고 먼저 폭발한 것은 웅야티였다. 제 몸 하나 간신히 가누던 웅야티는 잠깐 경호대의 경계가 느슨해진 틈을 노려 아스카리를 향해 마지막 용력을 쏟아 돌진했다. 그러나 응야티는 아스카리 근처에 가기도 전에 제풀에 쓰러졌다. 몸이 마음을 따라가지 못하자 경호대가 응야티의 몸통을 새까맣게 에워쌌다. 뿔이 둔탁하게 부딪는 소리와 뼈가 부러지는 소리가 바람결에도 선명하게 들렸다. 어쩌면 한숨 같고 어쩌면 누굴 부르는 소리 같기도 한 탄식이 금세 멎었다.

"어두워지는군. 이제 슬슬 마무리해야겠어. 네놈들이 발버둥 치는 꼴을 똑똑히 기억해두마. 얘들아!"

아스카리가 뒤로 물러나자 경호대가 촘촘한 간격으로 대열을 짰다. 그러고는 뿔을 앞으로 내밀고 밀어붙이기 시작했다. 구령에 맞춰 일사불란하게 움직이는 놈들은 마치 암벽 같았다. 숨 막히는 압박감이 그대로 전해졌다. 형과 쿠오나까지 힘을 보탰지만 밀고 들어오는 놈들을 당해낼 수 없었다. 아스카리가 그저 용렬하고 무능한 인물이 아니라는 걸 모두가 절감했다. 막아섰던 협곡의 입구는 금방 허물어졌다.

"그렇지. 싱겁게 포기할 너희가 아닐 거라고 생각했어. 끝까지 악착을 떨어야 호다루다운 거야. 혹시 알아? 기적이라도 일어날지!"

형은 응요타를, 쿠오나는 음강가를 호위했고 나와 누사는 어르신을 지키며 뒤로 물러섰다. 아스카리는 서두르지 않았고 뒷걸음질치는 우리는 피가 마를 지경이었다.

"뭘 그리 망설이는가. 길은 하나밖에 없네. 저들이 두려워 절벽을 뛰어내릴 수는 없어!"

검은 뿔 어르신의 비장한 음성이 바람결에 섞였다. 생각이 번잡했는지 형은 어르신의 말에 귀를 기울이지 못했다. 어르신이 실망한 표정을 지어 보이고는 끙차, 네 발굽에 힘을 모으더니 앞으로 나섰다. 누사가 어르신의 옆에서 뿔을 나란히 하며 마지막 결전을 준비했다. 그리고 둘이 막 앞으로 치닫는 순간, 벼락처럼 허공으로부터 포효가 터지더니 커다란 짐승이 협곡의 흙벽에서 뛰어내렸다.

모든 게 정지했다. 짐승이 경호대와 우리 사이를 어슬렁거리는 동안 그렇게 불어대던 바람조차 숨을 죽였다.

<h2 style="text-align:center">3</h2>

우리는 눈을 의심했다. 서너 길은 족히 되는 흙벽 위에서 깃털처럼 가볍게 뛰어내린 것은 말라비틀어진 사자 한 마리였다. 거친 가죽 위로 앙상한 뼈마디가 훤히 드러난 목덜미에는 독수리라고 부르기에도 뭣한 새 한 마리가 갈기를 움켜쥐고 있었다. 그랬으니 그것이 저녁 어스름을 배경으로 우리를 향해 걸어오는 형상은 기괴했다. 녀석의 설골에서 우렁우렁 울려 나오는 소리만 아니라면 사자라고 믿기조차 어려웠던 거다. 하지만 녀석의 주둥이 양쪽에 자리 잡은 진모의 흰 반점이 또렷했다. 앙상한 몸통의 사자는 분명히 다씸바였다.

다씸바는 우리들 하나하나를 살피며 찬찬히 눈을 맞추었다. 도대체 이놈들이 누구인지 확인하는 듯했다. 마지막으로 나와 눈길이 마주치자 그르릉, 설골을 크게 울려 포효하고는 몸을 돌렸다. 거대한 바위처럼 밀고 들어오던 경호대의 뿔이 주춤주춤 뒤로 물러나고 있었다. 그러자 그새 정신을 수습했는지 아스카리의 표독한 목소리가 터져 나왔다.

"뭉개버려! 저 말라깽이 사자 새끼를 뼈마디 하나 남기지 말고 자근자근 밟아버려! 어떤 짐승도 음제를 이길 수는 없다. 한 놈도 살려두지 마라!"

호통에 놀란 경호대가 다시 대열을 정비했다. 아무리 사자라고 해도 혼자서야 이 많은 무리를 어쩌지 못한다는 걸 간파했던 거다. 더구나 오랜 훈련과 규율로 단련된 아스카리의 경호대 아닌가 말이다. 그런데…….

아스카리의 명령이 떨어지기 무섭게 우리는 또 기괴한 광경에 몸을 떨었다. 한눈에도 초췌하게 느낄 만큼 앙상했던 다씸바의 몸이 부풀기 시작한 것이다. 관절이 투둑투둑, 소리를 내며 벌어지더니 몸피가 두 배나 커졌고 눈자위에는 붉은 기운이 활활 뿜어져 나왔다. 그러고는 밀고 들어오던 거대한 암벽, 경호대를 향해 몸을 날렸다. 이 모든 게 순식간이었다.

그 뒤로 벌어진 일은 일방적인 살육에 가까웠다. 아스카리가 자랑하던 경호대는 은도부의 발바닥에 밟히는 개미 떼처럼 죽어나갔다. 앞장섰던 경호대의 가장 큰 덩치는 다씸바가 휘두른 앞발 한 방에 머리통이 으스러졌고 그 옆에 있던 수컷도 다씸바의 한 입에 목울대가 뜯겨나갔다. 무모하게 달려들던 한 녀석은 어깻죽지가 으스러져 비명을 질러댔다. 해가 마지막 잔광을 털어내는 동안 다씸바 눈가의 붉은 기운은 저녁 어스름에 더욱 선명해져서 마치 바람을 타고 넘실대는 들불처럼 협곡 안을 휩쓸었다. 불꽃이 튀는 곳마다 단말마의 비명이 연이었고 꺼져가는 목숨들의 마지막 발작이 어둠 속으로 스며들었다. 그것은 사자가 아니라 여태껏 우리가 한 번도 본 적 없는 불가사의한 존재였다.

놈들의 대오가 허물어졌지만 광포한 살육은 멈추지 않았다. 그러면서도 다씸바의 공격은 물 흐르듯 자연스러워서 갈기를 움켜쥔 대머리 독수리가 가벼운 날갯짓으로 균형을 잡을 수 있을 정도였다. 마치 숲속의 큰 코끼리가 자잘한 관목들을 휩쓸고 지나가는 것 같았다. 절대 권능을 가진 심판자가 죄인에게 형벌을 내리는 것처럼…….

아무렇게나 널려 있는 이삼십여 구의 시신을 지나 다씸바는 협곡의 입구를 향해 천천히 걸어갔고 우리는 그 뒤를 따랐다. 경악과 공포로 벌린 입을 다물지 못하는 아스카리는 저만치 뒤로 물러나 있었다. 입구에 다다른 다씸바는 우리를 돌아보며 마치 사열하듯 우리의 면목을 일일이 확인했다. 눈자위에 서려 있던 붉은 기운이 점점 사그라졌다. 언제 그랬냐는 듯 다씸바의 관절이 투둑투둑, 제자리를 잡았고 몸피도 앙상하게 변했다. 나와 다시 눈길을 맞춘 다씸바는 바람을 타고 오르듯 훌쩍 흙벽 위로 날아올랐다. 그리고는 몇 번이나 협곡을 뒤흔드는 포효를 내지르고는 사라졌다. 그리고…….

아아악!

마치 꿈을 꾸는 듯한 광경에 얼이 빠져 있던 모두의 귓가에 처절한 비명이 들린 것은 그때였다. 완연한 저녁 어스름을 뚫고 검은 뿔 어르신이 사력을 다해 앞으로 달려나가고 있었다. 아스카리의 경호대가 우르르 아스카리의 주위로 모여들었다.

킬리만자로를 집어삼키고도 남을 만큼 커다란 보름달이 막 떠오른 가운데 참혹한 광경이 드러났다. 언제 날아 올랐는지 키팡가가 아스카리의 한쪽 눈을 뚫고 들어간 것이다. 키팡가의 머리통은 물론이고 날갯죽지까지 반쯤 파묻힌 처절한 돌진이었다. 피범벅 된 머리통을 어쩌지 못하고 고통으로 미쳐 날뛰는 아스카리의 비명이 한동안 킬리만자로를 흔들었다. 그런 아스카리의 몸통에 검은 뿔 어르신이 곧게 뻗은 검은 뿔을 깊숙이 찔러 넣는 게 멀리서도 뚜렷이 보였다.

4

남은 이는 모두 여섯이었다. 우리는 의논 끝에 마사이마라로 향했다. 지금쯤 동족들은 마라강을 건너 세렝게티로 들어섰을 터, 아스카리의 아비가 건

재해 있을 그곳으로 가봤자 목숨을 부지하기는 힘들었다. 건기가 시작된 마라 평원이라고 해서 더 낫다는 보장은 없지만 그래도 버텨볼 만한 여지는 있을 거라 믿었다. 우리에겐 몸과 마음을 추스를 시간이 절실하게 필요했다. 앞날에 대해 생각할 시간도…….

행진은 더뎠다. 왔던 길을 되짚어가는 행로였지만 시름시름 앓는 이들이 많아서다. 떼죽음을 겨우 면하는 동안 몸과 마음의 피폐가 어느 정도인지 스스로도 알 수 없는 지경이었다. 형제들을 돌보던 음강가도 탈진해서 꼬박 이틀을 드러눕기도 했다.

사소한 어려움 앞에서도 앞니나 어금니가 빠진 것처럼 동료들의 빈자리는 컸다. 낯선 갈림길과 의심스러운 잡목 숲 앞에서 바람처럼 달려와 정황을 알려주던 바리디가, 불길한 기척이 느껴질 때마다 바위처럼 듬직하게 앞장서던 응야티가 그랬다. 키 넘게 웃자란 풀숲이 앞을 가로막으면 우리는 굳이 먼 길을 돌아야 했다. 날카로운 송곳니를 가진 것들과 마주치지 않은 게 그나마 다행이었다. 형과 응요타, 쿠오나와 음강가, 누사와 나는 거친 풀조차 귀한 황야를 걷고 또 걸었다.

잡목과 덤불이 작은 무더기를 이룬 곳에서 밤을 보낸 다음 날 아침이었다. 지나가던 구름이 한숨처럼 옅은 빗방울을 흩뿌린 뒤였다. 누사의 상태가 심상치 않았다. 엎드려 잠들었던 그는 끝내 무릎을 펴지 못했다.

"그만 작별할 때가 된 거 같아. 친구들한테 그동안 짐만 되었어. 그래도 어떻게든 세렝게티는 보고 싶었는데, 우리들의 세렝게티……, 말이야."

앞무릎을 꿇은 채 누사가 힘들게 숨을 몰아쉬다 입을 열었다. 우리들의 세렝게티, 라고 말할 때 누사의 흐려지던 눈빛이 반짝, 빛나는 걸 모두가 보았다.

"우리가 함께 있어서 나는 행복했어. 날마다 내가 살아 있다는 걸 실감했고, 이 잔인하고 척박한 평원에서 그래도 목숨을 부지하고 살아가야 할 이유가 되어준 친구들이 있었으니까. 게다가 마지막 길까지 배웅을 받는 행운도 누리고 있으니 말이야. 고맙지, 더 보탤 말이 없을 만큼…….”

짧은 말을 잇는 것도 힘든지 누사는 무릎이 풀리면서 모로 쓰러졌다. 보다 못한 음강가가 나서는 걸 쿠오나가 말렸다. 그 바람에 음강가의 큰 눈에 가득했던 눈물이 후두둑 떨어졌다. 누사의 죽음을 예감하던 모두가 고개를 돌리거나 이글거리는 태양이 떠오르는 하늘을 보며 눈물을 감추었다.

“미안해. 오래전에 쿠오나가 그랬지. 우리가 삶도 죽음도 동시에 잇고 맺을 수 있었으면 좋겠다고. 그 말에 정말 감동했었는데, 내가 그 말을 못 지키게 됐어. 그래도 바리디와 웅야티가 먼저 가 있으니 외롭지는 않을 거야. 많이 보고 싶었는데…….”

누사의 얼굴에 희미한 웃음기가 번졌다. 말을 잇기 힘든 듯 그는 한참 숨을 몰아쉬었다. 몸통과 얼굴에 번진 부스럼과 짓무른 눈가에 덕지덕지 붙은 눈곱, 점차 희미해지는 눈빛이 누사에게 남은 시간을 알려주는 듯했다. 내 눈앞도 뿌옇게 흐려지고 있었다. 각박한 현재와 암울한 미래가 마구 뒤섞이는 통에 누사에게 좀 더 주의하지 못했던 게 너무 미안했다.

“대장 그리고 쿠오나, 혹시라도 슬퍼하지 말기를…….”

누사의 겨우 벌어진 눈에 흰자위가 가득 차고 있었다. 혀가 굳어지는지 누사는 이빨로 혀를 물어가며 마지막 기력을 짜냈다. 누사는 형을 가까이 불러서는 무슨 당부인가를 남겼다. 형은 고개를 끄덕여 그 미약한 소리에 응답했다.

“어둠이 몰려와. 이제 그만……, 저 어둠의 벽 너머에서 기다리고 있을게. 다들 고마웠어. 정말, 고마워…….”

목숨을 놓았어도 그 여운은 남아서 누사의 몸은 잠시 동안 경련으로 뒤틀렸다. 형과 쿠오나의 절규처럼 쏟아지는 울음이 평원으로 퍼져나갔다. 그 울음을 배경으로 협곡을 벗어나 킬리만자로를 내려오던 누사가 나에게 건넸던 말이 귓가를 맴돌았다. 검은 뿔 어르신의 죽음을 기리면서였다. 또 지금에서 돌아보니 자신의 죽음을 예감한 것이기도 했다.

"나는 참 희망 없이 살아왔던 거 같아. 우리의 운명을 바꾸는 일에 동참했지만 그게 정말 가능할 거라고 믿은 적은 없었어. 그러니 흑과 백이 분명한 우리의 목적과 친구들 사이에서 이것도 저것도 아닌 채 여기까지 온 거야. 모두에게 방해만 되었을 뿐이지. 그러니, 응두구. 나중에라도 그냥 패배자 친구하나가 떠났다고 생각해줘."

누구보다 영민했으나 누구보다 번민이 많았던 누사는 그렇게 무거운 몸과 꿈을 내려놓았다.

5

"이런, 참으로 간교한 놈이구나. 아스카리가 죽었으니 너희에게는 죄가 없다?"

이복형은 맞서는 쿠오나를 비웃었다. 뒤에 도열해 있던 경호대를 휘이, 둘러보는 품이 마치 저놈의 교묘한 수작이 가소롭지 않느냐며 동의를 구하는 것처럼 보였다. 이복형은 우리를 경멸하는 표정 그대로 단호하게 말했다.

"네놈들이 아스카리를 죽였기 때문이 아니라 새로운 음제를 죽였기 때문에 목숨을 거두려는 것이다."

말투는 준엄했지만 불과 두세 달여 만에 마주한 그는 깊은 주름에다 어두운 표정이어서 몰라볼 정도였다. 아마도 킬리만자로의 협곡에서 살아남은 경호대로부터 아스카리의 죽음과 관련해 상세한 전말을 보고받았을 터였다. 그러고는 평원에 남아 있던 아스카리의 경호대를 데리고 부랴부랴 수행단이 갔던 길을 서둘러 달려왔을 것이다. 그렇지 않고서야 수행단이 갔던 길을 조심조심 되짚어 오던 우리와 느닷없이 맞닥뜨렸을 리가 없었다.

"허, 참! 아스카리는 그저 사나운 패거리들의 두목에 불과했다니까요. 그놈은 킬리만자로에서 많은 동족을 죽였어요. 외방의 형제들까지도 살해했단 말입니다. 형제들을 죽인 놈이 새로운 음제가 될 수는 없지 않습니까? 그래서 아스카리는 음제가 아닌 겁니다."

경멸과 조소를 받으면서도 쿠오나는 꿋꿋했다. 아니, 막다른 길에 내몰린 자가 할 수 있는 모든 걸 쏟아내는 듯했다. 설득하려는 게 아니라 어쩌면 자진(自盡)을 위한 명분을 쌓으려는 것일지도 몰랐다.

"또, 아스카리를 죽인 건 사흐라에서 온 검은 뿔 형제입니다. 우리는 아스카리와 맞서기는 했어도 그의 터럭 하나도 손댄 게 없어요. 그런데 왜 우리가 죗값을 치러야 합니까? 진정으로 우리 종족의 안녕과 번성을 원한다면 외방의 형제들에게 죄를 물어야지요. 더구나, 외방의 형제들을 데려온 게 바로 아스카리의 경호대 아닙니까?"

쿠오나는 도열한 경호대를 턱짓으로 가리켰다. '자칼의 눈'이라는 별명답게 그 와중에도 킬리만자로의 협곡에서 대치했던 놈을 찾아냈던 거다.

"닥쳐라, 이놈! 음제는 세 치 혀를 제 맘대로 놀리는 너 따위가 정하는 게 아니라 우리가 정한다. 음제와 함께 오랫동안 동족의 번성을 위해 헌신해온 명망 높은 이들이 정하는 것이다."

이복형의 목울대가 크게 출렁이며 핏줄이 굵게 도드라졌다. 이미 한밤중 별빛 아래서 형과 나를 차분하게 설득하려 애쓰던 그가 아니었다. 자기 확신의 맹목과 턱없는 분노가 그를 질곡으로 몰아넣고 있었다. 그러자 형이 나서서 이복형의 말을 받아쳤다.

"그래서 아스카리 같은 자를 음제로 만들려고 했습니까? 동족과 부하까지 함부로 죽이는 자를요? 그런 놈을 세렝게티의 평화와 모든 생명의 번성을 주재하는 음제로 만드는 게 형님의 계책이었습니까?"

형의 목소리가 부르르 떨렸다.

"형님은 저에게, 우리 종족의 번성에는 대단한 체계와 운용이 있다고 하셨지요? 그게 바바 아스카리 같은 놈들이 작당해서 음제를 결정하는 것이었습니까? 지금까지 음제도 그런 식으로 정해졌겠지요? 킬리만자로나 향기의 바위 같은 개수작이 아니고 말입니다."

이복형의 얼굴이 더욱 어두워졌다. 나는 자꾸만 조마조마해지는 가슴을 어쩌지 못했다. 쿠오나가 펼친 자진의 길에 형도 기꺼이 발을 들이밀고 있어서다.

"일전에 형님은, 살아 있는 모든 것은 죽은 자들에게 빚지고 있다고 했습니다. 기억하시지요? 숱한 동족의 죽음에 가장 크게 빚지고 있는 자들이 바로 형님처럼 권세 있는 자들입니다. 단 한 번이라도 그 죽음을 가볍게 여겨서는 안 되겠다는 다짐이라도 해보았습니까?"

분노를 가라앉히려 듯 형은 잠시 숨을 골랐다. 그리고 한결 진중해진 음성으로 물었다.

"형님은 아스카리가 죽을 줄은 상상하지 못했지요? 그래서 묻습니다. 형님이 원하는 게 무엇입니까? 아스카리가 음제가 되자마자 죽었다는 소문은 이미 세렝게티에 다 퍼졌을 테고, 어둠의 제왕 모씸바의 아들이 저와 친구들을 지켜주었다는 사실도 모두 알게 되었을 겁니다. 그럼 이제 뭐가 더 필요한지요? 하찮은 저의 목숨입니까?"

“······.”

“그렇군요. 제가 다씸바가 지켜준, 그래서 아스카리보다 뛰어난 인물이 되면 안 되겠군요. 그러니 저를 그냥 죽여서는 안 되고 다씸바가 구했어도 별 게 아닌 응융부로 만들어야겠지요? 비루하게 죽어가는 놈으로 말입니다.”

이복형은 시인도 부인도 하지 못했다. 뒤에 도열해 있던 경호대가 술렁댔다.

“그렇다면 선택하서야지요. 저를 끌고 가서 비참하게 죽이든지, 아니면 이 자리에서 우리 모두를 죽이든지!”

말을 마친 형은 미동도 없이 이복형과 대치했다. 멀리 장엄한 저녁놀이 마라 평원을 붉게 물들이고 있었다.

16장

귀환

1

"할 수만 있다면……, 돌아가고 싶어요. 옛날, 우리가 자랐던 곳으로……."

어느 날, 한낮의 열기가 식자 그녀는 자리에서 일어나 굳은 석상처럼 서쪽 하늘을 바라보다 그렇게 말했다. 온종일 그늘 밑에서 낮잠을 자거나 토닥거리며 나에게 장난을 걸던 그녀였다.

피골이 상접했던 그녀는 한동안 정말 걸신처럼 먹어댔다. 새벽에 임팔라 어미를 거의 혼자서 다 먹어치우고 오후 늦게는 응유부 수컷을 절반이나 삼키는 식이었다. 부풀어 오른 배를 부여안고 그녀가 깊은 잠에 떨어지면 내가 남은 먹이를 천천히 뜯었다.

사냥은 손쉬웠다. 나는 여전히 냄새를 풍기지 않았고 시든 풀줄기와 푼다밀리아(얼룩말) 무늬의 색깔을 선명하게 구별했다. 게다가 마음만 먹으면 다 큰 코끼리 수컷도 잡을 수 있을 듯 연유를 알 수 없는 힘이 소용돌이쳤다. 그랬으니 하루 두 번의 사냥에서 거의 실패한 적이 없었다.

그녀는 빠르게 몸을 회복했다. 그리운 옛 얼굴이 되살아났다. 아버지에게 처음 인사를 올릴 때 아장걸음으로 내 뒤를 따랐던, 셋째 이모에게 쫓겨나 평원으로 내몰릴 때 억수 같은 빗줄기 너머 안타까운 눈길로 어머니와 나를 배웅하던 그녀 말이다.

그녀의 먹성 덕에 나도 원래의 몸을 되찾아갔다. 골격이 죄다 드러났던 몸 피에 살이 붙었고 말라죽은 나무껍질처럼 푸석했던 가죽도 팽팽해졌다. 시간 이 지날수록 그녀가 더욱 살갑게 대하는 데는 내 어릴 적 모습이 되살아난 탓 도 없지 않았을 거다.

"그곳에 갈 수만 있다면……, 마음이 좀 편할 거 같아서……."

그녀가 돌아가고 싶다는 말을 꺼내기 전까지 나는 그곳으로 간다는 생각을 해본 적이 없었다. 세렝게티로 돌아가겠다, 마음먹었지만 어떻게 살아갈지 구체적으로 생각하지 않았다. 나는 여전히 킬리만자로가 보여준 삶의 그 굴 곡지고 아득한 미궁과 할망구의 오히려 장엄했던 죽음에 젖어 있었던 거다. 그런데 세상에, 마음까지 편안하게 해주는 곳이라니…….

"어머니가 자꾸 보고 싶어져서요. 돌아가신 지 오랜데도……. 그러네요, 제 가……."

그녀의 세 번째 넋두리가 들렸을 때 머릿속에 더 이상 떠오르는 말이 없었 다. 큰물이 지나가며 모든 자잘한 흔적을 지워버린 것처럼 머릿속이 휑하니 비워졌다. 그녀의 엄마, 그러니까 내 사촌 누이가 어떻게 목숨을 다했는지는 이따금 그녀가 던진 얘기로만 짐작하고 있었던 터다.

해가 지는 쪽으로 곧장 걸어가면 타카티푸를 지나 우리가 어린 시절을 보 냈던 샘터와 늙은 아카시아 두 그루가 서 있는 둔덕이 나타날 것이다. 사철 물 이 마르지 않던 샘도 그대로일 것이다. 그리운 이들은 세상을 등졌겠지만, 그 곳에서라면 그들을 기억하는 것만으로도 지금의 외롭고 쓸쓸한 자신을 달랠 수 있을지도 모를 일이다. 죽은 이들은 살아 있는 이들의 기억을 통해서 영생 을 누리는 법이니까. 잠시 후 마음을 굳힌 내가 말했다.

"내일 동이 트기 전에 출발하면 어떨까?"

길을 떠나기 전 그녀는 머물렀던 아카시아 둥치며 배를 채운 사냥감의 뼈무더기며, 마지막으로 해골만 남은 젊은 수컷들의 사체에도 냄새를 뿌렸다. 단지 운이 나빴던 그 젊은 친구들은 풀더미 속에서 뼈만 남았다.

동이 터올 무렵 우리는 길을 나섰다. 그녀는 뒤돌아보지 않고 씩씩하게 앞으로 나아갔다.

2

멀리 붉은 노을을 배경으로 눈에 익은 바위언덕, 타카티푸가 나타났다. 채식지 않은 대지에서 피어오르는 아지랑이에 휩싸여 있었다. 바람에 아버지의 냄새가 실려 있는 듯해서 나는 마른침을 삼켰다. 헤아리면 엊그제인 듯한 지난날들이 마치 전 생애를 쏟아부은 것처럼 줄지어 펼쳐졌다. 내가 삼킨 당신의 갈기가 아니더라도 내가 걸어온 삶의 곳곳에는 아버지가 남긴 잔영이 뚜렷했다.

어른이 된다는 건 아버지가 남긴 그림자가 차츰 희미해지는 것일 테다. 그래서 어느 시기가 되면 그저 위대하기만 한 아버지가 아니라 나보다 조금 앞서서 비슷한 일생을 살았던 한 존재로서 그리워지기도 할 것이다. 당신에 대한 존경심과 성장한 자신에 대한 대견함이 부드럽게 뒤섞여 어깨가 으쓱거려지고 마음이 따스해지는 것처럼…….

그러나 어둠의 제왕인 아버지에게는 그렇게 할 수 없었다. 당신에 대한 존경심은 여전했으나 나 자신을 대견하게 여길 정도는 아니어서 그렇다. 아버지의 아들이되 아버지의 모든 능력을 갈무리하지는 못했다는 걸 인정해야만 했다. 무엇보다 아버지는 위대한 전사였으며 지극한 가장이었던 데 비하면…….

그녀의 부드러운 혀가 뺨을 문지르는 바람에 번잡한 상념은 사라졌다. 어둠이 짙어지는 평원에는 해의 마지막 잔광이 비명처럼 흩날렸다. 우리는 저녁놀에 붉게 물든 타카티푸를 향해 발걸음을 재촉했다.

타카티푸의 정상에서 나는 속절없이 깊어지는 밤을 맞았다. 일찍 그믐달이 지고 하늘엔 온통 마라강변의 은모래를 뿌려놓은 듯 별들이 빼곡하게 자리를 잡고 있었다. 밤이슬이 촉촉하게 몸을 적시는 가운데 나는 그녀를 품에 안았다. 갸르릉, 그녀의 설골이 가볍게 연이어 울렸다. 그녀의 몸속에 가냘픈 생명이 자라고 있음을 그제야 알았다.

응융부들이 끝없이 늘어서서 세렝게티로 돌아오는 광경을 바라보며 나는 몸을 일으켰다. 하늘은 투명했고 땅은 곧 들이닥칠 비구름을 맞을 준비로 분주했다. 어머니가 마지막 숨을 몰아쉰 곳, 가죽만 남아 바람에 펄럭이던 아카시아나무를 물끄러미 내려다보고서 나는 타카티푸를 내려왔다.

마음이 앞선 그녀가 저만치 앞장섰다. 마침내 우리는 추억으로 돌아가고 있었다. 하지만 어머니에 대한 원한과 복수의 고통 속에서 숨을 거두었던, 어린 점박이 하이에나의 절규가 내 꼬리에 아직 매달려 있었다. 그래서 나도 그녀도 영원히 행복할 수는 없을 것이라는 예감, 얻는 것만큼 잃을 것이라는 예감, 이 세렝게티에 살고 있는 모두에게 적용되는 운명 같은 것 말이다.

3

입 가벼운 대머리 독수리들이 나와 그녀의 행적을 산지사방에 알린 탓에 더할 수 없이 몸이 고달팠다. 가장 힘들었던 싸움은 역시 이곳 샘터를 차지하기 위한 것이었다. 세렝게티에서 가장 풍족한 곳이었으므로 터를 차지하고 있던 놈들도 가장 강성한 수컷들이었다. 내가 그곳으로 간다는 것을 알고 나름의 대비를 갖추고 있었다. 게다가 한때나마 같은 자리에서 먹고 잠들었던 옛 식구들이 소식을 듣고 더 길길이 날뛰었다.

샘터가 가까워질수록 녀석들이 마구 뿌려놓은 영역 확인의 분비물이 코를 찔렀다. 멀찍이 숨어들어 살펴보니 수컷 세 놈이 스물이 넘는 가족을 거느리고 있었다. 한밤중에도 수컷들은 사냥을 따라가지 않고 무리지어 순찰을 돌았다. 그들도 그만큼 긴장하고 있었다. 아버지의 용맹과 힘을 온전히 물려받지 못한 나는 잔꾀를 쓸 수밖에 없었다. 평평한 풀밭 한가운데 움푹 파인 구덩이에 몸을 숨겼다.

일찍 떠오른 초승달이 중천에 걸렸을 때 그녀가 모습을 드러내고 긴 울음을 던지자 샘터 근방은 금방 북새통이었다. 팽팽하게 쳐놓은 거미줄이 장력을 견디지 못하고 툭, 끊어질 때처럼 녀석들은 한꺼번에 몰려나와 그녀를 뒤쫓았다. 암컷들이 앞장서고, 잘 먹어 몸을 불린 수컷들이 뒤처져서 따랐다.

내가 숨은 구덩이 근처에서 그녀는 방향을 틀었다. 쫓는 암컷들과 뒤처진 수컷들과의 간격이 확연했다. 나는 바람에 실려 오는 냄새와 땅바닥을 타고 전해지는 발자국 소리로 세 놈의 위치를 가늠했다. 가장 뒤처진 녀석을 노렸다. 그리고 그놈의 꼬리가 내 머리 위로 춤을 추며 지나가자마자 나는 몸을 날렸다. 일격에 숨통을 막지 못하면 뒷일을 장담하기 어려웠다.

그런데 녀석은 짐작보다 훨씬 우람했고 완력도 대단했다. 내 송곳니가 갈기를 헤치고 목덜미를 물었는데도 쓰러지지 않았다. 외려 머리와 몸통을 크게 흔들어 나를 떨쳐내려 했다. 세렝게티에서 가장 풍족한 영역을 거느리는 수컷다웠다. 그 자리에 오르기까지 얼마나 많은 쟁투를 겪었겠는가 말이다. 나를 떨치려 놈이 다시 고개를 쳐드는 순간을 노려 나는 목덜미에서 미끄러지듯 놈의 어깻죽지를 지나 목울대를 단단히 물었다. 놈의 물소만 한 몸통을 타고 굵직한 경련이 느껴졌다. 비로소 숨구멍이 막히는 거였다. 한 번 더 앙다물자 그제야 뚝, 놈의 목울대가 뚫렸다. 마지막 경련이 몸통을 훑어 내리는 걸 확인하고서 나는 물고 있던 목을 놓았다.

널브러진 녀석을 힐끔 돌아보고 나는 멀지 않은 샘터로 달리기 시작했다. 시간을 너무 지체해서 그녀의 안위가 염려되었지만 달리 방법이 없었다. 그런 와중에도 깊이 박혔던 송곳니 끝에 묻어난 놈의 피 냄새가 역했다.

예상대로 샘터에는 늙은 암사자 하나와 어린 것들 네댓이 전부였다. 내가 홀연히 다가서자 그들은 꼬리를 사리고 정신없이 도망쳤다. 나의 높고 긴 울음이 여명을 타고 사방으로 퍼지기 시작했다. 아직 동이 트기 전이었는데도 독수리들이 새까맣게 날아들었다. 사방은 적막했고 멀리서 비구름이 우르르 몰려들고 있었다.

4

어렵게 샘터를 차지했지만 나는 한동안 식구들을 그냥 내버려두었다. 식구들 중에는 내가 죽이거나 도망친 수사자들의 자식과 어미도 있었고 오래전 나와 어머니가 쫓겨날 때 방관하던 친척들도 있었다. 나는 그들에게 처신할 시간을 준 것이다. 어찌해볼 틈도 없이 엉겁결에 가족으로부터 내쳐졌던 끔찍한 기억들 때문이었다.

그러나 그녀는 달랐다. 내가 아카시아 두 그루가 넓게 그늘을 만든 둔덕에서 시간을 보내는 동안 그녀의 전투는 오히려 더 은밀하고 격렬하게 계속되었다. 날이 갈수록 먹이를 나누는 식구들의 수가 줄었다. 나는 그 연유를 묻지 않았고 그녀 또한 자질구레한 설명을 붙이지 않았다.

하루 종일 쉬지 않고 비가 퍼붓던 날 안간힘으로 버티던 셋째 이모가 제법 자란 두 아들과 샘터를 떠났다. 이미 늙어서 제 몸 하나 건사하기도 쉽지 않은 그녀를, 그러나 아무도 붙잡지 않았다. 아직 남아 있는 이들 중에서도 조만간 이곳을 떠나야 할 이들은 오히려 아비가 다른 두 아들까지 살려 보내는 것만으로도 안도했다. 그들이 떠나자 한참 조카뻘인 몇몇 암컷을 제외하고 옛 식구들은 거의 남지 않았다.

가족 구성원이 새롭게 정돈되자 그녀는 떠돌이 암컷들을 눈에 띄는 대로 샘터로 데려오기 시작했다. 새끼가 딸렸거나 잉태를 한 암컷들은 더욱 소중히 다루었다. 그렇게 애쓴 덕분에 발굽 달린 무리들이 마사이마라로 떠날 때쯤 식구들은 두 배로 늘어났다. 세렝게티의 어떤 사자 무리도 함부로 우리를 넘볼 수 없게 된 것이다.

그즈음부터 그녀는 종종 자리를 비웠다. 가끔 둔덕에서 바라보면 그녀는 달빛과 밤이슬이 가득한 평원을 산책하곤 했다. 출산은 어미 혼자서 맞는 최상의 선물이라는 선대의 유훈이 그저 전해진 말은 아닐 터. 가끔 그녀의 요청으로 산책에 동행한 적도 있었으나 그건 어디까지나 경호의 목적이었지 그녀의 상념을 방해하는 일은 피했다.

불러오는 배를 더 감출 수 없던 그녀는 어느 날 온다간다 말도 없이 자취를 감추었다. 그리고 한 달쯤 지나서 튼실한 아들과 함께 돌아왔다.

5

저녁 어스름이 평원을 물들일 때였다. 그녀의 기척이 들렸다. 내가 자리한 둔덕에 오를 수 있는 건 그녀뿐이었다. 그녀는 꼬리를 공중으로 빳빳이 세우고 다가와 발등에 입을 맞추고 뺨을 비비고 이마를 핥았다. 입가에 피냄새가 짙었다. 그녀의 뒤에는 잔뜩 주눅 든 갓난쟁이가 서 있었다.

그녀가 어서 인사를 드리라고 채근하는 걸 듣고서야 불현듯 옛 기억이 새삼스러워 나는 눈에 모았던 기운을 풀었다. 곤추세웠던 귀도 누그러뜨렸고 머리를 숙여 아이와 눈을 맞추었다. 그제야 아이는 난생처음 개울을 건너듯 조심조심 나에게로 왔다.

얼굴에 닿는 아이의 뺨은 뭐라 말할 수 없이 부드러웠고 앞발로 쓰다듬던 어깨의 감촉은 너무 연약해서 애처로웠다. 아이의 얼굴은 혓바닥으로 감쌀 만큼 작고 앳되었다. 아이의 마음이 그대로 내게 전해졌고 오래전 아버지의 마음도 온전히 느껴지는 듯했다. 그래서였을까, 나도 모르게 몸속 저 깊은 곳에서 굵은 저음이 울려 나왔다.

"누가 뭐라고 해도, 너는 가장 용감한 씸바가 될 거다. 어머니가 그렇게 보살필 테고, 언제나 내가 곁에 있을 거다. 어떤 어려움이 닥쳐도 나의 아들이라는 걸 잊지 마라."

아아, 저 아이만큼 어렸을 때 내 가슴을 쿵쾅대며 울리던 아버지의 말씀이 내 속에서 그대로 울려 나왔다. 그러자 갓난쟁이 옆에 서 있던 그녀가 슬금 다가와 내 어깨에 머리를 살짝 누이고는 아이와 나를 한눈에 담았다. 그녀의 목에서 갸르릉, 설골이 떨며 울렸다. 행복에 겨운 그녀의 진심이 그대로 와닿았다. 아마 저 갓난쟁이도 지금의 이 광경을 죽을 때까지 잊지 못할 터였다.

갓난쟁이를 그녀와 나의 아들로 인가한 뒤에도 그녀는 발톱이 다 닳도록 분주했다. 건기가 시작되었으므로 늘어난 식구들을 다잡으며 먹고살기 위한 일에 고투를 아끼지 않았다. 덕분에 하루하루가 지극히 단조로운 나날이 이어졌다. 나는 사냥하고 먹고 자고 영역을 순찰했다.

나와 그녀가 셋째 이모의 주검을 발견한 것도 그런 일상 중의 어느 날이었다. 굶주린 청소부들이 알뜰살뜰 먹어치운 바람에 얼굴 윤곽과 냄새로만 겨우 확인할 수 있어서 병들었는지 사냥에서 깊은 상처를 입었는지 아니면 다른 이유 때문인지는 전혀 알 수 없었다. 그 잔존물 위에 그녀는 지린 오줌을 한참 내갈겼다. 저만치 독수리들이 몰려와 보고 있었지만 그녀도 나도 개의치 않았다.

6

그녀가 낳은 갓난쟁이는 하루가 다르게 커갔다. 첫 대면은 나와 아버지가 처음 상봉했을 때의 재연이었지만 그 뒤로는 사뭇 달랐다. 들불에 쫓겨 방랑하는 일도 없었고 살아남기 위해 먹을 수 없는 것들을 먹어야 할 일도 없었다. 아내는 어머니처럼 무모하지 않았고 영리하게 안정적인 생존의 길을 걸었다. 나는 매일 똑같은 일상을 견디며 먹거나 잠을 자거나 타카티푸에 올라 바람이 실어 오는 세렝게티의 소식을 들으며 아내와 가족을 보살폈다.

평원이 들썩이는 조짐을 전해 들은 것도 아마 그즈음이었을 게다. 발굽 달린 모든 족속이 날이 갈수록 거칠어진다는 거였다. 사냥을 나갔던 식구들과 그녀도 종종 그런 경험을 전했다. 막다른 길에 몰린 사냥감도 목숨이 다할 때까지 전력으로 대들 뿐만 아니라 도망쳤던 놈들이 무리를 지어 구하러 오는 통에 낭패를 겪는 일이 적지 않다는 거였다. 심지어 그들이 먼저 사냥꾼들을 공격하는 경우도 많아서 우기가 되었어도 예전만큼 사냥이 쉽지 않다고 했다. 또 들리기로는, 놈들이 건기에 마라강을 건널 때면 작게 패거리를 나누어서 한꺼번에 몰려 떼죽음을 당하는 일도 꽤 줄었다고 했다. 이런 풍문을 접할 때마다 나는 킬리만자로에서 보았던 떠꺼머리 젊은 녀석들의 얼굴을 떠올렸다. 녀석들의 안부가 궁금해지기도 했다.

그러나 나는 대체로 그들의 일에는 관심을 멀리했다. 아버지 모씸바의 권능과 힘을 온전히 물려받지 못했으므로 세렝게티의 모든 것을 내가 주재할 수는 없을 터였다. 대신 이 끝없는 평원의 생활에 충실하려 노력했다. 아내가 사냥을 나갈 때는 가급적 동행했다. 어떤 경우에도 아내 혼자 먹이를 쫓도록 하지 않았다. 특히 물소를 잡을 때면 내가 가장 앞서서 놈들을 흩어놓았다. 아내가 곤궁에 처하면 그게 곧 나의 죽음과도 잇닿아 있다는 걸 아버지가 온몸으로 가르쳐주어서다. 어쩌다 몸도 마음도 혼곤해질 때 킬리만자로의 절벽을 박차고 날았던 할망구를 호명하거나 그미와 지냈던 날들을 더듬으며 마음이 풀어질 때도 없지 않았다. 그러나 그건 정말 어쩌다 한두 번이었고 그럴수록 나는 마음을 다잡곤 했다. 세렝게티는 그렇게 물러터진 마음으로 살아갈 수 있는 곳이 아니라는 걸 알고도 남을 나이였던 거다.

정작 문제는 뿔과 발굽을 가진 족속들이 아니라 가족에서 시작되었다. 언제부턴가 아내가 야위기 시작한 거다. 어느 날 타카티푸까지 영역을 돌아보고 샘터로 돌아왔을 때 몰라보도록 초췌해진 아내에게서 어쩔 수 없는 그녀의 운명을 직감했다. 생명을 가진 것들이라면 감내할 수밖에 없는 그것. 그래서 나는 아내의 곁을 지켰다. 그게 그녀를 위해 내가 해줄 수 있는 전부여서다.

아내는 급격히 쇠잔해졌다. 고기를 먹지 못했고 억지로 삼켜도 금방 토했다. 목구멍에 무슨 혹이라도 생겼는지 물을 들이켜는 것도 버거워했다. 날이 갈수록 상태는 더욱 악화되었다. 항문에서 간헐적으로 피가 새어 나왔고 혹이 커졌는지 나중에는 울음소리도 낼 수 없었다.

둔덕의 내 자리에서 무슨 허물처럼 축 늘어져 있는 아내를 안았다. 솜털처럼 안기는 그녀를 조용히 자리에 누이고서 나는 먹먹해지는 가슴을 누르며 곁에 엎드렸다. 그런 와중에도 아들 녀석은 사냥에 재미를 들여 틈만 나면 손위 누이와 아주머니들과 어울려 들판으로 나갔다. 고통을 참느라 온종일 미동도 않고 엎드려 있는 아내에게서 고약한 냄새가 풍기기 시작했다.

평원이 자욱한 물보라에 휩싸인 어느 날 밤, 문득 아내는 휘청이며 겨우 일어섰다. 다른 식구들이 와자지껄 사냥을 나간 날이었다. 아내는 어두운 평원을 오래 바라보며 비에 젖어갔다. 그러다 눈길을 돌려 나를 한참 바라보았다. 나는 그녀와 눈빛을 맞추었다. 나는 마음 한편이 천근처럼 무거워지는 시간이었고 아내는 남기고 싶은 무수한 말들이 어디론가 사라져버려 정지된 시간이었을 거다.

아내는 따라나서려는 나를 간곡한 눈빛으로 막았다. 그러고는 단호하게 몸을 돌려세웠다. 잠시 주춤하는가 싶더니 그녀는 마지막 기력을 짜내어 최대한 당당한 걸음으로 칠흑 같은 어둠과 빗속으로 걸어 들어갔다. 어둠 속으로 사라지기 직전에 딸랑, 꼬리 끝이 위로 빳빳하게 일어선 잔상이 오래 남았다. 아내의 마지막 인사였다. 턱하니 숨이 막혔다.

대정령이 아니라 그 누구라도 한 생명이 생의 마지막에 전하는 말은 알아들을 수 없는 법. 한 존재의 무거움은 그렇게 나의 발을 묶어두고 홀로 멀어져갔다.

7

아내가 떠나고 세 번의 우기와 건기가 속절없이 지나갔다. 그동안 소소한 일들이 샘터를 맴돌았다. 그녀가 남긴 아들은 장성해서 집을 떠났고 영역을 넘보던 수컷들과 몇 차례 크고 작은 다툼이 있었다. 아버지만큼은 아니었어도 가족을 건사하는 데는 과히 모자라지 않았던 나의 용력도 조금씩 시들어갔다. 낯선 수컷들과 벌이는 드잡이질도 종종 힘에 겨웠던 것이다.

이러지도 저러지도 못하고 있을 때, 오래 변방을 떠돌던 아들 녀석이 샘터로 돌아온 것은 다행이었다. 싸우다 죽거나 깊은 상처를 입고 쫓겨나서야 가장의 지위를 내려놓는 처참한 꼴은 면한 것이다. 나는 아들에게 둔덕의 자리를 물려주고 조용히 샘터를 떠나 타카티푸에서 말년의 대부분을 보낼 수 있었다. 말을 까불기 좋아하는 독수리들이 여름날 몰려드는 파리 떼처럼 지지배배 거렸지만 어머니가 육탈했던 아카시아 그늘에서 나는 졸음을 이기지 못했다. 바하리로 간 할망구가 자주 꿈에 나타나곤 했다.

멀리 마라강 너머로 노을이 물드는 저녁 무렵의 타카티푸는 적막했다. 내가 살아오는 동안 몇 번째인지 모를 건기가 시작되고 있었다. 조만간 발굽 달린 무리가 떼를 지어 마라강변으로 향할 터였다. 당분간은 타카티푸 일대가 그들의 고함과 울부짖는 소리로 가득할 터였다.

나는 한껏 기지개를 켜며 관절을 이완시키고는 몸을 일으켰다. 눈가에 물기가 어룽어룽할 만큼 입이 찢어져라 하품을 하다 문득, 이쯤에서 그만 몸을 벗어야겠다는 생각이 섬광처럼 머릿속을 휘감았다. 아아, 미처 그 생각을 못하고 있었다. 할망구가 매일처럼 꿈속을 찾아오는 연유를 살피지도 못했던 거다. 그러고 보니 언제부턴가 독수리들이 자주 타카티푸 상공을 배회하던 이유도 그제야 알았다.

세렝게티에 어둠이 내려오는 걸 망연하게 바라보던 시야에 멀리서 한 무리의 짐승들이 다가오는 게 보였다. 곧이어 나를 호명하는 울음이 들려왔고 나는 크게 응답했다. 나는 다시 엎드린 채 한참을 기다렸다. 그들이 도착한 것은 밤이 이슥해서였다. 열이나 되는 응융부들이었는데 그중 하나가 정상으로 오르는 외길을 따라 천천히 올라왔다. 나는 바람결에 스며든 그의 냄새를 맡았다. 나도 그를 마중하러 몇 걸음을 내려갔다.

17장

불멸과 소멸

1

'신의 산'에 겨우 당도했어도 며칠을 헤매고서야 나와 웅요타는 흰 꼬리 형제들을 만날 수 있었다. 올도이니오 랭가이의 깊은 계곡에서였다. 킬리만자로로 가던 노약자들 무리에서 눈에 익은 청년이 우리를 위로하며 마을로 안내했다. 그는 한쪽 눈을 잃은 데다 다리도 절고 있었다.

"여기는 안전합니다. 아스카리 아니라 그 할아비가 경호대를 끌고 와도 우리 형제들의 꼬리털 하나도 건드리지 못할 테니 마음 편히 계십시오."

흰 꼬리 형제들은 절망과 굶주림에 지친 나와 웅요타를 기꺼이 받아들였다. 킬리만자로에서 경호대의 뿔과 발굽을 피해 구사일생으로 도망쳐 온 이들이 그간의 사정을 전한 덕분이었다. 그들은 죽음의 협곡에서 다썸바가 나타나 우리를 구했으며 키팡가가 아스카리를 죽였다는 사실도 알고 있었다. 킬리만자로 대정령의 신령한 힘이 일으킨 기적이라며 우리를 칭송했다. 호송단에 참여했던 스무남은 흰 꼬리 형제들 중에 겨우 넷만 살아서 돌아왔다는 그들은 나와 웅요타를 위로하며 눈물을 내비쳤다.

기진했던 우리는 모로 쓰러져 기절하듯 잠들었다. 얼마만의 안온한 잠인지 몰랐다. 그러나 꿈에 형과 쿠오나와 음강가의 마지막 모습이 번갈아 나타났다 사라지는 것까지 막을 수는 없었다.

형의 제안을 받아들인 이복형이 쿠오나와 형을 잡아가겠다고 했을 때, 음강가는 필사적이었다. 우리의 삶도 죽음도 저들이 갈라놓을 수는 없다며 길길이 날뛰었다. 쿠오나가 어르고 달래도 소용이 없었다.

"당신이 없으면 저는 살아도 산목숨이 아닙니다. 저는 다른 누구를 위해서 새로운 세상을 꿈꾸지 않았습니다. 저한테는 당신이 있어야 세렝게티가 의미가 있고, 우리가 함께해야 이 세상도 의미가 있습니다. 우리가 이루지 못했다면 우리가 매듭지어야지 후세라뇨? 그들에게는 또 그들의 세상이 있을 거예요. 그러니 우리의 꿈을 접으려면 다 같이, 여기서 접도록 해요. 저는 당신 없이 이루어야 할 꿈도 없으니까요!"

절규하는 음강가가 제풀에 지치기를 기다려서야 우리는 작별했다.

"잘 들어둬 웅두구. 몇 달 뒤면 웅두구는 삼촌이 될 거야. 누사의 마지막 부탁을 들어주는 거지. 그 아이에게 네가 보고 듣고 느낀 모든 것을 전했으면 좋겠어. 응요타는 그 아이를 우리 모두의 아이로 키울 거야. 그러면 그 아이는 평원의 모든 이에게 우리의 이야기를 전할 거야. 상상만 해도 멋지지 않니?"

쿠오나는 억지웃음을 지으며 도리질 치는 내 뺨에 이마를 비볐다. 그의 길게 찢어진 눈가에도 물기가 번지고 있었다. 그렇게 마지막 작별을 나누는 중에도 쿠오나는 이복형이 잠시 눈길을 돌리는 틈을 놓치지 않았다. 낮고 빠르게, 그리고 다짐하듯 단단히 일렀다.

"웅두구, 응요타와 음강가를 데리고 올도이니오 랭가이로 가. 네 이복형을 보니 마사이마라도 세렝게티만큼이나 위험해. 바바 아스카리가 경호대를 풀어놓았을지도 모르니까. 꼭 내 말대로 해라, 알았지?"

눈물과 콧물이 범벅 되어 도무지 뭐가 뭔지 알 수 없게 된 나에게 쿠오나는 몇 번이나 다짐을 두었다. 허옇게 말라버린 머릿속으로 '올도이니오 랭가이'라는 말만 웅웅거렸다. 나는 마지막으로 형의 어깨에 얼굴을 묻었다. 울음 대신 온몸이 떨려왔다.

"응요타를 잘 부탁한다. 어느 날 밤하늘에 가장 밝게 빛나는 별이 보이면 그게 먼저 간 우리들이라고 믿어다오. 어두운 밤마다 널 비출 거다. 늘 그래왔듯이, 아버지와 어머니가 그랬던 것처럼 너를 사랑한다, 응두구."

내 뒤를 이어 차례차례 작별을 나누던 응요타는 형의 앞에 이르자 다리가 휘청했다. 그러다 이내 균형을 잡고 형과 마주 섰다. 둘 사이에 막막한 침묵이 흘렀다. 이복형이 채근하듯 마른기침을 뱉었다.

"아주 먼 훗날에야 다시 만날 수 있기를……."

형의 뒷말은 목젖에 걸려 채 입 밖으로 나오지 못했다.

"……."

입을 굳게 다물고 있는 응요타의 몸이 잔잔하게 떨리고 있었다. 형과 응요타는 가슴팍을 맞댄 채 목을 엇갈리게 기대고는 서로의 얼굴을 차마 보지 않았다. 그렇게 체온과 심장의 박동을 확인하는 동안 형의 뺨을 타고 흐르는 눈물 한 줄기가 석양 아래 붉게 반짝였다. 응요타는 형의 눈물을 혀로 핥고는 돌아섰다.

이복형과 아스카리의 경호대는 형과 쿠오나를 앞세우고 어둠이 내리는 마라 평원을 향해 멀어져 갔다. 그 뒤를 따라 음강가의 울부짖는 소리가 메아리 없는 평원으로 흩어지고 있었다.

"그래요. 먼저 가세요. 지금은 돌아서지만 저도 곧 따라갈 겁니다. 제가 당신을 찾을 때까지 무슨 일이 있어도 죽지 않는다고 약속해주세요. 우리는 피를 나눈 형제들과 다름없으니, 삶도 죽음도 동시에 잇고 맺을 수 있었으면 좋겠다고 말한 당신입니다. 그 약속을 지켜주세요. 못 지킬 것 같으면 저도 같이 데려가 달란 말이에요."

늘 그쯤에서 꿈은 멈추었다. 선잠을 깨고 뻣뻣해지다 못해 경련이 밀려오는 네 다리를 경중거리며 풀어야 했다. 그러고는 작별 인사도 못 나누고 헤어진 음강가의 뒷모습을 추억했다.

그날 밤, 밤이슬과 혹시나 모를 사냥꾼들을 피하기 위해 풀 한 포기 없는 황량한 개활지 큰 바위 밑에서 머물렀던 음강가는 샛별이 떠오르기를 기다려 조용히 몸을 일으켰다. 기척을 알아챈 나를 응요타가 몸으로 지그시 막았다. 몇 걸음 나아가던 음강가가 잠시 뒤를 돌아보았다. 별빛을 받아 흐르는 두 줄기 눈물이 선연했다. 휘청이는 걸음으로 마사이마라로 향하는 그녀의 뒷모습을 향해 눈으로만 작별 인사를 던지며 바위 그늘에 몸을 숨긴 채 응요타와 나도 숨죽여 울었다. 음강가의 속울음이 여명을 타고 내 귓전에 매달리는 것 같았다.

"잘 가요, 응두구. 가장 힘든 일을 떠넘겨서 미안해. 서로가 얼마나 소중했는지는 이별할 때가 되어야 알 수 있다는 어른들의 얘기가 정말이었어. 잊지 않을게. 그러니 오래오래 나를 기억해줘. 쿠오나의 고집을 꺾은 유일한 응융부로 말이야."

2

올도이니오 랭가이는 '신의 산'이라는 별칭에 어울리지 않게 산세는 험했고 땅은 척박해서 풍요와는 거리가 멀었다. 있으면 나누고 없으면 같이 굶주렸다. 서로 돕지 않으면 아무도 혼자서 살아갈 수가 없었던 거다. 그래서 흰꼬리 형제들이 더 화목한지도 몰랐다. 그렇게 조물주의 의지가 역설적으로 드러나는 땅이어서 '신의 산'이라 이름 붙은 거 같았다. 그 안에서 나와 응요타는 기력을 회복했다.

평원의 소식은 뜨문뜨문 들었다. 가끔 먹을거리를 찾아 헤매다 이곳까지 흘러온 세렝게티의 독수리들이 크고 작은 얘기들을 실어 왔다. 형과 쿠오나가 망각의 풀밭에서 목숨을 다했다는 소식도 그렇게 실려 왔다. 형보다 한 살 많은 응요타가 몸을 풀어 자신을 닮아 별처럼 반짝이는 딸을 낳은 뒤였다. 나와 흰 꼬리 형제들은 그 사실을 응요타에게 알리지 않았다.

"누사님이 마지막 숨을 거두면서 그랬답니다. 누군가는 남아서 우리가 했던 일을 후세에 전해야 한다고, 그게 우리가 죽음으로써 영원히 사는 길이라고요."

내쫓기듯 형들과 헤어져 올도이니오 랭가이로 가는 황폐한 길을 오래 걸은 뒤 응요타는 그렇게 말했다. 형과 친구들을 모두 보내고 혼자 살아남았다는 자괴감으로 입을 닫고 있던 나를 달래려 한 말이었을 거다. 하지만 자신에게도 수없이 다짐한 말이었을 터. '신의 산'으로 꺾어지는 갈림길에서 그녀와 나는 발걸음을 멈추었다.

"형에게 응요타를 선택하도록 한 것도 누사였을 겁니다. 형이 죽은 뒤에도 누군가는 불가능한 꿈을 이어가야 하니까요. 그 일은 응요타만이 할 수 있지요. 누사와 쿠오나가 원했던 것이기도 하구요."

내가 말을 맺자 응요타는 그동안 꾹꾹 눌러 참았던 눈물을 조용히 쏟아냈다. 저 앞의 언덕을 넘어서면 언제 다시 세렝게티로 돌아올지 알 수 없었다. 몸과 마음을 다잡으려 그랬는지 응요타는 끝내 울음소리를 내지 않았다. 한참을 먹먹하게 앞만 바라보던 응요타와 나는 마치 다른 세상으로 넘어가듯 그렇게 올도이니아 랭가이로 들어가는 높은 언덕을 올랐었다.

막상 떠나려니 지난날들이 자꾸만 발목을 잡는다. 가슴이 먹먹해져서 그런지 형과 쿠오나, 누사와 바리디, 응야티, 음강가의 얼굴이 자꾸만 머릿속에서 미끄러지는 거다. 우리가 함께 지나왔던 시간들을 뭐라고 불러야 할지 정말 모르겠어서다.

군이 길잡이를 하겠다는 흰 꼬리 형제들이 채비를 서두르는 걸 보고서 응요타와 나도 떠날 준비를 했다. 응요타가 딸아이를 불렀다. 곧 한 돌이 되는 아이는 벌써 어른티가 났다. 뜀박질을 하거나 동이 터오는 지평선을 굽어보는 뒷모습에는 형과 응요타의 자취가 골고루 배어 있었다.

3

내일이면 정들었던 이곳을 떠나 당신 곁으로 갑니다. 벌써 1년이군요. 이 제는 뼈로 남았을 당신, 그곳 망각의 풀밭에서는 어떻게 지내셨나요? 여전히 꿈을 이루려고 텅 빈 하늘을 뛰어다니시는지요?

당신은 우리가 함께한 시간들이 너무 짧았다고 하셨지만 저는 그렇지 않아요. 늘 현재만 살아가기에도 벅찬 세렝게티에서 꿈을 가진 당신과 당신의 친구들을 선택할 수 있었던 건 제 일생의 행운이었답니다. 당신이 친구들과 맘껏 평원을 달리는 모습을 지켜보면서 저도 꿈을 가질 수 있었으니까요.

그래도 마음 한구석에 안타까움과 불안이 없지는 않았지요. 우리의 운명을 바꾸겠다는 꿈이 마침내 우리를 잡아먹지나 않을지 말입니다. 망각의 풀밭과 킬리만자로에서 겪은 당신의 고초를, 그리고 어두워지는 마라 평원으로 끌려가는 당신의 뒷모습에서 그 불안은 현실이 되었습니다. 그렇지만 후회는 하지 않아요. 당신은 먼지가 되어 세렝게티로 돌아갔지만 저는 여전히 우리의 꿈을 잊지 않고 있으니까요. 우리의 아이를 키우면서 더욱 그랬습니다.

이제 당신을 떠나보낼 수 있을 거 같습니다. 당신과 친구들이 꾸었던 꿈은 아이들에게 맡길 수 있겠어요. 당신이 세렝게티와 마라 평원에서 흘린 땀과 눈물이 아이들의 몸에서 무럭무럭 자라고 있다 믿어주시면 좋겠어요. 그러니 당신이 싸워왔던 지난 시간들과는 이제 화해하셨으면 해요. 돌아보면 아픈 날들이 더 많았지만 그래도 당신과 친구들은 최선을 다해서 살았으니까 요. 저도 남은 날들을 당신에게 부끄럽지 않게 열심히 살아갈 거예요. 그러 니…… 잘 가요, 여보.

4

딸을 뒤따르게 하고서 응고롱고로의 비탈길을 내려가는 응요타의 목소리 가 밝았다. 길눈 밝은 흰 꼬리 형제들의 웃음소리가 험준한 계곡을 잔잔하게 울렸다. 가벼운 발걸음으로 장난치며 앞서거니 뒤서거니 하는 모녀를 뒤따르 며 저들이 무사하다는 사실에 나는 새삼 안도했다.

형의 딸로 후사를 이었으니 누사의 원도 맞춤하게 이루었고, 우리들의 얘 기를 전해달라는 쿠오나의 부탁은 이제 응요타의 몫이 되었다. 클수록 형의 자취가 더욱 뚜렷해지는 아이에게 응요타는 자신이 할 수 있는 모든 것을 다 했다. 제대로 달리는 법을 가르쳤고 아버지에 대해 얘기하곤 했다. 그러다 어 느 대목에 이르면 음성이 떨리기도 했고 그러면 환한 달빛에 눈길을 던져둔 채 조용히 아이를 재웠다.

모녀를 보살피면서도 내 눈길은 자주 세렝게티 쪽을 바라보곤 했다. 그곳 어딘가로 거짓말처럼 형이 돌아올지도 모른다는 허망한 기대가 숨구름처럼 커져서다. 나만 그랬던 건 아닌 모양이었다. 응요타도 두세 달 전부터 내려갈 시기를 가늠했던 듯했다. 아이가 웬만큼 제 앞가림을 할 나이가 되어서이기 도 했지만 형의 소식을 듣고 싶었을 테다. 그러려면 세렝게티로 떠났던 이들 이 마라강을 건너올 때를 맞추고 싶었던 거다.

"아이가 저렇게 자랐으니 망각의 풀밭까지는 열흘이면 넉넉할 거예요. 그렇죠, 응두구?"

응요타의 입에서 망각의 풀밭이라는 말이 자연스럽게 흘러나와서 나는 당황했다. 알리지 않았다고 해서 형의 죽음을 짐작 못 할 리가 없었겠지만.

"아, 그, 그럴 거예요. 네, 열흘이면……."

덤덤한 그녀의 표정을 한 번 더 확인했다. 그녀의 눈길이 마사이마라를 향하고 있었다. 우리는 한참 동안 입을 다물고 달리는 일에만 열중했다. 이윽고 앞서 달리던 흰 꼬리 형제들이 먼발치에서 걸음을 멈추고 우리를 기다리는 게 보였다. 마사이마라의 경계에 당도한 것이다.

아득히 비구름이 몰려오는 마사이마라는 생명의 기대감이 스멀거리고 있었다. 시든 풀잎과 나무들이 비의 냄새를 맡고서 허리를 곧추세우는 듯했고 먼지만 떠다니던 대지도 습기를 머금었다. 무리와 떨어져 벌써 마라강을 건넜을 성미 급한 응윰부들을 제외하면 누렇게 뜬 평원은 아직 고요했다.

나와 응요타는 길잡이로 나서준 흰 꼬리 형제들과 작별 인사를 나누었다. 고마움과 아쉬움, 익숙했던 이들과의 이별과 새로 맞이할 날들의 설렘이 몰려드는 비구름처럼 두껍게 일행을 감쌌다.

그렇게 우리는 마사이마라로 들어섰다. 아이는 낯선 풍경을 살피느라 분주했고 나는 주위를 경계하느라 긴장했다. 멀리 마라강 쪽으로 눈길을 고정한 응요타의 눈가에 간절함이 배어났다. 형과 쿠오나의 마지막을 지켜보았을 누군가를, 우리가 부재했던 지난 시간 동안 세렝게티는 얼마나 변했는지 이야기해줄 누군가를 만날 수 있기를…….

5

"한눈에 호다루님이라는 걸 다들 알아봤지요. 아스카리의 경호대가 그렇게 삼엄하게 경계하면서 끌고 갈 동족이 호다루님 말고 누가 있겠어요? 마라강을 건너려고 떼를 지어 가던 응융부들이 호다루님이 간다고 하자 누구랄 것 없이 길을 내주었습니다."

"아, 소문이 쫘악 퍼졌쥬. 킬리만자로에서 아스카리가 얼마나 많은 형제들을 죽였는지도 알았고, 결국 지놈도 음제가 되려다가 죽은 것도 알았고, 그동안 음제가 없었다는 것도 다들 알게 되었단 말이쥬. 어둠의 제왕인 모씸바의 아들이 호다루와 친구들을 살려주었다는 기적도 믿었구먼유. 살아 돌아온 경호대가 대놓고 떠들어댔으니 다들 믿을 수밖에유. 아들놈 잃은 아스카리의 아비가 무서워서 다들 쉬쉬했지만 알 만한 이들은 다 알고 있었쥬."

"호다루가 어릴 때부터 을매나 용맹했는지 알고 있었제. 내는 호다루가 그 악마 같은 자힐리를 두 번이나 맨땅에 패대기쳤을 때부터 큰 인물이 될 거라 믿었능기라. 킬리만자로에서 지치고 병든 늙은이들을 자기 몸처럼 아끼고 보살폈다는 소식을 듣고서는 내가 인물 하나는 잘 봤다고 자랑했단 말이라. 그랬으이 경호대가 호다루를 끌고 가는 거를 그냥 두고 볼 수만은 없었제. 아스카리도 죽은 마당에 그건 말이 안 되는 거였제."

"우리와 같이 세렝게티로 갈 줄 알았던 호다루님이 갈림길에서 길을 바꾸는 것을 보고 저는 가슴이 철렁했어요. 제 주변에 있던 모두가 그랬죠. 못된 경호대 놈들이 호다루님에게 또 무슨 짓을 할지 몰랐거든. 그래서 더 많은 이들이 발길을 돌려 그 뒤를 따랐습니다. 경호대가 막아섰지만 소용이 없었어요. 다투느라 소란이 일자 호다루님이 이렇게 말했어요."

- 저들이 하는 일을 막지 마십시오. 바바 아스카리가 시켜서 하는 일이니 저들은 죄가 작습니다. 저는 쿠오나와 함께 망각의 풀밭으로 끌려갈 것입니다. 저들은 음제를 죽이고 반역을 도모했다고 저와 친구들을 죽일 것입니다.

"말을 멈춘 호다루님은 잠시 생각에 잠겼습니다. 그러다 작정한 듯 우리에게 긴 말씀을 남겼습니다. 마지막 유언이라 생각했는지 경호대도 그런 호다루님을 제지하진 않았구요."

- 그러나 저와 친구들은 반역을 도모한 적이 없습니다. 뿔과 발굽과 어금니를 가진 우리가 왜 세렝게티에서 태어나고 살아가는지, 단지 웅융부라는 이유로 사냥꾼들의 먹이가 되는 것도 모자라 왜 쓸모없이 죽어가야 하는지 그 이유를 알고 싶었을 뿐입니다.

제가 처음 마라강을 건널 때를 생생하게 기억합니다. 게으른 악어들에게 희생되는 것보다 우리 스스로 짓밟고 짓밟히며 죽어간 이들이 수백 배나 많았습니다. 조금만 노력하면 얼마든지 막을 수 있는 죽음들이었습니다. 그러나 우리가 하늘처럼 떠받드는 음제도, 가장 강성한 경호대를 가진 아스카리도, 하물며 부족장들까지 아무것도 하지 않았습니다. 동족의 시신이 큰 언덕을 이루도록 방치했습니다.

저는 물어보고 싶었습니다. 그들은 왜 우리 위에 군림하는지, 우리를 위해 무엇을 해줄 수 있는지를 말입니다. 그런데 음제를 앞세워 우리의 눈물과 목숨까지 거둔 놈들은 많은데 정작 음제를 본 이는 없었습니다. 결국 우리는 사냥꾼들의 먹이일 뿐만 아니라 음제를 팔아먹는 작자들을 위해 죽어주는 일까지 감당했던 것입니다. 도대체 우리가 왜 그토록 쓸모없이 죽어가야 하는지 알고 싶었습니다.

그래서 저는 빛나는 산, 킬리만자로에 갔고 향기의 바위 따위도 없다는 것을 알았습니다. 까마득한 옛날의 음제는 모르겠으나 지금 세렝게티에는 음제가 없다는 사실을 저와 친구들은 확인했습니다. 평원의 어디에도 음제는 없었던 것입니다. 동족을 죽이고, 이웃을 도륙하면서 상상 속의 음제를 현실에서 팔아먹는 미치광이들만 있었습니다.

"호다루님의 분노가 마라강을 건너 세렝게티로 퍼져나가는 듯했습니다. 죽음의 제왕이라는 모썸바의 포효도 호다루님의 분노를 꺾지 못했을 것입니다. 언제나 소란스럽고 경박하며 참을성 없는 우리 응유부들이 그렇게 귀와 눈을 모았던 예가 없었어요. 크게 숨을 한 번 몰아쉰 호다루님은 더욱 목소리를 높였습니다."

- 우리는 네 개의 군센 발굽과 튼튼한 어금니, 강한 뿔을 가지고 세렝게티에 태어났습니다. 그러나 발굽은 한평생 쫓기는 데만 쓰이고 어금니로는 상대를 물어뜯을 수 없으며, 강한 뿔은 오로지 자신을 지키는 데만 효용이 있을 뿐입니다. 그래서 우리의 몸을 먹고 살아갈 수밖에 없도록 태어난 사자와 하이에나의 먹이가 되는 것이 평원의 질서라는 것을 저도 잘 알고 있습니다. 다만, 그 발굽으로 동족을 짓밟고 그 뿔로 이웃을 죽이며 그 어금니로 형제의 몸을 씹어가며 권세를 누리는 짓은 막아야 한다고 생각했습니다. 그것이 반역이라면 저는 기꺼이 반역의 죄를 감내할 것입니다.

"모두 숨소리를 죽이며 호다루님의 말을 가슴에 담았습니다. 반역을 도모하지 않았고 평원의 질서를 거부한 적이 없다는 말씀이 제 가슴을 쳤습니다. 태어날 때부터 지닌 우리의 숙명을 그토록 명징하게 설명해준 응유부를 저는 처음 보았지요. 호다루님은 우리가 그 숙명을 받아들이면서도 그 안에서 살아가는 방법도 알려주셨습니다."

- 마지막으로 제 이웃과 형제인 여러분들에게 부탁드립니다. 우리 종족은 서로 돕지 않으면 삶과 죽음이 수시로 교차하는 세렝게티에서 살아가기 어렵습니다. 사냥꾼들이 덤빌 때는 나이 든 어른들께서 젊고 어린 이들의 앞에 나아가 스스로 운명을 받아들여 주십시오. 그것이 자비심 없는 세렝게티가 우

리에게 허용하는 순리일 것입니다. 부모 잃은 아이들은 버려두지 말고 힘을 나누어 돌봐주십시오. 그것이 세렝게티의 질서를 더욱 받드는 일일 것입니다. 마라강을 건널 때 한곳으로 몰리지 말고 넓게 흩어져서 한꺼번에 강을 건너십시오. 그것이 우리의 죽음을 헛되지 않게 하는 한 방법일 것입니다.

다시 한번 당부드립니다. 모두가 모두에게 의지해 살아간다는 것을 잊지 말아주십시오. 우리의 생존은 각자가 알 수 없는 이들의 땀과 희생 안에 있다는 것을 믿어주십시오. 서로에 대한 굳건한 신뢰가 지금의 우리를 분명히 다른 내일로 이끌 것입니다. 앞으로도 세렝게티는 우리 모두의 것이며 어느 누구도 우리를 대신할 수 없을 것입니다.

"호다루님은 안타까운 한숨과 눈물을 내비치는 군중들 사이를 헤치며 경호대에 이끌려 떠났습니다. 많은 이들이 무릎을 꿇거나 고개를 숙였지요. 마라강을 건너 세렝게티로 들어온 우리는 너나없이 호다루님이 남긴 말씀을 하나도 빼놓지 않고 이웃과 친구들에게 전했습니다. 우리는 모두가 모두에게 의지해 살아간다는 사실을 잊지 않으려고 노력했답니다."

6

망각의 풀밭은 을씨년스러웠다. 망각의 향기를 내뿜던 풀은 모두 시들었고 형과 쿠오나의 뼈는 풀밭의 한쪽에 온전한 형체로 나란히 누워 있었다. 육탈이 끝난 뼈는 아직 싯누렇고 형의 냄새를 그대로 간직했다. 머리뼈에 입술을 대자 눈물 두 줄기가 주루룩 흘러내렸다. 아아, 우리가 이렇게 다시 만나는구나, 이렇게 살아생전에 꾸던 꿈을 죽어서도 이어 가는구나…….

뼈만 남은 아버지의 자취 앞에 딸이 무릎 꿇는 것을 지켜보면서 응요타는 담담하게 올도이니아 랭가이에서의 지난 시간을 형에게 들려주었다. 가끔 새어나오는 작은 한숨이 그녀의 심정을 전했다. 하지만 형의 흔적을 찾아 망각의 풀밭을 둘러싼 암벽을 꼼꼼히 살피던 응요타는 문득 한곳에서 발걸음을 멈추었다. 아직도 바위 속으로 배어든 핏물이 붉은 흔적으로 남아 있는 곳이었다. 응요타의 어깨가 조용히 떨리기 시작했다.

유폐된 형과 쿠오나를 감시하다 도망친 경호대에 따르면 형과 쿠오나는 순순히 망각의 풀밭으로 걸어 들어갔다고 했다. 풀밭 한가운데 조용히 엎드려 다가오는 죽음을 받아들이려 했다는 거다. 그런데 곧 바바 아스카리의 명이 떨어졌단다. 망각의 풀을 먹여서 미치광이로 만들라는 것이었다.

경호대는 한꺼번에 달려들어 형과 쿠오나를 옴짝달싹 못 하게 짓누른 뒤 몸통 곳곳을 뿔로 찌르고 발굽으로 밟아댔다. 온몸에 멍이 들고 피를 뽑아내야 갈증과 허기로 더욱 고통스럽다는 걸 그들은 알고 있었던 거다. 형은 신음 소리 하나 흘리지 않고 그들의 만행을 온몸으로 받아냈다. 그러나 맞서던 쿠오나는 분을 이기지 못하고 암벽에다 머리를 찧어 절명했다. 얼굴과 온몸을 피로 칠갑한 형은 경호대의 감시가 느슨해진 새벽녘에 있는 힘을 다해서 암벽에다 입을 수십 차례 짓찧었다. 앞니를 몽땅 부러뜨려 풀을 먹을 수 없도록 한 것이다.

서슬 퍼런 형의 결의에 큰 충격을 받은 경호대원들은 하나둘 망각의 풀밭에서 도망치기 시작했다. 형은 쿠오나의 곁에서 무릎을 꿇은 채 죽음을 맞을 채비를 갖추었다. 며칠 뒤 이복형이 왔을 때 경호대는 불과 서넛이 공포에 질린 모습으로 남았고 형은 숨이 멎어 있었다.

도망친 경호대원들이 전한 형의 최후는 금세 평원 전체로 퍼졌다. 킬리만자로에서의 이적(異蹟)에다 자신을 극한으로 몰아간 최후까지 덧입혀진 형의 죽음은 세렝게티의 모든 응유부에게 충격을 안겼다. 당장 세렝게티에서 마사이마라로 이동하는 방식부터 바뀌었다. 눈이 어두워진 늙은이들은 앞선 젊은이들의 꼬리를 물고, 몸이 불편한 이들은 여럿이 몸통을 붙여 마라강을 건넜고 거친 들판을 걸었던 것이다.

형의 기억을 되살리던 응요타는 끝까지 울음을 삼켰다. 망각의 풀밭을 찾는 응융부들이 점점 많아졌기 때문이다. 그들은 형과 쿠오나가 가지런히 누워 있는 곳으로 다가와 무릎을 꿇고 경배를 올린 다음 마라강변을 향해 걸어갔다. 응요타와 나도 딸아이를 가운데 두고 그 무리에 섞여들었다.

7

형의 주검을 확인하고서 몇 번의 건기와 우기가 속절없이 지나갔다. 응요타는 초로의 장년이 되어 딸과 손자와 이웃들에 둘러싸여 지냈다. 지혜롭기를 바라는 마음으로 이름 지은 형의 딸 아키리(akili: 지혜)가 낳은 자식들이었다. 멀리서 흰 꼬리 형제들과 사흐라의 검은 뿔 형제들의 방문도 드물지 않았다. 수행단에 참여했던 이들보다 그들의 자식과 손자들이 더 많았는데 아키리는 그들을 맞느라 분주했다.

건기가 찾아올 무렵의 어느 날 나는 작정하고 길을 나섰다. 며칠 전부터 독수리들이 분주하게 전해준 소식을 그냥 흘려들을 수가 없어서였다. 고맙게도 아키리의 아들과 그 또래 건장한 젊은이 몇이 기꺼이 길잡이로 나서주었다. 이번의 출타가 어쩌면 그와의 마지막 만남이 될지도 모르겠다는 예감이 들었다.

아침부터 서둘렀고 부지런히 발걸음을 재촉했어도 밤이 가까워서야 멀리 타카티푸가 보이는 곳에 이르렀다. 행여 길이 어긋날지도 몰라 멀리서 큰 울음소리를 전했다. 잠시 후 아련하게 들리는 것은 분명 다씸바의 울음이어서 나는 안도했다.

타카티푸에 이른 것은 밤이 이슥해서였다. 환한 만월의 달빛 아래 웅크리고 있는 다씸바의 모습이 보였다. 나는 젊은 친구들을 길목에서 기다리게 하고 타카티푸의 정상으로 올랐다.

"곧 떠나신다고 해서 부랴부랴 왔습니다. 한참을 더 계실 줄 알았는데요."

"망할 놈의 독수리들이 주둥아리까지 가벼워서 별 수고를 다 끼치는군요. 아무튼 잘 오셨습니다. 저도 웅두구님을 한 번은 뵙고 싶었습니다."

"오래된 일이지만 킬리만자로에서 저희 형제를 구해주신 일에 감사드립니다."

"별말씀을요. 다 옛날 일입니다. 이제는 기억도 가물가물합니다그려."

원래 체취가 없었던 다씸바에게서는 들꽃이 불길에 닿았을 때의 냄새가 났다. 처음이었다. 독수리들이 전한 대로 그는 정말 세렝게티를 떠날 모양이었다. 나는 그 냄새를 가슴에 새겼다.

"이제 킬리만자로로 돌아가십니까?"

"글쎄요. 아직은 정해진 게 없습니다. 제가 워낙 많은 목숨을 거두어 살아왔으니 그 값을 어떻게 치러야 할지도 몰라서요."

"그게 다씸바님의 죄는 아니지요. 세렝게티에 태어났으니 어쩔 수 없는 일이지요. 최선을 다해 살아온 게 어떻게 죄라 할 수 있겠습니까."

"그렇긴 해도 제 마음에 꺼려지는 게 많아서 괴롭습니다. 공연히 죄 없는 목숨을 함부로 한 적도 많았어요. 늘그막에 와서야 그런 것들이 자꾸 눈에 밟히고 그럽니다."

"세렝게티가 워낙 무자비한 곳이어서 그렇지요. 보기에는 아름다우나 그 안에서 살아가려면 늘 제 목숨을 걸어야 하니까요."

"그래요. 이 세렝게티라는 곳, 참 고약하지요. 한 걸음이 더 빨라야 살 수 있는 웅두구님들과 한 걸음만 더 빠르면 배를 채울 수 있는 저희들이 이웃으로 살아야 하는 건 비극이지요. 사랑하는 이들은 먼저 죽고 원수 같은 놈들은 늘 눈에 밟히지요."

다씸바는 마음이 괴로운 듯 미간에 깊은 주름을 만들었다. 잠시 침묵이 흘렀고 다씸바는 긴 한숨을 토하며 허허롭게 웃었다.

"허허, 다 늙었어도 제가 이 세렝게티에 원망이 남아 있습니다그려."

다씸바의 마음이 어떤지 짐작이 돼서 나도 작게 웃음을 지어 보였다. 그의 말마따나 비극적일 수밖에 없는 이웃이 이렇게 한자리에서 마음을 내비치고 위로하는 광경은 누구도 믿기 어려울 것이다. 잡아먹는 자의 감사와 자비, 먹히는 자의 용서가 이렇게 만날 수 있다는 것도.

"다씸바님과 제가 알게 된 것들을 오래전에 알았더라면 어땠을까 생각합니다. 세렝게티에서 서로 타고난 운명을 통째로 바꿀 수는 없지만 최선을 다해 살아가는 것만으로도 모두가 대단하다는 것을요."

"아, 그렇군요. 제가 씸바로 태어났지만, 응두구님처럼 풀을 뜯는 이들이 아니었으면 한순간도 살아남기 어렵지요. 그래서 이 평원에서 살고 있는 모든 생명을 존경하지 않을 수 없더군요. 너무 늦게 알았습니다만……."

"다씸바님과 저의 인연이 이후로도 내내 전해졌으면 좋겠습니다. 치열하게 살아가되 승자도 패자도 없는, 서로의 삶을 이해하고 존중하는 이 세렝게티의 삶에 대해서요."

우리는 누가 먼저랄 것도 없이 환하게 웃었다.

다씸바와 나는 날이 밝아올 때까지, 해도 그만이고 안 해도 별문제 없는 말을 주고받았다. 종종 말이 끊어진 자리에는 침묵이 끼어들었고 그러면 눈을 마주하거나 멀리 중천에 떠오른 만월을 쳐다보았다.

새벽을 박차고 떠오른 해가 세렝게티를 환하게 밝힐 때까지 나는 타카티푸의 정상에서 머물렀다. 세렝게티의 건기를 피해 마라강으로 향하는 응융부와 발굽 달린 다른 종족들, 그리고 이를 뒤따르며 배를 채워야 하는 포식자들 모두가 이 광경을 지켜보았다.

해가 중천에 떠오르고서야 나는 타카티푸를 내려왔다. 다씸바는 세렝게티를 굽어보며 엎드려 있었다. 나는 다씸바가 잘 볼 수 있도록 북쪽 낭떠러지 아래에서 무릎을 꿇고 긴 절을 올리고는 돌아섰다.

이제 며칠이면 세렝게티의 모든 응융부들이 이 근처로 몰려들 것이다. 나는 다시 마라강변으로 가서 강을 건너는 방법을 목이 터져라 설명할 것이다. 많은 친구들과 집안의 가장들은 아이들과 아내와 누이들에게 누누이 다짐을 받을 것이다. 한곳으로 몰리지 말고, 맘바가 공격하면 젊은 수컷들이 최대한 맞서되 싸워서 이기겠다는 욕심을 내지 말며, 먼저 강을 건넌 이들은 헤엄치는 이들과 눈을 맞추어 주변 상황을 알려주고 응원하며……

모두가 포식자들의 날카로운 발톱에서 무사할 수는 없을 것이다. 그러나 단 하나의 생명이라도 허투루 소멸하지 않고 제 삶을 살아갈 수 있다면, 그래서 이 세렝게티에서의 삶을 후회하지 않는다면 그것으로 족했다. 이 단순하고 간단한 절차를 새로 만들기 위해 삶을 송두리째 바친 이들이 있었음을 기억한다면 더 바랄 나위가 없었다.

8

서쪽 하늘을 온통 붉게 물들이며 노을이 진다. 주아(태양)가 하루의 마지막 노여움을 떨치는 지평선은 푹 꺼져서 마치 거대한 웅덩이처럼 이글거렸다. 천지사방 눈길 하나 걸릴 데 없이 끝없는 평원, 세렝게티를 향해 나는 동족들과 함께 먼 길을 걸어왔다.

바람에 실려 오는 음부아(비)의 냄새를 좇아 마사이마라 평원을 떠나 이곳으로 향한 두 달여의 대이동도 막을 내렸다. 거대한 비구름처럼 들판을 뒤덮고 있는 동족들도 이제 지친 몸을 초원에 누이고 쉴 수 있을 것이다. 동쪽 지평선의 저 둥근 달이 절반으로 깎이는 동안 헤아릴 수 없는 후손들의 생명으로 초원은 가득 찰 것이다. 그렇다. 이곳은 여전히, 까마득한 선조들이 이름 지은 대로 죽음과 삶이 교차하는 땅이다. 나로서도 생의 마지막 여행이 될 이 땅.

이번 여정 또한 이웃과 친구들의 숱한 피와 땀, 죽음과 헌신으로 이루어졌다. 마라강의 야트막한 방죽에서 주검으로 이웃의 목숨을 살린 이들, 포식자들의 날카로운 이빨에 몸을 던져 수십만의 잉태한 암컷과 새끼들을 구한 이들, 목마름과 굶주림에 지친 이웃들을 위무하고 용기를 불어넣어 준 무명의 용사들이 없었더라면 지금의 풍요로운 다산과 평화는 없을 것이다. 이 모든 게 위대한 자연이 우리에게 부여한 권리이자 의무임을 나는 믿는다.

나는 숨을 헐떡이며 고통을 참고 있다. 맘바(악어)의 이빨 자국이 생생한 왼쪽 늑골 부위와 대퇴부, 그리고 얼굴의 상처로부터 통증이 밀려온다. 마라강을 건너다 무리에서 뒤처지는 바람에 그것들의 습격을 고스란히 감당한 결과이다.

친척과 자손들이 잠시라도 머물 것을 강권했지만 나는 듣지 않았다. 가죽이 벗겨진 곳으로 드러난 뼈마디와 움직일 때마다 흘러내리는 핏물, 의식의 한구석으로부터 번져 오는 어둠의 기미로 보아 상처는 이미 치명적이었다. 나는 남아 있는 모든 기력을 짜내어 길을 재촉했다. 젊고 건장한 수컷들이 나를 에워싸고 길을 열었다. 가쁜 숨을 몰아쉬며 나는 가장 나중으로 세렝게티에 들어섰다.

감감히 사위를 덮는 물안개를 따라 앞서 세상을 떠난 선조들의 숨결이 코끝에 매달리기 시작했다. 가장 진하게 다가오는 건 역시나 형의 체취였다. 너무 익숙해서 나와 구분조차 어려운 냄새에 문득 마음이 편안해졌다. 할 일을 다 마쳤으니 그만 홀연히 몸을 버리고 오라는, 함께 한 조각 별빛으로 머물며 세렝게티를 비추자는 속삭임이 귓가를 간지럽혔다.

암컷들이 서둘러 분만을 시작하는 평원을 바라보던 나는 조용히 발걸음을 돌렸다. 더 이상 상처 입은 몸으로 무리에 남아 있을 수는 없었다. 죽음의 냄새를 맡은 피시(하이에나)들이 부산을 떨고 있었다. 한 줌도 채 남지 않은 나의 마지막 숨결은 새로 태어나는 후손들을 위해 유용하게 쓰여야 한다. 그것이 우리 '응유부' 일족의 연장자들이 후손을 위해 베푸는 마지막 미덕이다. 아버지가 그랬던 것처럼……

나는 평원의 들머리, 크고 작은 바위들이 층층이 쌓여 우람한 언덕을 이룬 '성스러운 바위언덕', 타카티푸로 향했다. 오래전부터 내가 죽음을 맞으리라 작정했던 곳, 천적이었지만 삶의 고비마다 서로의 심중을 헤아렸던 사자들의 우두머리 다쎔바가 죽음을 맞았던 곳이다.

타카티푸 아래에 이르러 나는 마침내 깊은 숨을 토하며 무릎을 꿇었다. 대지의 열기는 아직 식지 않았고 물이 오르기 시작한 풀들이 부드럽게 내 몸을 떠받쳤다. 오늘따라 유난한 노을이 장려하게 평원을 물들이고 있었다. 내 마지막 삶의 자취를 주아(태양)는 그렇게 비추었다.

바람의 방향이 바뀌자 기억해두었던 사자의 냄새가 코를 찔렀다. 들꽃이 불길에 닿는 냄새, 다쎔바였다. 죽은 지 오랜 그의 냄새가 풍기는 것으로 보아 이곳으로 다가오는 무리는 아마도 그의 자식들인 모양이었다. 다행이었다. 죽음에 대한 예의라고는 알지 못하는 피시 무리가 아닌 것이, 더구나 내 삶을 마지막으로 거둬들이는 게 다름 아닌 다쎔바의 자식이라는 것이. 이만하면 지난 삶은 험난했어도 마지막 가는 길은 그런대로 축복이랄 수 있겠다.

나는 고개를 들어 뒤를 돌아보았다. 나의 죽음을 기리기 위해 동행한 이들이 순서를 지어 다가왔다. 대개는 친척과 후손들이었다. 다들 눈물이 그렁그렁한 눈길로 나의 마지막 모습을 살폈다.

나는 그들의 머리가 숙여지길 기다려 말없이 그들의 콧잔등을 핥으며 일일이 눈길을 마주했다. 점점 굳어가는 혀와 초점이 사라지고 있는 눈으로 그들에게 당부했다. 동족의 안녕과 평원의 평화를, 이웃과 친구들에 대한 헌신과 각자의 존엄을, 모든 생명은 하늘의 힘과 땅의 기운으로 말미암았다는 것을, 그러므로 모든 생명이 소중하다는 사실을 잊지 말기를……

주위는 거뭇한 어둠에 덮여 갔고 저만치 와 있던 사자 무리에서 수컷 하나가 갈기를 흔들며 자리에서 일어섰다. 그러고는 온 평원이 떠나갈 듯 울부짖었다. 다씸바의 자식답게 그 소리는 웅장하기 짝이 없어서 근처에 있는 모든 짐승의 영혼을 뒤흔들어 놓을 만했다.

우우우웅. 우우우웅-

그 울음소리를 들으며 나는 마음이 편안해졌다. 가물거리는 의식 너머로 그리운 얼굴들과 지난날들이 떠올랐다 사라졌다. 이윽고 다씸바의 장자가 다가와 내 옆구리의 상처를 혀로 핥는 걸 느끼며 나는 긴 숨을 토해냈다. 모든 감각과 의식이 텅 비워졌고, 기다렸다는 듯 비가 퍼붓기 시작했다.

녀석의 숨결이 코끝을 스친 뒤 송곳니가 나의 목줄을 뚫는 것을 느끼며 나는 목숨을 놓았다. 긴 어둠이 내 앞에 놓여 있었다.

타카티푸의 꼭대기에서 내 몸이

한 줌의 먼지로 풍화되고서 나는 길을 떠났다.

형체가 없으니 몸은 말할 것도 없고 마음도 티끌 하나 없이 가벼웠다.

그 친구 이름이 응두구였던가?

－저는 이제 사자가 아니라 늙은 나무와 같답니다. 잎사귀는 떨어지고 가지는 시들었지요. 머지않아 이 늙은 둥치는 쓰러질 것이고, 기뻐하는 적들이 밟고 지나갈 것입니다. 그대와 얘기를 나누다 깨달은 게 있군요. 저는 킬리만자로로 돌아가지 않을 작정입니다. 또 대정령으로 다시 세렝게티에 오지도 않을 작정입니다. 다투고 먹고 먹히는 이 잔혹한 운명에서 되도록 멀리 도망가려고 합니다. 쉽진 않겠지만 해보려고 합니다. 그대와 형제들이 그러했던 것처럼 말입니다.

생전 처음 밟아보는 부드러우면서도 햇빛에 눈이 부시도록 반짝이는 흙바닥이었다. 흙바닥이 끝나는 곳에는 잔잔한 물결이 주기적으로 다가왔다 멀어지곤 했다. 그 물결을 따라 시선을 진 세상, 바하리였다.

나는 숨을 고르며 넋을 놓고 수평선에 눈길을 주었다. 음차위 할망구와 어머니를 잠시 생각했다. 그러고는 밀려오는 물결에 발을 담갔다. 서늘한 기운이 온몸으로 퍼져나갔다. 나는 천천히 걸어 들어갔다. 금세 몸이 떠오르며 발바닥이 부드러운 흙바닥에서 떨어졌다. 나는 네 발로 천천히 헤엄치기 시작했다. 해가 지는 수평선을 향해 쉬지 않고 나아갔다. 그 물결을 따라 시선을 옮기면 전혀 다른 세상이 보였다. 끝 간 데 없이 온통 물로 채워진 세상, 바하리였다.

죽거나 죽이거나
- 나의 세렝게티

초판 1쇄 발행 2023년 7월 5일

지은이 허철웅
펴낸이 신민식
펴낸곳 가디언
출판등록 제2010-000113호

주소 서울시 마포구 토정로222 한국출판콘텐츠센터 306호
전화 02-332-4103
팩스 02-332-4111
이메일 gadian@gadianbooks.com
홈페이지 www.sirubooks.com

편집 김민아
디자인 미래출판기획
마케팅 이수정

종이 월드페이퍼(주)
인쇄 제본 (주)상지사P&B

ISBN 979-11-6778-084-3(13810)